D1735598

AAVAA

e - Book Verlag

Alex Jung

Meligala

Thriller

© 2010

AAVAA e-Book Verlag UG (haftungsbeschränkt)
Quickborner Str. 78 – 80,13439 Berlin
Telefon.: +49 (0)30 565 849 410
Email: verlag@aavaa.de
Alle Rechte vorbehalten
1. Auflage 2010
Lektorat: Sabine Lebek, Berlin

Covergestaltung: Hans Lebek

Printed in Germany
ISBN 978-3-86254-001-3

Alle Personen und Namen sind frei erfunden.
Ähnlichkeiten mit lebenden Personen
sind zufällig und nicht beabsichtigt.

Prolog

Keine 120 Jahre war es her, als die englisch-französisch-russische Flotte 1827 in der Bucht von Navarino auf dem Südpeloponnes in einer denkwürdigen Seeschlacht die übermächtige türkisch-ägyptische Flotte versenkt und die Besetzung Griechenlands durch das Osmanische Reich beendet hatte.

Bereits im Herbst 1940 drangen wieder fremde Mächte in die Wiege der Demokratie. Diesmal waren es die Soldaten der Achsenmächte, die Faschisten aus Italien und Deutschland.

Es war eine zweifelhafte Ablösung des Regimes unter König Georg II. und General Metaxa, welches in der Zwischenkriegszeit Griechenland diktatorisch regiert und die Arbeiterklasse unterdrückt hatte. Ein Nährboden für die KKE, die Kommunistische Partei Griechenlands.

Nach der Invasion flüchtete der Monarch ins Exil nach England. Metaxa starb kurz darauf.

Getreu dem freiheitsliebenden und stolzen Naturell der Griechen wuchs der Widerstand gegen die Besatzer schnell. Doch der Zwist zwischen der kommunistisch orientierten ELAS, einem radikalen Flügel der KKE, und den monarchistisch-bürgerlichen Kräften der EDEM verhinderte ein geeintes Vorgehen gegen die Fremdherrschaft. Die Alliierten unterstützten die jeweiligen ideologischen Partisanen in deren Kampf. Trotzdem wurde nach der Landung der Alliierten in Sizilien 1944 kurz darauf auch Griechenland durch britische Truppen von den nationalsozialistischen Besatzern befreit.

Es folgte das Gerangel um die Macht.

Die während der Besatzung stark gewachsene ELAS hatte Athen fest im Griff, obwohl auch ehemalige Kollaborateure der Nazis, der Tàgmata Asphalìas, und rechtsgerichtete Gruppierungen wie die Organisation X versuchten, bei der Regierungsbildung mitzumischen. Nachdem Churchill und Stalin beschlossen hatten, Griechenland unter britische Hoheit zu stellen, kam es im Dezember 1944 zur Schlacht um Athen, der so genannten Dekemvriana, bei der die ELAS Truppen vertrieben wurden. Erst im Februar 1945 führten die Bemühungen der Briten zum Abkommen von Varkiza: Die Entwaffnung der ELAS und der Entnazifizierung der Amtsträger der Armee und Polizei. Doch der Vertrag wurde missachtet. Die Kommunisten unterhielten weiter geheime Waffenlager und boykottierten die Parlamentswahlen vom 31. März 1946 mit dem Ergebnis, dass beinahe 70% der Griechen die Wiedereinführung der Monarchie befürworteten.

Die Kommunisten der KKE riefen zum Widerstand auf. Mit der neu gegründeten DSE, der Demokratischen Armee Griechenlands, begannen sie, die staatlichen Polizei- und Militärkräfte mit Guerilla-Kriegen zu bekämpfen. Der Bürgerkrieg hatte begonnen und sollte drei Jahre dauern. Leidtragende waren die Zivilisten, die vor allem von den Soldaten der ELAS/DSE, den andártes, teilweise aufs Brutalste misshandelt wurden, um sie gefügig zu machen und auf deren politische Richtung einzuschwören. Sie wüteten in Makedonien und vor allem in den Bergen von Epirus, wo sie zahllose Kinder ins nahe Albanien und Jugoslawien verschleppten, um sie kommunistisch erziehen zu lassen. Aber auch andere Gegenden, wie der Peloponnes, wurden nicht verschont.

Der Bruch zwischen Stalin und Tito im Herbst 1948 hatte für die Kommunisten in Griechenland mangelnde logistische Unterstützung zur Folge. Im August 1949 brachten die regulären Truppen der DSE in der Schlacht um den Gramos Berg die letzte und entscheidende Niederlage bei. Am 9. Oktober 1949 beschloss die KKE die vorübergehende Einstellung der Kampfhandlungen. Sie wurden nicht mehr aufgenommen und beendeten den Bürgerkrieg.

Griechenland fand sich unter einer rechtskonservativen Regierung wieder. König der konstitutionellen Monarchie war Paul I. Während der Zeit bis 1964 gab es verschiedene Ministerpräsidenten, unter anderem Konstantin Karamanlis, der zwischen 1955 und 1963 mit seiner Partei E.R.E. regierte. Im Februar 1964 wurde die konservative Regierung durch die linke Zentrumsunion EK unter Giorgos Papandreou abgelöst. Im März 1965 war der alte König Paul I. verstorben und sein

Sohn Konstantin II befürchtete, dass sich die linke Regierung eher an der UdSSR orientieren würde. Verschwörungstheorien konservativer Zeitungen über links orientierte Militäroffiziere führten zu Verhaftungen, wonach Papandreou versuchte, das Verteidigungsministerium direkt dem Ministerpräsidenten zu unterstellen. Der zuständige Minister weigerte sich jedoch und wurde von König Konstantin unterstützt, was Papandreou zum Rücktritt bewegte. Die Krise kam, als der vom König ernannte Premierminister vom Parlament nicht bestätigt wurde.

Die Mehrheit der Griechischen Bevölkerung forderte in beinahe täglichen Demonstrationen die Rückkehr Papandreous.

König Konstantin und die ihm getreuen Generäle aber planten, eine Militärdiktatur zu errichten, falls sich Papandreou von der Rückkehr an die Macht nicht abhalten ließe.

Der Putsch unter Giorgios Papadopoulos kam im April 1967. Tausende unliebige Personen wurden verhaftet, das Standrecht wurde eingeführt. Die paranoide Angst des Regimes vor dem Kommunismus trieb unglaubliche Blüten: Hippiekultur, Popmusik und Atheismus wurden als kommunistische Unterwanderung angesehen, ihre Anhänger unterdrückt. Die Repressionen führten aus Angst vor Verhaftungen zu einer Massenflucht ins Ausland, von wo aus bekannte Größen wie Mikis Theodorakis ihren Widerstand mit Musik ausdrückten.

Erst 1974 gelang die Absetzung der Militärdiktatur unter dem Druck der westlichen Staaten.

Das geschundene Volk und seine zerstörte Wirtschaft konnten sich langsam wieder erholen.

Aber viele Narben blieben.

Teil I

Kapitel 1

22. Juni 2006

Nicht, dass Theo Maroulis die brütende Hitze an diesem Morgen mehr ausgemacht hätte als sonst. Es war erst später Vormittag, doch die Sonne brannte bereits unbarmherzig auf Messinien nieder. Theo gab dem Klimawandel die Schuld, dass die Sommer der griechischen Halbinsel Peloponnes heißer und feuchter geworden waren. Er stapfte über den zerfurchten, knochentrockenen Boden des Olivenhains. Die tiefen Spuren der Traktorräder versteckten sich unter dem kniehohen Gras und Theo musste Acht geben, dass er sich nicht einen Fuß übertrat. Der Nährboden hätte schon längst gewendet werden müssen und er fragte sich, warum sein Bruder sich noch nicht darum gekümmert hatte.

Theo betrachtete das Astwerk eines jüngeren Olivenbaumes, der während seiner Abwesenheit gewachsen sein musste, denn er konnte sich nicht an ihn erinnern. Sein Geäst war sauber getrimmt, die Zweige legten sich wie ein Schirm über seinen Kopf.

So musste es sein, dachte Theo und war überrascht, dass ihm diese Erkenntnis eine derartige Erleichterung bereitete, denn er hatte ja von seiner Mutter erfahren, dass sich sein Bruder Yanni als guter Bauer entwickelt hatte.

Ein sanfter Wind streifte durch das Geäst und hob die graugrünen Blätter, denen die Sonne einen silbrigen Glanz verlieh. Behutsam legte er einen Zweig in seine Hand und betrachtete die winzigen, grünen Früchte, und ein Gefühl der Melancholie stieg in ihm auf. Theo löste sich von dem Ast und blickte hinauf. Die Zeit war stehen geblieben auf den Hain.

Das kakophone Konzert der zahllosen Zikaden war die einzige Geräuschkulisse in der sonst so erholsamen Stille. Mit festen Schritten lief Theo den Hang bis zur Steinmauer hinauf und suchte nach einem Ast, um auf ihr herumzuklopfen. Sandvipern waren um diese Zeit unterwegs und er hatte keine Lust darauf, noch einmal mit ihnen Bekanntschaft zu machen. Die jungen Schlangen waren im Mai geschlüpft und sowohl äußerst aktiv als auch ziemlich giftig, wie Theo als Junge hatte erfahren müssen. Mit neun Jahren wurde er von einem erwachsenen Exemplar gebissen, als er mit seinem Vater auf eben diesem Hain unterwegs war. Theo hatte sich trotz der väterlichen Warnungen unachtsam auf die Mauer gesetzt. Die Sandviper war vermutlich an jenem frühen Morgen dabei gewesen, sich aufzuwärmen und der Junge hatte sie nicht gesehen und erschreckt. Der Biss der Schlange war nur zur Abwehr und sie spritzte deshalb nur wenig Gift in Theos Hand. Er hatte vor Schreck laut aufgeschrieen und sein Vater war gleich zu ihm geeilt. Natürlich wusste der alte Maroulis sofort, was geschehen war und fuhr mit seinem Sohn ins Spital nach Pylos, wo man Theo ein Serum spritzte, denn es gibt hier nur eine giftige Schlangenart. Die Sandviper oder Ochia, wie man sie hier nennt.

Der kleine Theo musste eine Nacht zur Beobachtung im Krankenhaus bleiben, wogegen er sich heftig gewehrt hatte, denn er wollte tapfer sein. Sein Vater, weise wie er war, hatte ihm jedoch erklärt, dass es tapferer sei, die Nacht alleine im Krankenhaus zu bleiben, wo man ihm auch helfen könne, wenn sich sein Zustand veränderte und er sehr stolz auf seinen Sohn sei. Am nächsten Tag hatten ihn seine Eltern und sein Bruder Yanni wieder abgeholt und gingen zur Belohnung für seine Tapferkeit alle zusammen in Pylos Essen.

Dieses Mal war keine Schlange auf der Mauer und Theo setzte sich langsam hin, denn er bemerkte, dass sein Rücken schmerzte. Der gebeugte Oberkörper war auf die Unterarme gestützt, welche auf seinen Oberschenkeln ruhten. Die jahrelange Arbeit in den Wäldern Australiens hatten ihre Spuren hinterlassen, obschon sein muskulöser Körper Theo nie im Stich gelassen hatte.

Sein Zustand ärgerte ihn etwas, denn er war ja eben erst vierzig Jahre alt geworden. Aber es war die Psyche, welche ihn die so lange beanspruchten Bandscheiben spüren ließen. Er war müde und inspizierte nachdenklich seine Handflächen. Sie waren von der häufigen Arbeit in den Wäldern Victorias kräftig und mit viel harter Haut bedeckt. Maroulis zog den dunkelbraunen Akubra-Hut mit der breiten Krempe vom Kopf und wischte sich mit dem Unterarm den tropfenden Schweiß von Stirn und Gesicht. Die australische Ausgabe eines Cowboy-Hutes hatte ihn seit fast zwei Jahrzehnten begleitet. Eine Strähne des leicht gewellten, schwarzen Haars, das er von der Mutter geerbt hatte, fiel ihm vor die Augen und er kämmte sie mit gespreizten Fingern zurück. Er hatte es nicht mehr geschafft, zum Frisör zu gehen und die Haare waren weitaus länger, als ihm lieb war. Ebenso die pechschwarzen und teilweise grau melierten Bartstoppeln, welche seine Haut etwas reizten und die er zu reiben begann. Er hatte sich zwar vor der Abreise in Melbourne noch eiligst rasiert, aber sein Haarwuchs war schon immer stark gewesen und so hatte er nach knapp zwei Tagen bereits einen angehenden Bart. In diesem Augenblick beschloss er, seinen Bart wachsen zu lassen. So würde ihn auch nicht gleich jeder erkennen und ansprechen, denn er verspürte absolut kein Verlangen danach, jedermann Rede und Antwort zu stehen. Trotz der kurzen melancholischen Gefühle seiner alten Heimat gegenüber war Australien zu seinem Zuhause geworden. Dort fühlte er sich wohl und hoffte, bald wieder da zu sein. Was aber sollte mit seiner Mutter geschehen? Sie war nun alleine und hatte nur noch ihn. Theo nahm sich vor, sie dazu zu überreden, mit ihm auf den fernen Kontinent zu ziehen, auch wenn dies ein schwieriges Unterfangen sein würde. Zur richtigen Zeit würde er mit ihr darüber reden. Aber nicht jetzt gleich. Dafür war alles, was in so kurzer Zeit geschehen war, zu frisch.

Zuerst der Tod seines Bruders Yanni und kurz darauf der des Vaters. Sowohl er als auch seine Mutter mussten dies zuerst verdauen und das würde Wochen, vielleicht Monate dauern.

Theo hob den Kopf und hielt eine Hand über die grünen Augen, um sie vor der gleißenden Sonne zu schützen und sein Blick wanderte hinunter über die Bucht von Methoni und das Fort der alten Stadt. Sie war Jahrhunderte lang ein wichtiger Handelspunkt für Seefahrer gewesen, welche von Venedigs Küste in den Nahen Osten und nach Afrika gesegelt waren.

Die hohe Luftfeuchtigkeit hatte sich wie ein Schleier über das Wasser gelegt und ließ das Meer blassblau schimmern. Ein einsames Segelboot bahnte sich lautlos den Weg zwischen den zerklüfteten Inseln Schiza und Sapienza durch das glatte Wasser aufs offene Ionische Meer. Einen Augenblick spürte Theo wieder das Fernweh, welches ihn vor so langer Zeit von der kargen Schönheit dieser Gegend und den Menschen weggelockt hatte, welche so sind, wie der Boden, den sie seit Menschengedenken bearbeiten.

Hart und bescheiden.

Über dreißig Jahre war es nun schon her, seit er als Junge mit seinem Vater Ilias über diesen Olivenhain gestapft war, um die knospenden Früchte zu begutachten, welche im Spätherbst geerntet werden sollten.

Der alte Maroulis war Experte gewesen, wenn es um Oliven ging und hatte Theo und seinem Bruder Yanni alles beigebracht, was es darüber zu wissen gab.

Viele Nachbarn hatten immer bis Januar mit der Ernte gewartet, um einen größeren Ertrag einzufahren, aber Ilias Maroulis war sehr stolz auf die hohe Qualität seines Öls und begann deshalb schon Anfang Dezember, wenn die Früchte gerade die richtige Reife hatten. Er nahm den geringeren Ertrag in Kauf und wusste auf den Tag genau, wann sie mit ihrer Ausrüstung losziehen mussten. Netze, Stöcke, Säcke und Rechen lagen immer kurz vor der Ernte bereit. Aber der Zeitpunkt war das Entscheidende!

Wehmütig erinnerte sich Theo daran, wie die großen, grünen Netze um die Bäume drapiert wurden, bevor, wie üblich, Verwandte und Nachbarn mit den Rechen die kostbaren Früchte von den Ästen schlugen und dann in Jutesäcke verpackten. Sein Vater trimmte mit geübtem Auge laufend die Bäume, damit mehr Luft und Licht ins

Geäst gelangte und Theo war stolz, als er diese verantwortungsvolle Aufgabe zum ersten Mal von seinem Vater übernehmen durfte. Zuvor war er es gewesen, der die abgeschnittenen Äste in den Motor getriebenen Rechen hielt, mit dem man die Oliven abstreift.

Die Ernte war eine mühsame Arbeit und dauerte Wochen bei den vielen Bäumen, die sie hatten. Heutzutage werden meist albanische oder bulgarische Taglöhner angestellt, die für ein paar Euro den schweren Job machen.

Theo Maroulis lächelte leise, denn er war immer noch stolz auf sein Wissen und es hatte ihn immer wieder betrübt, dass er es so lange nicht mehr hatte anwenden können.

Das grüne Gold, wie sie es nannten, war die wichtigste Einnahmequelle der Maroulis als auch der meisten anderen Bauern der Region. Mit rund fünftausend Bäumen erwirtschaftete die Familie ein gutes Einkommen, obschon Theo der Meinung war, dass das Öl weit teurer hätte verkauft werden können, denn ein, zwei Grossisten kaufen die ganze Produktion der Umgebung zu einem Spottpreis ein und verkaufen sie dann mit - vermutlich - horrendem Gewinn.

Aber die Bevölkerung der meisten Dörfer ist schon so überaltert, dass sich nichts daran ändert. Die Alten sind zufrieden mit ein paar Hundert Euro aus ihren Oliven, um ihre bescheidene Rente aufzubessern. Ansonsten sitzen sie den halben Tag im kafenío, um ihren ellinikó, den griechischen Kaffe, oder Ouzo, den griechischen Anisschnaps, zu schlürfen, Dorfklatsch zu verbreiten und vorbeifahrenden Autos nachzuwinken.

Viele der Jungen aus der Region zog es deshalb schon vor längerer Zeit früh in größere Städte, wo nicht nur wesentlich mehr Arbeit zu finden war, sondern auch die Unterhaltung, welche sie suchten, denn in diesem Zipfel hier war und ist beileibe nichts los. Kein Kino, kein Theater, Discos nur während der Sommermonate, in denen die Touristen da sind. Darüber hinaus die immer wieder kehrenden Stromunterbrüche und das mangelnde Trinkwasser.

Nein, es war nie eine Gegend für die aufstrebende Jugend, weshalb auch nur wenige blieben, um wie ihre Väter als Bauern zu leben und zu arbeiten.

Der alte Maroulis war jedoch Neuem gegenüber aufgeschlossen gewesen und hatte seinem älteren Sohn mit viel finanzieller Mühe ermöglicht, am Politechnio in Tripolis zu studieren. Theo hatte sich einigermaßen durchs Gymnasium in Pylos geackert und wollte nach dem Abitur eigentlich etwas warten, da er auch noch nicht genau wusste, was er studieren wollte.

Vater Maroulis schon, denn er hatte darauf bestanden, dass sein Sohn sogleich mit dem Studium der Agronomie beginnen sollte, und er erwartete von ihm, dass er danach Verbesserungen und Neues in den familiären Betrieb einbringen würde. Obschon sich Theo nicht sicher war, ob er wirklich Landwirtschaft studieren wollte, fügte er sich dem Wunsch des Vaters.

Während der drei Jahre in Tripolis keimte aber im jungen Maroulis mehr und mehr der Wunsch, im Ausland sein Glück zu versuchen. Es drängte ihn danach, andere Länder und Kulturen kennen zu lernen.

Australien war sein Traum!

Sein drei Jahre älterer Cousin Jorgo war vor ein paar Jahren nach Melbourne im australischen Staat Victoria ausgewandert. Die Stadt soll die zweitgrößte griechische Bevölkerung außerhalb Athens haben. Theo hatte mit ihm regelmäßigen Briefkontakt gehabt und der hatte immer in den höchsten Tönen vom Leben auf dem fernen Kontinent geschwärmt. Nach erfolgreichem Abschluss des Studiums hatte Theo nun schon ein halbes Jahr auf dem elterlichen Hof gearbeitet und etliche Neuerungen einführen können, worüber sich sein Vater sehr gefreut hatte und meinte, das Studium hätte sich gelohnt.

Trotzdem war der Wunsch, weg zu gehen, im jungen Maroulis weiter gewachsen. Er hatte sogar schon mit seiner Verlobten Tasía (ausgespr. Tassía) gesprochen und, obschon die zu Beginn etwas skeptisch war, konnte er sie nach und nach für seine Idee begeistern. So hatten sie für sich eines Tages beschlossen, nach der Hochzeit zusammen auszuwandern.

Theo und Tasía waren einander nämlich von ihren Vätern schon lange versprochen gewesen, was auch noch heute nicht unüblich ist. Zudem waren die Väter Ilias Maroulis und Panaiotis Kiriakos seit Urzeiten beste Freunde und glücklich darüber, dass sich ihre beiden Kinder auch wirklich ineinander verliebt hatten und es so keine Zwangsheirat würde, wie dies immer wieder geschieht.

Aber dann kam alles anders.

Ganz anders!

Theos Gedanken schweiften zurück zum Frühling vor achtzehn Jahren, als er ein junger Mann von zweiundzwanzig Jahren war und in einem kleinen Dorf namens Pidasos unweit der Stadt Pylos lebte.

Kapitel 2

12. Mai 1988

Die Olivenernte im Dezember des vergangenen Jahres war ausgezeichnet gewesen. Vater Ilias Maroulis saß an jenem späten Morgen auf der Veranda seines Hauses im alten Schaukelstuhl und schlürfte einen Kaffee. Er war noch keine Fünfzig und beinahe so kräftig, wie in jungen Jahren. Sein buschiges, schwarzes Haar, welches seine Frau Athina so sehr an ihm liebte, war oben etwas schütterer geworden und ein paar Falten hatten in seinem sonnengegerbten Gesicht Einzug gehalten. Das alles kümmerte Ilias aber nicht, denn sein mächtiger Schnauzbart hatte zwar schon ein paar graue Haare aber repräsentierte dennoch insgeheim seinen ganzen männlichen Stolz. Er hatte eine immer noch wunderschöne Frau und zwei tüchtige Söhne, die ihm und Athina das Leben im Alter angenehm machen würden.

Ilias Maroulis hatte also wirklich allen Grund, zufrieden zu sein und nichts schien an diesem Morgen auf die bevorstehende Katastrophe hinzudeuten, welche sein Leben für immer verändern sollte.

Theo fand seinen Vater, wie er die Ta Nea, eine Zeitung, durchblätterte.

„Vater, ich muss mit Dir sprechen", begann Theo und versuchte, die Angst in seiner Stimme zu verbergen.

Ohne von der Zeitung aufzusehen, bedeutete Ilias seinem Sohn, sich zu setzen.

„Kátse, ghié mou." Setz' Dich, mein Sohn. „Trink mit Deinem alten Vater ein Glas Wein!"

Theo zögerte etwas und setzte sich auf den blau gestrichenen Holzhocker mit der geflochtenen Sitzfläche.

„Athinaaa! Bring uns einen krassí und zwei Gläser!", rief   Ilias lauthals Richtung Küche, wo seine Frau gerade das Mittagessen zubereitete.

Es ist eine verbreitete Unart griechischer Männer, einerseits zu brüllen und andererseits ihre Frauen herum zu kommandieren.

Die Frauen ihrerseits nehmen es – meistens – gelassen. Und brüllen - nicht selten - zurück.

Einen Augenblick später erschien Theos Mutter mit zwei Wassergläsern und einer roten Aluminiumkaraffe, deren Farbe schon sehr verblichen war.

Sie stellte alles auf den kleinen, runden Metalltisch, stemmte ihre Hände in die Seite und schaute ihren Mann ernst an.

„Du brüllst wie ein Esel, mein Lieber! Ich höre noch sehr gut!"

Ilias lachte laut auf und breitete seine Arme aus.

„Mátia mou, es tut mir leid! Ich leider nicht. Deshalb brülle ich", grinste er seine Frau breit an und freute sich, wie schön sie immer noch aussah!

Wenn Athina wütend war – oder auch nur so tat –, wirkte sie mit ihrem gewellten, schwarzen Haar, das ihr katzenhaftes Gesicht mit der leichten Hakennase und den großen, braunen Augen umrahmte, wie ein wilder Löwe.

Athina presste die Lippen zusammen und konnte sich dann doch ein Grinsen nicht verkneifen.

„Dann kauf Dir ein Hörgerät, bárbe!"

Sie nannte ihn einen alten Mann, drehte sich um und lief zu ihren Töpfen zurück.

„Ich liebe Dich, Athina!", rief ihr Ilias hinterher.

Theo hörte die Mutter auf dem Weg in die Küche kichern und lächelte. Seine Eltern waren sich immer noch sehr nah nach all den Jahren und er stellte sich sehnsüchtig vor, dass auch er und Tasía eines Tages so vertraut sein würden.

Ilias schmunzelte, beugte sich über die Lehne des verwitterten Schaukelstuhls und füllte zwei Gläser mit dem etwas säuerlichen, rosaroten Landwein, wie er hier häufig anzutreffen ist. Er streckte dem Sohn eines der Gläser hin.

„Jiámas!"

Er dröhnte wieder, obschon er sonst eigentlich ganz normal redete. Er war einfach bester Laune heute.

„Jiássas!", echote Athina aus der Küche und Ilias lachte erneut laut auf.

„Prost, mein Sohn. Na imáste óli kalá!"

„Ja, Papa. Möge es uns allen gut gehen!", sagte Theo etwas kleinlaut.

„So, mein Sohn. Was hast Du auf dem Herzen?"

Theo atmete tief durch. Wie sollte er dem Vater nur seine Absichten beibringen. Er entschloss sich für einen Umweg.

„Ich bin Dir sehr dankbar, dass Du es mir ermöglicht hast, zu studieren, Vater. Ich weiß, dass es Dich viel Mühe und Geld gekostet hat."

Ilias spürte, dass da noch etwas kommen musste. Trotzdem nickte er zustimmend.

„Du warst mir immer ein guter Sohn, Theo. Bis auf ein paar Ausnahmen", schmunzelte er mit einem Augenzwinkern.

Ganz in sein Vorhaben vertieft, war Theo einen Augenblick verblüfft, fasste sich aber sogleich wieder. „Du meinst, als ich mit Dreizehn den Traktor in den Graben gefahren habe?"

„Zum Beispiel."

„Was noch?"

„Das, was Du mir vielleicht gleich erzählen wirst."

Theos Pupillen weiteten sich und sein Vater bemerkte dies sogleich. Er kannte seinen Sohn.

„Ich …ich", begann Theo zu stammeln.

„Spuck's aus, dann ist es draußen. Sonst geht's auf den Magen."

Der junge Maroulis seufzte und begann.

„Vater, ich möchte nach Australien gehen."

„Was willst Du da? Ferien machen?"

„Leben und arbeiten."

„Das kannst Du doch auch hier."

Ilias hielt das ganze für einen Scherz.

„Könnte ich. Möchte ich aber nicht. Ich sehe in Australien mehr Möglichkeiten. Du weißt doch, Cousin Jorgo ..."

„Apoklíete!", Ausgeschlossen! unterbrach der Vater kurz und scharf. Seine Stimmung drehte sich im Nu und er sah seinen Sohn mit funkelnden, grünen Augen an. Dieselben hatte Theo.

„Hast Du wirklich das Gefühl, ich lasse Dich für viel Geld studieren, damit Du dann Hof und Familie im Stich lässt?!" zischte er.

Ein Argument, das Theo nur zu gut verstand.

„Ich verstehe, dass es Dich trifft, aber ..."

„Du verstehst nichts!", unterbrach er ihn und wurde lauter. "Sonst wäre es Dir nicht im Traum in den Sinn gekommen, mir mit so etwas zu kommen!"

Theo senkte den Kopf. Ilias schien sich etwas beruhigt zu haben und fuhr gedämpfter fort.

„Schau her. Als ich in Deinem Alter war, wollte ich auch weg. Und damals hatten wir auch gute Gründe. Nach den Nazis machten uns die Kommunisten das Leben zur Hölle. Dann kamen der Bürgerkrieg und anschließend die Junta. Wir hatten nicht viele Möglichkeiten aber tausend Gründe. Da waren aber noch unsere Familien. Unsere Eltern, denen wir beistehen mussten. Wir konnten nicht einfach weg."

„Ich verstehe das", gestand Theo ein. „Aber wir leben in einer anderen Zeit, Papa. Und Du bist doch noch nicht alt. Zudem ist Yanni auch noch da!"

Der Alte schnalzte mit der Zunge und hob als Zeichen der Ablehnung das Kinn.

„Yanni ist ein guter Junge", erklärte er dezidiert. „Vielleicht sogar der bessere Bauer, als Du. Aber Dich als Ältesten habe ich studieren lassen." Er machte eine Pause. „Und nun das!" Ungläubig schüttelte der Alte den Kopf.

„Habe ich in Deinen Augen kein Recht auf mein eigenes Leben?", fragte Theo leicht erregt.

Ilias lehnte sich über den Tisch und sah Theo mit zusammengekniffenen Augen an.

„Doch. Aber hier!"

„Ich habe lange über diesen Schritt nachgedacht, Vater. Mein Entschluss steht fest."

„Ás ta na páne!", Vergiss es!, fauchte Ilias.

„Was soll er vergessen?", fragte Athina.

Die Mutter war unbemerkt aus der Küche gekommen und stand in der Türe, denn der Streit war nicht zu überhören gewesen.

„Zum Teufel! Dein Sohn will uns verlassen um in der großen, weiten Welt sein Glück zu machen. Seine Heimat ist ihm nicht mehr gut genug!"

Er wurde wieder lauter und schlug dabei mit der Faust auf den kleinen Tisch, dass der zu wackeln begann und Ilias' Weinglas umkippte.

„Verdammt!", fluchte er und warf einen Arm nach oben.

Athinas Blick wanderte von ihrem aufgebrachten Mann zu ihrem Sohn.

„Theo?", fragte sie nach einer Erklärung heischend.

Er versuchte, so sicher, wie möglich zu klingen.

„Mana, ich will nach Australien gehen."

Sie sah ihren Sohn lange an.

„Weshalb?"

„Ich möchte andere Länder kennen lernen."

„Dann mach Ferien!", zischte der Vater dazwischen und erhielt einen Seitenblick seiner Frau, dass er schweigen sollte.

„Ich möchte aber da leben und arbeiten!", versuchte Theo zu erklären.

„Ich verstehe", sagte sie traurig.

„Du verstehst?!?!", brüllte Ilias sie an.

„Du brüllst schon wieder. Ilias Maroulis!" Sie sah ihn scharf an. „Ja, ich verstehe ihn. Und du von allen solltest es auch."

Maroulis sah seine Frau verwirrt an und überlegte, was sie meinte. Dann senkte er den Kopf um nach einem Moment mit einem Ruck aufzustehen wobei er beinahe den Tisch umgeworfen hätte.

„Sto dialó!", knurrte er, stand auf und stampfte schnaubend aus dem Haus, schwang sich auf seinen Traktor und fuhr davon.

Theo war ebenfalls aufgestanden und sah seine Mutter verzweifelt an.

„So habe ich Vater noch nie erlebt?"

Er war fassungslos.

„Lass ihn. Er muss sich Luft verschaffen", sagte Athina leise und schaute ihren Sohn lange an. Dann setzte sie sich in den Schaukelstuhl und faltete die Hände wie zu einem Gebet.

„Setz Dich", sagte sie leise und Theo tat wie ihm geheißen. Nach einem kurzen Moment schaute die Mutter auf.

„Du musst Deinen Vater verstehen, Theo. Er hatte in Deinem Alter viele Gründe, wegzugehen und hat es dennoch nicht getan. Der Familie wegen. Es waren sehr schwere Zeiten damals. Dein Vater hatte keine große Wahl. Seine zwei jüngeren Brüder Jorgo und Pavlos waren 1945 von den Kommunisten, den andártes, verschleppt und nie wieder gefunden worden. So war er der einzige Sohn, ja das einzige Kind, das Deine Grosseltern noch hatten und er musste doch für sie sorgen. Nachdem wir uns 1964 kennen gelernt hatten, träumten auch wir davon, unser geschundenes Land für immer zu verlassen und unser Glück anderswo zu suchen. Aber Dein Vater hatte sich schließlich wegen der Familie fürs Dableiben entschieden. Dann wurdest Du 1966 geboren und ein Jahr später übernahm die Junta die Macht. Es waren schlimme Jahre voller Entbehrungen und Angst, auch wenn wir in einer ländlichen Umgebung lebten. Wir hätten tausend Gründe gehabt, wegzugehen. Aber mit einem Kind ist das nicht so einfach. Zudem hätten die Militärs unsere Flucht an den Verwandten, allen voran Deinen Grosseltern, ausgelassen und das konnten wir nicht verantworten. So haben wir versucht, uns mit dem Leben zu arrangieren. Und glaube mir, es ist weder Deinem Vater noch mir leicht gefallen!" Sie blickte ihn traurig an. „Aber ich liebe ihn nicht trotzdem sondern deswegen."

Theo schaute seine Mutter etwas beschämt an.

„Es sind die unerfüllten Träume, die Du ihm nun ins Gesicht geworfen hast mit Deinen Absichten. Gib ihm etwas Zeit, das zu verdauen."

„Glaubst Du, dass er mich je verstehen wird?"

„Er versteht Dich jetzt schon. Nur will er es nicht wahrhaben. Er kommt auch noch aus einer Generation, in welcher der Vater zu Allem seinen Segen geben will. Und das fällt ihm schwer. Ich weiß nicht, ob er es fertig bringt."

„Was soll ich tun, Mana?"

„Du musst das tun, was Du für richtig hältst, Theo. Nicht alle können und sollen so reagieren, wie Dein Vater. Zudem liebt Dich Dein Vater und hat Angst, Dich zu verlieren."

Theo nickte und schaute seine Mutter an.

„Du nicht?", fragte er.

„Ich kann Dich gar nicht verlieren, denn Du warst seit jeher in meinem Herzen. Es kann sein, dass ich Dich nicht berühren kann. Und diese Vorstellung schmerzt auch mich, glaub' mir. Aber wenn es Dein Schicksal sein soll, dass Du in einem fernen Land glücklich wirst, dann sei es so. Wie könnte ich dabei unglücklich sein?"

„S'agapó, Mana mou", Ich liebe Dich, Mama, sagte er leise und Tränen füllten seine Augen.

Athina starrte wieder auf den Tisch bevor sie ihn traurig anblickte.

„Weiß Tasía davon?"

Natürlich fragte sie ihn nach seiner Verlobten.

„Aber sicher! Wir möchten zusammen gehen, Mana", erwiderte er.

„Dann habt ihr beide ein Problem."

„Weshalb?", fragte er leicht entrüstet.

„Panaiotis wird seine Tochter niemals einfach so mit Dir gehen lassen. Natürlich seid Ihr einander versprochen. Aber so. Niemals!", sagte sie überzeugt.

Beide schwiegen.

„Ich werde mit Panaiotis reden", sagte Theo plötzlich.

„Tu das, Theo. Aber sei nicht überrascht, wenn er Dich hochkant aus dem Haus wirft. Er wird es nicht zulassen dass Du mit seiner Tochter weggehst."

Sie sah ihn besorgt an.

„Ich muss es versuchen."

„Ja, ich denke, versuchen musst Du es", sagte Athina traurig.

Panaiotis Kiriakos, genannt Taki, hatte seinen Hof etwas außerhalb des Dorfes an der Hauptstrasse nach Mesochori, ein Kaff weiter Richtung Pylos. Der Bau war einiges neuer als derjenige der Familie Maroulis und deshalb aus Zement. Der untere Stock war nur ein Rohbau mit Stützpfeilern für den effektiven Wohnbereich im ersten Stock. Er wurde als apothíki benutzt. Ein Abstell- und Arbeitsraum, wie ihn die meisten Häuser haben.

Als Theo beim Haus der Eltern seiner Freundin ankam, sah er Takis alten Pick Up in der Einfahrt stehen. Der alte Kiriakos musste also zuhause sein. Es war auch kurz nach ein Uhr und bald mesiméri, die griechische Siesta. Dennoch war es nicht zu spät um zu erscheinen, denn erst zwischen zwei und fünf Uhr ist heilige Ruhezeit, bei der kein Grieche gestört werden will.

Er sah, wie der Freund seines Vaters in der apothíki ein paar Kisten stapelte und ging auf ihn zu.

„Éla Taki. Ti kánis?" Hallo Taki, Wie geht's?

Der Mann –gleich alt wie sein Vater– drehte sich langsam um und grinste, als er Theo sah. Er kannte den jungen Maroulis von Kindesbeinen auf. Darüber hinaus war er überglücklich, dass Theo und Tasía nicht nur einander versprochen worden waren, sondern sich offensichtlich auch liebten. Ein Geschenk des Himmels.

„Na, noch nicht mesiméri, Theo?"

„Nein, noch nicht. Sind die Frauen zuhause?", fragte Maroulis.

„Opopo. Meine ist Tabu und Tasía gibt's erst nach der Hochzeit!"

Taki grinste wie ein Honigkuchenpferd und lachte alleine über seine Anzüglichkeit. Theo ging nicht darauf ein.

„Ich muss mit Dir reden, Taki. Von Mann zu Mann."

„So förmlich? Na denn, gehen wir nach oben. Bin sowieso fertig hier und ein kleiner Ouzo vor dem Mittagsschlaf kann nicht schaden. Die Frauen sind übrigens in Kalamata einkaufen. Kommen wahrscheinlich erst gegen Abend. Lass uns hoch gehen."

Er klopfte dem Sohn seines Freundes auf die Schulter und ging die steile Treppe hoch. Theo folgte ihm schweren Schrittes.

Die beiden Männer setzten sich in die Küche und Taki schickte sich an, eine Flasche Ouzo und zwei Gläser aus der Kommode zu nehmen. Eigentlich wollte Theo im Moment – gerade diesem Moment – nicht noch mehr Alkohol trinken, aber die Höflichkeit gebot es ihm, den Drink anzunehmen.

Der junge Maroulis setzte sich an den Holztisch, der mitten in der Küche stand. Taki drehte sich um.

„Eis?"

„Nein, danke."

So kam Taki mit zwei Ouzo und einer Karaffe Wasser zurück an den Tisch und setzte sich mit leichtem Stöhnen.

„Na, mein Sohn, wo drückt der Schuh?"

Theo war für Taki immer wie ein Sohn gewesen. Nicht nur aufgrund der Tatsache, dass er selber keinen hatte. Er mochte das wissbegierige Wesen und die große Hilfsbereitschaft des jungen Maroulis immer sehr zu schätzen. Theo würde seiner einzigen Tochter Tasía ein guter Ehemann sein.

Takis Gesicht war leicht gerötet, was bei Rothaarigen nicht außergewöhnlich ist und die Sommersprossen traten deshalb etwas mehr zutage. Sein Haar war allerdings nicht karottengelb, sondern eher rostrot und schon ziemlich schütter. Die etwas knubbelige Nase passte zum rundlichen Gesicht und verlieh dem nicht allzu großen Mann einen gemütlichen Ausdruck. Taki war auch ein fröhlicher Mensch, der das Leben im Allgemeinen gelassen nahm. Er hatte trotz der Hitze ein rot kariertes und stark verschwitztes Hemd an und die aufgekrempelten Ärmel entblößten kräftige, stark behaarte Unterarme. An der linken Hand fehlte die Kuppe des Zeigefingers, die er sie sich vor vielen Jahren bei Sägearbeiten abgeschnitten hatte. Aber es gab hier unter den Bauern viele Männer mit verstümmelten Gliedern, sodass dies nicht besonders auffiel.

Theo räusperte sich. „Mein Vater und Du habt schon lange beschlossen, dass Tasía und ich heiraten sollen, nicht wahr?"

„Vor Urzeiten."

„Und wir wollen heiraten, Taki."

„Das möchte ich Euch auch geraten haben, mein Sohn."

„Wir möchten aber nicht nur heiraten."

„Nun ja, Kinder haben sicher auch."

Er grinste.

„Natürlich. Aber es gibt da noch was anderes", sagte Theo ernst.

Taki Augen leuchteten neugierig, er erwiderte jedoch nichts.

„Tasía und ich möchten, sobald wir geheiratet haben, nach Australien auswandern."

Der alte Kiriakos schien nicht recht zu verstehen und lachte zunächst laut heraus.

„Ihr wollt was?"

„Auswandern."

„Wieso denn dass?"

„Ich glaube, wir haben in Australien mehr Möglichkeiten."

„Dein Vater hat doch einen schönen Hof und nicht wenig Land. Dazu bekommt Tasía auch noch von mir eine nette Mitgift. Ihr werdet ein gutes Auskommen haben. Und hoffentlich viele Kinder."

Er grinste wieder. Er hatte immer noch nicht begriffen, dass es Theo ernst war.

„Taki, wir möchten es wirklich beide. Wir sind noch jung und können uns dort eine Zukunft aufbauen. Wir haben schon viele Male darüber gesprochen und auch Tasía ist einverstanden."

Langsam schien es Taki zu dämmern. Sein Gesicht wurde noch etwas röter. Zornesrot.

„Aber mit mir hat sie nicht gesprochen und solange ihr noch nicht verheiratet seid, bestimme immer noch ich, was sie tut oder lässt!"

Er wurde lauter. Wie Theos Vater.

„Wir sind aber beide erwachsen und sollten selbst entscheiden, was wir in unserem Leben wollen."

Nach dem Gespräch mit seinem Vater wurde Theo durch Takis Haltung doch etwas ärgerlicher. Taki lehnte sich über den Tisch und funkelte den jungen Mann an.

„Wenn das so ist, Herr Maroulis, dann kannst Du gerne nach Australien gehen oder Dich zum Teufel scheren. Meine Tochter bleibt jedenfalls hier! Verstanden! Ich will keine Vagabunden in meiner Familie!"

„Ich bin kein Vagabund!!", rief Theo beleidigt. „Ihr seid doch alles sture alte Männer und habt keine Ahnung!", platzte ihm der Kragen.

„Mach, dass Du Dich zum Teufel scherst, Maroulis. Meine Tochter bekommst Du so nicht!!", tobte Taki und stand drohend auf.

Theo sah ein, dass er sich besser vom Acker machen sollte und verließ das Haus.

Taki brüllte ihm noch nach:

„Und lass Dich ja nie mehr mit meiner Tochter blicken. Die Verlobung ist aufgelöst, hörst Du!!"

Der alte Kiriakos war so außer sich, dass er überbordete und er hatte soeben seinen zukünftigen Schwiegersohn wie einen räudigen Hund vom Hof gejagt.

Theo lief quer über die Felder auf den Olivenhain, den er so liebte. Er musste nachdenken. Nie hätte er sich vorgestellt, mit seinem Anliegen einen solchen Sturm der Entrüstung auszulösen.

Kapitel 3

22. Juni 2006

Theo Maroulis saß immer noch auf der alten Steinmauer, die den Olivenhain begrenzte. Genauso wie damals, als er nach dem Eklat mit Vater Ilias und Taki Kiriakos Zeit brauchte, um nachzudenken über seine und Tasías Zukunft.

Vor achtzehn Jahren hatte er als junger Mann Griechenland verlassen.

Schweren Herzens alleine.

Er, der mit seiner großen Liebe die Welt hatte erobern wollen.

Geblieben davon waren Scherben. Viele Scherben.

Er hatte sich mit seinem Vater überworfen. Tagelang redete Ilias nicht mehr mit seinem Ältesten. Taki Kiriakos hatte ihm und Tasía unter Todesdrohungen verboten, sich je wieder zu sehen. Das war natürlich völlig übertrieben gewesen, aber der junge Maroulis nahm es doch etwas ernst. Theo und Tasía waren noch sehr jung und die Worte eines Älteren galten noch etwas. Allem voran die eines Vaters. Auch die beiden Mütter Eleni und Athina kamen gegen die Sturheit ihrer Männer nicht an.

Der junge Mann wusste weder ein noch aus.

War es ein solches Verbrechen, was sie tun wollten? fragte er sich.

Theo und Tasía trafen sich trotz Takis Warnungen noch ein paar Mal heimlich. Sie hatten beide noch nicht viel Geld sparen können und so hatten sie beschlossen, dass Theo zuerst nach Australien gehen würde und Tasía dann nachkäme, sobald sie das Geld zusammen hätten.

Doch daraus wurde nichts.

Theo erinnerte sich an den ersten Brief, den ihm seine Mutter nach zwei Monaten geschrieben hatte.

Pidasos, den 28. August 1988

Mein liebster Sohn,

Wie geht es Dir so weit weg von zuhause?

Ich hoffe, Du bist gesund und hast eine gute Unterkunft bekommen. Hast Du auch schon Arbeit?

Ich weiß auch nicht, wie die Australier kochen, aber ich hoffe, Du kommst zurecht mit deren Küche.

Ich vermisse Dich unendlich. In den Tagen und Wochen, seit Du weggegangen bist, hat sich soviel verändert. Dein Vater hat es Dir nicht verzeihen können, dass Du bei Nacht und Nebel weggegangen bist. ‚Wie ein Dieb' hat er gesagt und verächtlich auf den Boden gespuckt. Ich habe versucht, ihm zu erklären, dass er Dir keine Wahl gelassen habe, aber er sagte nur, dass er nunmehr nur noch einen Sohn habe: Yanni. Dein Bruder vermisst Dich auch sehr, denn Dein Vater ist sehr verbittert und lässt das auch Yanni spüren. Er ist ja auch erst Zwanzig. Aber er versucht, es Papa Recht zu machen.

Dein Vater hat auch gesagt, dass er Deinen Namen in seinem Hause nie mehr hören will.

Das ist aber alles lautes Gebrüll, glaub mir.

Er ist einfach auch enttäuscht darüber, dass Du versucht hast, Deinen Traum wahr werden zu lassen ER hatte sich damals anders entschieden. Ich habe versucht, ihm zu erklären, dass Du Dein Leben leben musst. Er hat mir dann, wenigstens einmal, zugehört, aber nichts gesagt dazu. Ich denke, er weiß, dass ich Recht habe. Aber sein Stolz gibt es nicht zu. Dieser ewige griechische Stolz!

Sicherlich möchtest Du etwas von Tasía wissen.

Leider kann ich Dir aber keine guten Neuigkeiten schreiben. Taki ist immer noch stur, und letzten Monat hat sie aus Verzweiflung versucht, sich das Leben zu nehmen. Nur weil Eleni früher, als vorgesehen vom Einkaufen zurückkam, fand sie Tasía rechtzeitig. Sie war ein paar Tage im Spital in Pylos und ist seitdem zuhause. Sie ist, wie Du

Dir denken kannst, sehr depressiv. Eleni kümmert sich liebevoll um sie, nur ihren Vater lässt Tasía nicht an sich heran. Ich selber war ein paar mal bei ihr und hoffe immer noch, dass Taki zur Vernunft kommt und bete täglich, dass ihr eines Tages doch zusammenkommen dürft.

Tasía sendet Dir durch mich ihre Liebe!

Wenn Du ihr schreiben willst, dann sende den Brief an mich. Ich werde ihn weiterleiten.

So, mein Sohn, nun will ich zum Schluss kommen und hoffe, dass Du mir bald schreiben kannst.

Ich umarme Dich

Deine Mutter Athina

Der erste Brief seiner Mutter hatte ihn so schwer getroffen, dass er kurz davor war, wieder nach Griechenland zurück zu gehen.

Aber wohin? Und mit welchen Mitteln?

Theo schmiedete Pläne, seine geliebte Tasía aus den Klauen des despotischen Vaters zu befreien, gab aber mal um mal auf, weil er keine Möglichkeit sah, sie umzusetzen.

Es hatte eine ganze Woche gedauert, bis er sich durchgerungen hatte, seiner Mutter zurück zu schreiben.

Er erzählte ihr, dass er bei seinem Cousin Jorgo untergekommen war, bat die Mutter aber, dies dem Vater nicht zu erzählen. Jorgo war zwar nicht sein direkter Cousin, sondern, als Sohn einer Cousine seiner Mutter, nur einer zweiten Grades. Trotzdem stand zu befürchten, dass der Vater sich deshalb auch von der Familie hintergangen fühlen würde.

Er schilderte ihr, dass er Arbeit als Holzfäller bekommen habe und somit seinem Cousin nicht mehr auf der Tasche liegen müsse. Das gesparte Geld hätte er ja für das Flugticket und das Visum gebraucht und vom Rest sei nicht mehr viel übrig geblieben. Aber er sei guter Dinge.

Am Ende schickte er ihr, seinem Bruder sowie Eleni Kiriakos herzlichste Grüsse.

An Tasía nicht.

Für sie legte er einen Brief in einem separaten Umschlag bei, den Athina weiterleiten sollte.

Melbourne, den 5. September 1988

Meine geliebte Tasía,

Wie geht es Dir? Ich vermisse Dich so sehr, dass es jeden Tag etwas mehr schmerzt.

Wie Du Dir denken kannst, habe ich von meiner Mutter erfahren, dass Du etwas Unsinniges getan hast. Ich verstehe Deine Verzweiflung nur zu gut und mache Dir sicherlich keine Vorwürfe.

Das Leben hier ist einsam ohne Dich. Trotzdem gibt es viel Neues zu entdecken, was es zuhause nicht gab. Die Menschen sind auch sehr freundlich und in Melbourne gibt es Hunderttausende von Griechen mit denen man auch einmal ein Wort in seiner Muttersprache reden kann. Obschon wir ja an der Schule Englisch gehabt haben, lerne ich doch jeden Tag neue Ausdrücke, denn die Australier haben einen sehr eigenen Dialekt und Redewendungen, die ich vorher noch nie gehört habe und deshalb ständig nachfragen muss, was man damit meint, was mir etwas peinlich ist. Alle nennen mich ‚mate', das heißt Freund, auch wenn ich sie gar nicht kenne.

Ich habe hier jetzt Arbeit als Holzfäller gefunden und verdiene 60 Dollar am Tag, was sehr viel ist, und spare jeden Cent, um für Dich ein Visum und ein Flugticket bezahlen zu können. Es wäre zwar schlimm, wenn auch Du von Deiner Familie weglaufen müsstest, aber wenn es die einzige Möglichkeit ist, zusammen zu kommen, dann soll es so sein.

Ich bin wild entschlossen, Dich zu mir zu holen und hoffe, Du wünschst Dir das auch!

Ich werde Dir sobald wie möglich wieder schreiben.

Sei tapfer, mátia mou!

Ich liebe Dich über alles!

Dein Theo

Der Briefwechsel war in den ersten Monaten rege gewesen. Dann konnte Theo aufgrund seiner Arbeit nicht mehr so häufig schreiben, da er meist wochenlang in den Wäldern war. Manchmal telefonierte Theo kurz mit seiner Mutter, wenn Athina sicher war, dass Vater Ilias nichts mitbekommen würde. Sogar Yanni war ein-, zweimal am Apparat.

Er würde dem Vater nichts sagen.

Schlimmer war für Theo, dass Tasía eines Tages keine Antworten mehr auf seine Briefe schickte und er nicht wusste, weshalb. Er fragte sich, ob sie aufgegeben hatte, weil es viel länger dauerte, als sich beide vorgestellt hatten. Die Lebenshaltungskosten waren wesentlich höher, als ihm lieb war und er brauchte länger als erwartet, das Geld für Tasía zusammen zu sparen.

Dann, fast ein Jahr nach seinem Weggang, erreichte ihn die schlimmste Nachricht. Sie war von seiner Mutter.

Pidasos, den 5. Mai 1989

Mein liebster Sohn,

Ich hoffe, es geht Dir gut und Du bist gesund. Wie geht es bei der Arbeit als Holzfäller? Langweilst Du Dich nicht? Du bist doch Agronom und kein Biber.

Yanni geht es gut und er arbeitet wie wild. Er hat auch versucht, die Dinge, die Du ihm vom Panepistímio beigebracht hast, umzusetzen und Dein Vater ist sehr zufrieden mit ihm. Der ist auch nicht mehr so mürrisch, wie bis vor einem Monat. Warum weiß ich nicht, aber ich bin froh darüber. Er war früher nie so, weißt Du.

Nun ja. Die Zeit heilt ja bekanntlich Wunden.

Leider habe ich schlechte Nachrichten für Dich und es fällt mir schwer, Dir dies mitzuteilen.

Tasía wird Ende Monat mit einem reichen Bauernsohn aus Perivolakia verheiratet werden.

Er heißt Jorgo Safaridis und kommt aus einer sehr einflussreichen Familie.

Ich sagte bewusst, dass sie verheiratet wird, denn wirklich wollen tut sie das natürlich nicht. Aber Du weißt, wie es hier läuft. Immer noch. Taki versucht, mit allen Mitteln zu erreichen, dass Tasía Dich vergisst, dieser alte Narr. Als ob er das so könnte!

Eleni wehrte sich auch lange dagegen, aber vergebens.

Nun, dieser Jorgo soll wenigstens ein guter Mann sein und nicht nur Geld haben.

Das ist natürlich weder für Dich noch Tasía ein Trost, ich weiß.

Es tut mir so unendlich leid, Dir dies mitteilen zu müssen.

Ich umarme Dich. Bitte grüss Jorgo von mir.

Deine Mutter Athina

Theo hatte sich nach Erhalt jenes Briefes das erste und letzte Mal in seinem Leben wirklich betrunken.

Cousin Jorgo, war zu einem guten Freund geworden und Theo hatte ihm natürlich immer erzählt, was bei ihm zuhause passierte. Der Cousin wusste damit sehr wohl, was der letzte Brief für Theo bedeutete und schleppte ihn zu einer Tour durch sämtlich Bars in Melbourne, die er kannte. Und das waren nicht wenige.

Dieser letzte Brief seiner Mutter änderte für viele Jahre beinahe alles für den jungen Maroulis.

Er hatte Tasía verloren. Für immer, wie er befürchtete.

Auch wenn man das Jahr 1989 schrieb, so waren doch die herrschenden, ungeschriebenen Gesetze in Griechenland vielerorts noch immer aus dem Mittelalter.

Wie er es dazumal Taki ins Gesicht gesagt hatte.

Und wohin hätte sich Tasía auch hinwenden sollen? Sie hatte doch nur ihre Familie, die sie nun auch noch an irgendeinen reichen Bauernsohn verschacherte.

Bevor Theo ihr zurück schreiben konnte, erhielt er von Tasía einen letzten Brief. Er vergaß ihn nie und trug ihn sogar in seiner Brieftasche mit sich herum, ohne ihn je wieder gelesen zu haben.

Bis zu dem Tag auf dem Olivenhain, wo er jetzt auf der Steinmauer saß. Beinahe zwanzig Jahre später.

Er griff in die hintere Hosentasche und zog seine Brieftasche hervor. Zwischen Visitenkarten und Ausweispapieren zog er ein schon ziemlich verblasstes blaues Stück Papier heraus. Ein vorfrankierter Luftpostbrief, der zusammengefaltet zugleich Umschlag war.

Er sah den Brief lange an und hielt ihn dann ans Gesicht, wobei er einen Hauch von Parfüm roch. Tasías Parfüm, das sie immer sehr sparsam verwendet hatte und von dem er nicht einmal den Namen wusste.

Zögernd entfaltete er den Brief nach so langer Zeit.

Er entdeckte die vielen kleinen Ringe wieder auf dem Papier. Es waren die Tränen gewesen, die Tasía geweint haben musste, als sie diesen Abschiedsbrief geschrieben hatte.

Langsam begann er zu lesen.

Pidasos, den 16. Mai 1989

Mein geliebter Theo,

Ich hoffe, Du bist wohlauf!

Diese Zeilen erreichen Dich wahrscheinlich erst, wenn es vorbei ist.

Deine Mutter hat mir erzählt, dass sie Dir geschrieben hat, dass ich Ende Mai heiraten muss. Ich war nicht glücklich darüber, denn ich weiß, wie sehr es Dich schmerzen musste, als Du es erfahren hast.

Du weißt sicher auch, dass ich diesen Schritt nicht aus freien Stücken tue und mein Herz nicht dabei ist. Ich war nach Deinem Weggang vor einem Jahr lange krank und mein Vater Panaiotis hat dies ausgenützt, um endgültig sicher zu stellen, dass wir beide nie zusammenkommen werden. Ich war zu schwach und hatte keinen Willen mehr, um mich dagegen zu wehren. Verzeih mir, mein Liebster!

Du wirst ewig in meinem Herzen sein so wie ich in Deinem, das weiß ich und das tröstet mich ein wenig.

Ich lege Dir mein kleines Kreuz bei, das ich von meiner Großmutter Elefteria zur Geburt bekommen habe. Ich habe es immer an dem Halskettchen getragen, das Du mir geschenkt hast. Dieses Kettchen wird mich immer an Dich erinnern. Das Kreuz Dich hoffentlich auch an mich.

Ich wünsche mir so sehr, dass Du eines Tages eine Frau findest, mit der Du wenigstens einigermaßen glücklich sein kannst und dass unsere unerfüllte Liebe Dir nicht im Wege steht.

Ich bitte Dich nun dringend, um des Friedens willen, mir nicht mehr zu schreiben. Ich werde auch nicht mehr antworten können. Vielleicht erfahren wir über Deine Mutter voneinander.

Ich umarme Dich zärtlich.
Vergiss nie, wie sehr ich Dich liebe!

Deine Tasía
Theo ließ die Hand mit dem Brief sinken und spürte, wie sich seine Augen mit Tränen füllten.

Er war zwar wieder da, aber seine Tasía immer noch weiter entfernt, als die Sterne.

Sorgsam faltete er das blaue Papier wieder zusammen und schob es vorsichtig an seinen gewohnten Platz in der Brieftasche zurück. Müde stand er auf und steckte das Lederetui zurück in die Hosentasche. Er schaute sich nochmals auf dem Land um und begann schweren Schrittes den Rückweg nach Pidasos.

Auch wenn Ilias und Panaiotis damals gleicher Meinung über das Vorhaben ihrer Kinder gewesen waren, so verzieh der alte Maroulis seinem Freund Taki nicht, dass er seinen Sohn als Vagabunden bezeichnet und aus dem Haus geworfen hatte. Die Freundschaft der Männer war ob den Vorfällen in die Brüche gegangen. Die beiden Männer hatten die eigentliche Ursache des Streits nicht mehr zur Hand. Theodore Maroulis. So ließen sie ihre Wut, Enttäuschung und Verletzung aneinander aus.

Theo fühlte sich an vielem schuldig. Vor allem zu beginn seiner Reise. Auch an Tasías Schicksal, denn Sie war, wie ihm seine Mutter berichtet hatte, in all den Jahren nicht sehr glücklich gewesen und zudem auch kinderlos geblieben. Niemand wusste, weshalb. Aber das war vielleicht auch gut so, meinte Theo.

Nun war er wieder in seine alte Heimat zurückgekehrt, um seinen Eltern über den Tod seines Bruders Yanni hinweg zu helfen. Und traf nur noch seine Mutter, welche nun auch noch den Tod ihres Mannes zu beklagen hatte.

Aber das wusste Theo bei seiner Ankunft in Athen noch nicht.

Kapitel 4

20. Juni 2006

Die Nachricht von Yannis Unfall hatte Theo im Hinterland des australischen Staats Victoria erreicht, wo er gearbeitet hatte. Eine geschlagene Woche nach dem Vorfall! Theo war sofort nach Melbourne in seine Wohnung zurückgefahren. Er hatte das Zweizimmer-Appartment in der Nähe des Flughafens gemietet, um wenigstens eine Basis in der Stadt zu haben, da er häufig längere Zeit abwesend war.

Im nächst gelegenen Reisebüro hatte er einen Flug nach Athen gebucht, der allerdings erst zwei Tage später war.

Theo wusste, dass er für die Beerdigung des Bruders zu spät sein würde, denn in Griechenlands heißem Sommerwetter werden die Toten meistens noch am selben Tag oder spätestens am nächsten beerdigt, und Yanni war schon vor über einer Woche verstorben. Aber er würde wenigstens am Vierzigsten da sein, denn nach rund sechs Wochen wird die Grabplatte gelegt und der Verstorbene nochmals geehrt.

Flug 736 der Qantas Airways brachte Theo in die griechische Hauptstadt. Während der ganzen Zeit hatte er sich im engen Sitz der Economy Klasse hin und her gewälzt. An wirklichen Schlaf war nicht zu denken gewesen. Zudem hatte ihn das, was ihn erwarten würde, beschäftigt. Manchmal war er eingenickt, um dann gleich wieder von Albträumen geschüttelt hochzuschrecken.

Was ihn vor allem beängstigte hatte, war die Begegnung mit seinem Vater. Wie würde der reagieren? Wie würde er selbst reagieren? Und wie seine Mutter?

Und würde er vielleicht doch Tasía sehen?

Fragen über Fragen und Angst vor den Antworten.

Theo war erstaunt über den Flughafen Elefterios Venizelos im Südosten von Athen. Er hatte sich gewaltig verändert, seit man ihn für die Olympischen Spiele vor zwei Jahren umgebaut hatte. Nichts war mehr zu sehen vom provinzhaften, heruntergekommenen und altbackenen Charme den er damals ausstrahlte, als Theo Griechenland verlassen hatte.

Man hatte sich alle Mühe gegeben, einen großen, modernen Flughafen für die Sportler und Besucher aus aller Welt zu bauen. Theo fand den Versuch gelungen, denn mit Australiens großen Airports von Sydney, Melbourne und Brisbane hatte er gute Vergleichsmöglichkeiten.

Nachdem er die Zollformalitäten erledigt hatte, stand er etwas verloren im unendlich langen Gang des Ankunfts-Terminals. Waren damals noch eine Hand voll kafeníons, Restaurants und Souvenir-Shops wie auf einem Markt verstreut gewesen, so prunkte nun unzählige Läden, Bars und Fastfood-Hallen im mit Werbungen bepflasterten Gang.

Tausende von Passagieren und Leuten, welche diese begrüßten, wuselten umher und der Lärmpegel war beinahe unerträglich. Alle paar Minuten plärrte eine Stimme aus einem der vielen Lautsprecher Ansagen von Flugverspätungen oder sonstige Informationen.

Theo schaute sich um. Er suchte eine Telefonzelle und wurde ein paar Meter weiter fündig. Es waren alle drei besetzt. Er wollte seine Mutter anrufen und suchte in seiner Hosentasche nach Kleingeld. Als er die Münzen in seiner Handfläche betrachtete, bemerkte er seufzend, dass es lediglich australische Dollars und Cents waren. Er hatte in der Eile vergessen, Euros zu kaufen.

„Mist!", zischte er und hielt nach einer Wechselstube Ausschau.

Glücklicherweise lag die gleich ein paar Meter gegenüber. Und eine Schlange von fünf Personen davor. Theo atmete tief durch.

„Willkommen in Griechenland, Theo Maroulis", knurrte er und stellte sich an.

Es ging schneller, als er erwartet hatte. Die Griechen hier schienen dem internationalen Publikum Rechnung zu tragen und beeilten sich, ihre Kunden zu bedienen, anstatt, wie sonst, unendlich lange zu trödeln.

Er kaufte fünfhundert Euro, wofür er beinahe achthundert australische Dollars hinblättern musste und bedankte sich bei der Schalterdame auf Griechisch. Auf Touristen eingeschossen, antwortete die wie ein Automat mit breitem, geschminkten Grinsen: "Have a nice stay in Greece, Sir."

Schönen Aufenthalt in Griechenland.

Er hatte sie nur kurz gequält angelächelt, auf Griechisch geantwortet:

„Ewcharistó. Na íste kalá.", und sich sogleich umgedreht, sodass er das verdutzte Gesicht der Blondine nicht mehr sah. Die vergaß sogar in ihrem Erstaunen einen Moment lang den nächsten Kunden und der war offenbar Ausländer. Ein mit Strandhut bedeckter und mehreren Fotoapparaten bewaffneter Japaner, der schon aufgeregt auf die Dame einredete.

Theo lief zügig zur Telefonzelle zurück, denn eine war gerade frei geworden. Aus dem Augenwinkel sah er, dass ein anderer Mann, ein Fettsack mit Hawaii-Hemd und weißen Shorts die gleiche Absicht hatte. Mit zwei großen Schritten war Theo einen Moment schneller da und nahm den Hörer ab. Der Mann roch förmlich nach Amerikaner. Theo konnte deren aufgeblasene Art nicht ausstehen. Wenigstens waren die meisten, die er kennen gelernt hatte, so gewesen. Genüsslich grinste er den verschwitzten Mann an und sagte in breitem Australisch:

„Sorry, mate. Wer zuerst kommt, mahlt zuerst. Mehr Glück beim nächsten Mal."

Der verdutzte Yankee hatte Theo für einen Griechen gehalten, der ihn als Gast höflicherweise vorlassen würde. Maroulis kümmerte sich aber nicht darum, sondern nahm nun ein paar Euro-Münzen aus seiner Jackentasche und steckte sie in den Schlitz des Automaten.

Der Dicke glotzte Theo nur an und zischte in breitem Texanisch zwischen den breiten Zahnlücken hindurch:

„Verdammte Australier!"

Theo hatte es natürlich gehört und während er die Nummer seiner Mutter wählte, drehte er sich nur kurz um. Der Amerikaner erschrak etwas, doch Theo sagte nur mit einem freundlichen Gesicht auf Griechisch:

„Kalos Irthate, Dumbo!" Herzlich willkommen!

Der Amerikaner war nun endgültig verblüfft und starrte Theo nur mit offenem Mund an, denn er hatte ja nicht verstanden, was Maroulis gesagt hatte.

Am anderen Ende klingelte das Telefon und Theo wandte sich vom Dicken ab ohne ihm weitere Beachtung zu schenken. Der drehte sich weiter fluchend ab und verschwand in der Menschenmenge, was Theo aber entging.

Das Telefon schellte weiter und nach dem zehnten Klingeln hing Theo enttäuscht auf. Es schien niemand zuhause zu sein. Er würde es nochmals versuchen. Er tat so, als würde er weiter telefonieren, damit ihm die Kabine nicht abspenstig gemacht würde und wartete ein paar Minuten. Dann versuchte er es erneut, hatte aber wieder keinen Erfolg.

Enttäuscht drückte er den Hörer in die Gabel und griff nach seinem kleinen Reisekoffer, den er als einziges Gepäckstück dabei hatte. Er hatte das Ding nicht einmal einchecken müssen sondern es als Handgepäck mitnehmen können. Theo blickte auf seine Uhr, die Zehn nach Zwei anzeigte.

Er schaute sich wieder um und sah einen Wegweiser zu den Taxis. Sie standen gleich draußen vor der Ausgangstüre. Er lief durch die automatische Schiebetüre und eine Hitzewelle traf seinen ganzen Körper. In Australien war es im Juni Winter und deshalb, vor allem in Melbourne, beträchtlich kühler, als im sommerlichen Europa. Es musste an diesem Nachmittag mindestens fünfunddreißig Grad im Schatten haben und Theo war froh, dass er wohlweislich nur leicht bekleidet gereist war, auch wenn es ihn an Bord des Flugs ab und zu gefröstelt hatte.

Beim Taxistand sah er Dutzende von Autos und ebenso viele wartende potentielle Fahrgäste, die artig in einer Schlange warteten.

Er seufzte.

Dann erinnerte sich daran, dass er Grieche war und lief zum letzten Wagen. Der Fahrer lehnte lässig an der Autotüre und eine Zigarette hing ihm im Mundwinkel. Der jüngere Mann, es schien ein Student zu sein, wusste, dass noch mindesten zwanzig Wagen vor ihm lagen und blätterte gelangweilt in einer Zeitung, die Maroulis nicht kannte.

Theo trat auf ihm zu.

„Entschuldigung", sagte er in perfektem Griechisch, „ich muss dringend nach Pylos auf dem Peloponnes. Können Sie mich da hinfahren?"

Der vermeintliche Student schien wirklich einer zu sein, denn er drehte sich schnell zu Theo um und seine Augen begannen zu leuchten. Ein Trip auf den Peloponnes?! Was für ein gefundenes Fressen! Ein Haufen Kohle! Er bemühte sich, ‚cool' zu bleiben.

„Tja, mein Herr. Pylos, sagten sie? Das ist doch da unten im Südwesten, nicht?"

Theo nickte.

„Das kostet sie aber eine Stange Geld."

Der Student war sich immer noch nicht ganz sicher, ob er einen waschechten Griechen vor sich hatte. Aber er versuchte sein Glück.

„Zwohundert Euro für die Fahrt."

Theo kniff die Augen zusammen.

„Vergiss es, mein Freund!", sagte er kurz und schickte sich an, den nächste Taxifahrer zu fragen.

Der Student packte ihn eilig aber am Arm und sagte: „He, he, nicht so schnell." Er hatte sich eines Besseren besonnen. "Man wird doch noch einen Witz machen dürfen, nicht?"

Theo drehte sich um.

„Wie viel?", fragte er ernst.

„Eh. Hundert Euro. Weil sie's sind."

Er grinste.

„Ich geb' Dir achtzig und wenn Du anständig fährst noch ein Trinkgeld, endáxi?"

Der Taxifahrer seufzte. Also doch ein Grieche und der wusste auch wie man feilschte. Tja, Achtzig plus Trinkgeld waren für einen Tag ja auch nicht schlecht.

„Endáxi", knurrte er. „Steigen sie ein."

Die lautstarken Proteste seiner vor ihm liegenden Kollegen tat er mit einer Handbewegung ab und sagte nur „Notfall!", was die Kollegen nicht wirklich überzeugte, denn es gibt immer einen ‚Notfall', wenn man einen braucht. In Griechenland sowieso. Eine Tante dritten Grades hat sich den kleinen Zeh verstaucht und liegt auf der Intensivstation, oder so.

Theo ließ den jungen Taxifahrer sein Gepäck im Kofferraum verstauen und setzte sich nach hinten. Amüsiert sah er immer noch die anderen Fahrer gestikulieren und fluchen. Der Student stieg wortlos ein, startete den Motor und zwängte sich zwischen den immer noch fuchtelnden Kollegen durch.

Als sie die Hauptstrasse erreichten, drückte der Junge aufs Gaspedal, dass die Räder quietschten und steuerte Richtung Autobahn nach Korinth.

Die Fahrt sollte etwa dreieinhalb bis vier Stunden dauern, schätzte Theo, was ihm Nico, so hieß der Student, bestätigte.

„Wenn wir Glück haben, nur drei", lachte er und war froh bei dem Gedanken, denn er musste ja am gleichen Tag wieder zurück nach Athen. Es war nicht sein Taxi. Er fuhr nur auf Provision, weshalb er den Besitzer auch via Handy über die Reise informierte.

Theo schaute staunend auf die vorbei fliegende Gegend. Ein paar vertraute Dinge da und dort und viel Neues, an das er sich nicht erinnern konnte. Einzig die ewig schäbigen und teilweise nicht fertigen Häuser waren noch da und schauten neben den neu gebauten Ferienhäusern der Athener oder Ausländer wie schlecht geflickte Zähne in einem Mund aus.

Als sie Tripolis erreichten, wo die Autobahn endete, wurde die Gegend vertrauter. Hier hatte er schließlich drei Jahre studiert.

Die meisten Plätze und Strassen, an denen sie vorbeifuhren, waren ihm bekannt. Es hatte sich hier nicht so viel geändert, bemerkte er.

Sie durchquerten Tripolis schnell, denn es war schon mesiméri Zeit und der Verkehr nicht mehr so stark. Nico, der Fahrer, hatte eine CD mit modernen griechischen Pop-Songs eingelegt und trommelte rhythmisch dazu mit der Hand auf dem Lenkrad. Ein paar Minuten, nachdem sie Tripolis verlassen hatten, nickte Theo ein und erwachte erst wieder kurz vor Kalamata, als Nico ihn weckte.

„Hallo, wir sind jetzt kurz vor Kalamata. Wo geht's jetzt durch nach ehm … Pylos?"

Theo war etwas benommen. Auch von der Hitze.

„Du musst Richtung Messini fahren. Am Flughafen vorbei. Ich zeigs Dir."

„OK, Mann. Sei mein Führer", lachte er.

Sie duzten einander ganz natürlich.

Nach Messini führte der Weg Richtung Koroni. In einem Kaff namens Rizomilos bogen sie rechts in die Hügel Messiniens ab und durchquerten den äußersten linken Finger des Peloponnes. Hier ist die Landschaft sanfter, als man sie sonst in dieser eher kargen Gegend findet.

Eine knappe halbe Stunde später erreichten sie Pylos. Es war kurz nach halb sieben Uhr und die Läden waren seit einer guten Stunde nach der Siesta wieder geöffnet. Die kafeníons rund um den zentralen Platz, der Platía, waren voller Gäste. Auch hier hatte sich nur wenig verändert.

Sie fuhren die Strasse hoch Richtung Methoni, bogen an der Krete links ab Richtung Mesochori und erreichten ein paar Minuten später Pidasos.

Theo fühlte, wie sein Herz pochte, als sie hundert Meter vor dem Dorfeingang an dem zweistöckigen Betonhaus vorbeifuhren.

Das Haus von Panaiotis Kiriakos.

Als er kurz darauf das alte Dorfschild erblickte, wurde er traurig. Der Schriftzug, nun neben Griechisch auch in Arabisch geschrieben, war schon lädiert und das Schild musste von ein paar Idioten als Zielscheibe benutzt worden sein.

Er zeigte Nico den kurzen Weg gleich hinter dem kafeníon. Der junge Student hielt an und sah nach hinten.

„Na, zufrieden?", lachte er.

„Sehr, Nico. Besten Dank." Theo zog zwei Fünfzig Euro Scheine aus seiner Brieftasche und hielt sie Nico hin. „Ist Recht so, Nico. Hab auch mal studiert und weiß, dass Du's brauchen kannst."

„Besten Dank, Theo. Was hast Du studiert?"

Theo beschrieb einen Halbkreis mit einem Arm.

„Na, was meinst Du wohl?", grinste er.

„Agro, nehm' ich an."

„Málista. Richtig! Theo stieg aus dem Taxi.

Der Student schälte sich aus seinem Sitz und dehnte seine steifen Glieder.

„Mann, habt ihr es heiß hier! War noch nie in der Gegend. Bisschen trostlos aber sonst ganz nett mit all den Olivenhainen."

Theo grinste.

„Tja, mein Lieber. Sicher nicht soviel High Life wie in Athen. Aber definitiv auch nicht soviel Smog und Hektik."

„Das sicher", meinte Nico, „trotzdem nicht mein Ding, denke ich."

„Wenn man hier aufwächst ist es anders, Nico."

„Das glaub' ich Dir. Aber trotzdem." Er dachte nach. „Du bist ja auch weg nach Australien!"

„Das hatte andere Gründe, mein Freund", meinte Theo nachdenklich.

„Was soll's", sagte Nico. „Ich werd in Pylos noch was zu trinken und ein Sandwich kaufen und mich dann auf den Heimweg machen.

War nett, Dich kennen gelernt zu haben. Besuch mich mal wenn Du in Athen bist und Zeit hast. Warte, ich geb' Dir meine Visitenkarte." Er nestelte im Handschuhfach, zog einen kleinen Stapel Visitenkarten heraus und reichte Theo eine davon. „Bitte."

„Danke, Nico. Ich hab leider keine. Aber ich meld' mich, wenn ich mal in Athen bin, okay?"

„Prima. Als dann. Mach's gut, Theo", sagte Nico und stieg in sein Taxi.

„Du auch, Nico. Und lass Dich von den Professoren nicht unterkriegen!", lachte Theo.

Der schnalzte mit der Zunge.

„Die müssen sich vor uns in Acht nehmen, Mann. Wir können zu Bestien werden, wenn wir wollen", grinste der Student und fuhr winkend davon. Theo winkte zurück

Dann drehte er sich um zum Haus seiner Eltern, das er vor so vielen Jahren verlassen hatte.

Über den Vorgarten mit dem Gemüse für den Alltag hinweg sah er seine Mutter vor der Haustüre stehen. Sie hatte ihn kommen hören und wartete.

Sie sahen einander lange an. Dann lief er auf sie zu und nahm die Mutter wortlos in seine Arme.

Kapitel 5

20. Juni 2006

Athina Maroulis hatte das nun schon grau melierte, lange Haar hochgesteckt und in der traditionellen schwarzen Trauerkleidung sah sie aus, wie viele griechische Frauen in dieser Ecke. Auch solche, die nicht trauern, tragen Schwarz, vor allem die älteren.

Sie löste sich von ihrem Sohn und sah ihn mit ihren mandelförmigen, dunkelbraunen Augen traurig und freudig zugleich an.

„Epitélous!", Endlich!, seufzte sie.

So schlank Athina mit ihren rund sechzig Jahren wirkte, so kräftig waren ihre Arme nach all den Jahren harter Arbeit auf den Feldern und im Haushalt.

Mit Eins Siebzig war Athina nicht klein und doch war ihr Sohn gut einen Kopf größer als sie. Leise Tränen rannen ihr die Wangen herunter.

„Ich habe Dich so vermisst, mein Sohn", hauchte sie.

„Ich auch, Mana", antwortete er.

Nach einem kurzen Moment war alles wieder da. Als wäre er nie fort gewesen.

„Wie geht es Dir, Mana?"

Sie blickte ihn ernst an.

„Du hättest nicht so lange wegbleiben dürfen, mein Sohn", sagte sie leicht vorwurfsvoll.

„Ich weiß", pflichtete er ihr bei und nach einem Moment fragte er zögernd:

„Wo ist Vater, Mana?"

Athina schloss die Augen und atmete tief durch. Dann nahm sie ihn bei der Hand.

„Komm", sagte sie leise und führte den verdutzten Sohn ins Haus.

Keine Antwort?

Sie traten in die Küche.

Theo schaute sich um und sah, dass sich praktisch nichts verändert hatte. Der Holztisch, die Hocker mit den geflochtenen Sitzen, die alte Kommode von Großmutter Panaiota, selbst das Bild der Mutter Gottes, der Panagía, hing noch am selben Ort neben einem allerdings neuen Elektroherd mit Backofen.

Athina zog ihren Sohn zum Esstisch und setzte ihn sanft auf einen Hocker. Danach ließ sie sich langsam auf einen zweiten sinken und faltete ihre Hände. Sie zitterte merklich und Theo schaute seine Mutter sorgenvoll an.

„Mana, was ist?"

Sie wusste nicht, wie sie es ihm sagen sollte. Dann schaute sie aber zu ihm auf und er bemerkte, wie ihre Augen feucht waren vor Tränen. Sie schluckte und begann:

„Theo, Papa ist tot", sagte sie mit erstickter Stimme.

Er schaute sie fassungslos an.

„Was?!", rief er entsetzt.

„Er ist vorgestern früh an einem Herzinfarkt gestorben."

Theo fiel beinahe vom Hocker.

„Das kann doch nicht sein!", rief er ungläubig.

„Doch, Theo. Es ist so."

Theo stand auf und tigerte durch die Küche. Athina saß nur am Tisch und vergrub ihr Gesicht in den faltigen Händen. Sie schluchzte wieder. Theo drehte sich um und umarmte seine Mutter von hinten.

„Oh, Mana!", sagte er leise.

Das konnte doch nicht sein! Zuerst sein Bruder und jetzt noch sein Vater. Einen Augenblick lang verwünschte er diesen, dass er ihnen die Möglichkeit genommen hatte, sich wieder zu versöhnen.

Theo löste sich von Athina und lief zur Kommode, wo er eine Flasche Tsípouro und ein Wasserglas heraus nahm.

„Gib mir auch ein Glas, Theo", sagte sie leise ohne aufzuschauen.

Er nahm noch ein zweites Glas, setzte sich seiner Mutter gegenüber an den Tisch und goss den Schnaps, der aus Weinbeeren oder Kirschen gebrannt wird, in beide Gläser. Stumm hielten Mutter und

Sohn diese hoch. Theo leerte das Glas in einem Zug, die Mutter trank nur einen Schluck. Athina hatte in ihrem Leben wahrscheinlich höchstens zehn Mal Schnaps getrunken.

„Was ist passiert, Mana?", fragte er.

Die alte Frau drehte ihr Glas in den Fingern herum und begann, zu erzählen.

„Es geschah am 7. Juni, einem Mittwoch. Yanni fuhr am Nachmittag gegen drei Uhr nochmals mit dem Traktor auf das Melonenfeld in der Nähe der alten Kapelle. Du weißt wo?" Theo nickte. „Er wollte die Melonen nochmals inspizieren, denn sie hatten sich merkwürdigerweise etwas gelb verfärbt, was ihm Sorgen machte. Letzten Winter hat es ein paar Mal sehr stark geregnet und der Weg da ist voller Schlaglöcher. Dein Vater meinte, dass Yanni von irgendetwas abgelenkt worden sein musste und in eines dieser Löcher geraten war. Dabei muss der Traktor umgekippt sein und bevor Yanni vom Bock springen konnte, wurde er so eingeklemmt, dass er auch sein kinitó nicht mehr erreichen konnte."

„Kinitó?", fragte Theo.

Er kannte das Wort nicht, denn als er fort ging, gab es noch keine Handys und die Griechen verwenden dieses Wort nicht. Sondern eben kinitó.

„Ein Mobiltelefon", sagte sie.

Er nickte nur stumm.

„Dein Vater hat bis um Sieben gewartet und sich Sorgen gemacht. Er fuhr dann mit dem Pick-Up zum Melonenfeld und fand Yanni auf dem Feldweg. Er sagte, Yanni sei nicht bei Bewusstsein gewesen, habe aber noch geatmet. Der Traktor muss seine Brust eingedrückt haben. Er versuchte, mit dem Pick-Up den Traktor weg zu ziehen, aber erfolglos. Da Dein Vater kein kinitó hatte, er wollte auch nie eins, fuhr er in seiner Panik zu Jorgo Chronopoulos, der einen Bagger hat. Der rief auch gleich die Ambulanz. Als sie zurückkamen, sah Vater, dass Yanni nur noch schwach atmete. Sie hoben dann den Traktor vorsichtig vom Körper Deines Bruders und legten ihn auf den Feldweg.

Vater sagte, dass Yanni noch zehn Minuten gelebt habe. Er sei nicht mehr zu Bewusstsein gekommen, sondern habe einfach aufgehört zu atmen. Als die Ambulanz nach einer halben Stunde ankam, konnte der Arzt nur noch Yannis Tod feststellen. Er muss an inneren Blutungen gestorben sein, meinte der."

Athina machte eine Pause und schluchzte. Theo schüttelte nur ungläubig den Kopf.

Nachdem sich Athina wieder etwas gefasst hatte, fuhr sie fort.

„Wir haben Yanni dann am nächsten Tag beerdigt. Das ganze Dorf war anwesend. Außer Panaiotis Kiriakos. Sogar aus den Nachbardörfern kamen Leute, die Yanni gekannt hatten. Auch Tasía war mit ihrem Mann da."

Theo gab es einen Stich ins Herz und Athina wusste es. Sie schenkte ihm noch einen Tsípouro ein und sprach weiter.

„Vater gab sich die Schuld, dass er nicht schon früher nach Yanni gesucht hatte. Der Tod Deines Bruders hat ihn völlig aus der Bahn geworfen. Er saß oft tagelang nur apathisch da und begann zu trinken. Und er hat, wie Du weißt, nie viel getrunken. Auch wegen seines Herzens. Nachts weinte er oft Stunden lang und ich musste meine Trauer zurückstellen, um ihn zu beruhigen. Vorgestern früh fuhr er mit dem Pick-Up auf den Olivenhain mit den dídimi, den Zwillingen." Theo nickte. „Ich dachte, er brauche etwas Zeit, um nachzudenken. Um elf Uhr hat ihn dann Saki Diakopoulos gefunden. Er sagte, er hätte Vaters Pick-Up gesehen und ihm Hallo sagen wollen. Vater sei an einen Baum gelehnt da gesessen. Als er auf Sakis Anrede nicht regiert habe, hätte er ihn an der Schulter berührt und Vater sei einfach umgekippt. Er musste schon eine Stunde tot gewesen sein, bevor Saki ihn fand, meinte der Arzt später."

Theo schüttelte immer noch den Kopf.

„Wo ist Papa jetzt?", fragte er.

„Er … er ist im Spital in Pylos", sagte sie zögernd.

„Im Spital?", fragte Theo mit großen Augen.

„Du weißt, dass bei uns jemand spätestens nach einem Tag beerdigt wird, wegen der Hitze. Da ich aber wusste, dass Du heute kommen würdest, habe ich die Beerdigung auf morgen verlegen lassen. Dein Vater liegt im Spital in einem … Kühlfach."

Er starrte sie an und schluckte. Tränen liefen immer noch über ihr müdes Gesicht und Theo ergriff die Hand seiner Mutter.

Eine Welt war zusammengebrochen.

Für ihn. Und für seine Mutter Athina.

Kapitel 6

21. Juni 2006

Beinahe das ganze Dorf und viele Leute aus den Nachbardörfern waren gekommen, um Ilias Maroulis die letzte Ehre zu erweisen.

Außer Panaiotis Kiriakos.

Hinter der mächtigen Kirche im Dorfzentrum, in der sein Vater am Morgen nun aufgebahrt worden war, hatte sich eine große Menschenschar versammelt und es wurde wie üblich viel geredet. Die Trauergäste kondolierten Athina herzlichst. Diejenigen, die Theo noch kannten, bezeugten ihm Ihr Beileid mit stoischer Mine, denn die meisten Dorfbewohner machten ihn bis zu einem gewissen Grad für den Tod des alten Maroulis verantwortlich. Es machte ihm nichts aus, denn er fühlte selbst ähnlich.

Als er über die Schultern einer der alten in Schwarz gekleideten Klageweiber schaute, die sich um ihn und Athina drängten, sah er ein paar Schritte entfernt eine nicht mehr ganz junge Frau mit schulterlangen, schwarzen Haaren und kastanienbraunen Augen, wie er sie nur einmal im Leben gesehen hatte.

Tasía Kiriakos, die nun Safaridis hieß.

Sie zögerte einen Moment und schritt dann auf ihn zu.

„Hallo Theo. Mein Beileid." Sie sah ihn ernst an. „Es ist gut, dass Du wieder da bist."

Das Funkeln in Ihren Augen war noch immer da, wirkte aber leicht getrübt. Traurig schaute sie den Mann an, den sie so sehr liebte und mit dem sie nie hatte zusammenkommen dürfen. Obschon Ilias Maroulis, den sie nun zu Grabe tragen mussten in ihren Augen auch daran schuld war, hatte sie doch immer Zuneigung zu Theos Vater gehegt. Vielleicht, weil er ihn an Theo erinnerte. Sie waren sich sehr ähnlich. Nicht äußerlich, aber vom Wesen her.

Ein unbändiges Bedürfnis, Tasía zu umarmen überkam ihn, doch er hielt inne, als ein Mann an ihre Seite trat. Sie bemerkte dies und wich unmerklich zurück.

„Theo, dies ist mein Mann Jorgo Safaridis."

Der Mann war nur leicht größer als Theo, aber schlaksiger. Sein Blick war zugleich klar und fest. Seine Augen waren gut.

„Mein Beileid, Theo", sagte Jorgo. „Dein Vater war ein guter Mann." Und nach einem Moment. „Wie auch Dein Bruder."

Es war ehrlich gemeint. Theo nahm dessen Handschlag an.

„Danke, Jorgo. Ich weiß."

Safaridis wandte sich an Tasía und hielt sie leicht am Arm.

„Wir sollten in die Kirche gehen." Zu Theo meinte er: „Man sieht sich."

Das Ehepaar Safaridis drehte sich um und trat in die weiße Kirche. In langen Abständen erklangen die Totenglocken. Tasía hatte sich nicht umgedreht. Theo blickte ihnen einen Moment nach und schritt dann auch durch die schlichte aber mächtige Holztüre in den prallgefüllten Raum der so stark nach Weihrauch roch, dass ihm beinahe schlecht geworden wäre. Theo war nie mehr zur Kirche gegangen in Australien. Er war auch in Griechenland nicht aus Überzeugung gegangen, sondern weil man es einfach so macht.

Der Pope hatte gewartet, bis alle Trauergäste sich gesetzt hatten und begann zu singen. Theo hatte sich in der ersten Reihe neben seine Mutter gesetzt und nahm ihre Hand. Athina blickte zu ihm auf und er sah ihre verheulten, roten Augen. Er drückte ihre Hand sanft und schloss kurz die Augen um ihr zu sagen, dass er bei ihr sei. Ein scheues Lächeln huschte über Athinas Gesicht, dessen schöne olivegelbe Farbe einen Hauch von Grau bekommen hatte. Papa Nico, der Pope, beendete seinen Gesang und begann über Ilias Maroulis zu sprechen. Er lobte seine guten Taten und wie sehr er in der Gemeinde geschätzt worden war. Ein guter Ehemann und Vater seiner Söhne sei er gewesen, meinte er, und schaute dabei auf Athina und Theo. Der alte Mann hatte es Theo nie übel genommen, dass er dazumal weggegangen war.

Nach zwei Stunden in brütender Hitze wurde Ilias Maroulis zur letzten Ruhe getragen.

Nachdem sich die letzten Trauergäste verabschiedet hatten, blieb Theo noch am offenen Grab stehen. Seine Mutter hielt sich etwas abseits und war schon von den Klageweibern in Beschlag genommen worden. Er wandte sich an Athina.

„Ich bleibe noch einen Moment, Mana."

„Ich warte zuhause, Theo", nickte sie.

Der Friedhof hatte sich geleert und als letzter trat der Papa Nico zu ihm. Er war schon über Siebzig und ein weiser Mann, der Theo hatte aufwachsen sehen und auch die Geschichte der meisten Familien kannte. Mit seinen bereits etwas trüben, blauen Augen schaute er zu Theo auf.

„Du musst jetzt tapfer sein, mein Sohn. Deine Mutter braucht Dich. Geh nicht mehr fort. Zuviel ist durch Dein Weggehen passiert. Wenn Du mich brauchst, weißt Du, wo Du mich findest."

„Danke, Papa Nico."

Der alte Mann lächelte und tätschelte Theos Schulter. Dann drehte er sich und verließ gemächlich und mit auf dem Rücken verschränkten Armen den Friedhof. Nur zwei Männer, die Theo nicht kannte, schaufelten das Grab seines Vaters zu. Er schaute sich um und suchte die letzte Ruhestätte seines Bruders. Sie war nur ein paar Meter entfernt und er erkannte das Grab an den frischen Blumen, die seine Mutter regelmäßig gebracht hatte. Langsam ging er darauf zu. Es hatte noch keine Steinplatte sondern nur ein einfaches Holzkreuz, da der Grabstein erst in etwa drei Wochen gesetzt werden würde. Am vierzigsten Tag.

Theo schaute auf den Hügel.

„Ich danke Dir, Bruder, dass Du so gut für unsere Eltern gesorgt hast und bitte Dich um Verzeihung, dass ich Dich nicht unterstützen konnte."

Nun, da er alleine war, rannen ihm die Tränen über die Wangen und er begann zu schluchzen. Er wusste nicht, wie lange er dagestanden war, als er leise seinen Namen hörte.

„Theo."

In seine Trauer versunken drehte er sich erschrocken um.

Es war Tasía. Erstaunt blickte er sie an und sah sich um, denn sie war ja mit ihrem Mann da gewesen.

„Ich habe mit Jorgo gesprochen. Er weiß, dass ich hier bin und er ist einverstanden. Mach Dir keine Sorgen", beruhigte sie ihn.

Natürlich hatte er sich einen Augenblick Sorgen gemacht, denn als Grieche wusste er um die Eifersucht der Männer. Etwas skeptisch sah er sie an.

„Wie geht es Dir, Tasía. Du bist reifer geworden." ‚Was für eine blöde Aussage!', dachte er sogleich.

Tasía lächelte.

„Älter, Theo, älter. Vielleicht auch ein bisschen reifer."

Theo sah immer noch das schöne Mädchen von zwanzig Jahren vor sich.

„Du hast einen Bart?", lächelte sie.

Etwas verlegen strich er sich über den Gesichtsschmuck und nickte wortlos.

„Kannst Du mir verzeihen, dass ich Dich nicht zu mir geholt habe, Tasía?"

„Ich habe Dir nichts zu verzeihen, Theo. Ich weiß, Du konntest nicht." Sie schaute ihn traurig an. „Mein Vater hat auch dafür gesorgt", fügte sie bitter hinzu.

„Diese alten Männer mit ihren überholten Traditionen machen so vieles kaputt", knurrte Theo, dem die ganze Geschichte wieder hochkam. „Redet ihr noch mehr miteinander?", fragte er.

„Nur das absolut Notwendigste. Ich lebe in Perivolakia und das ist, wie Du weißt, ein paar Kilometer weit weg. Ich besuche meine Mutter, wenn ich kann. Aber es tut immer noch weh, nach Pidasos zu kommen."

„Du bist nicht sehr glücklich, nicht war?"

„Jorgo ist ein guter Mann", wich sie aus „Er hat sich sehr viel Mühe gegeben, mir über die Trennung von Dir hinweg zu helfen. Aber ..." Sie schaute etwas verschämt zu Boden. „Du weißt, was ich meine."

Theo nickte stumm.

„Zudem haben wir leider – oder vielleicht zum Glück – keine Kinder. Es hat unsere Beziehung und die zu unseren Familien über all die Jahre sehr belastet, dass wir keine Nachkommen haben. Jorgos jüngerer Bruder Vasili hat drei. So ist wenigstens die Bewirtschaftung des Hofes gesichert."

„Was hast Du denn all die Jahre gemacht?", fragte er.

„Als wir nach drei Jahren immer noch keine Kinder bekamen, ließen wir uns beide untersuchen. Man stellte fest, dass Jorgo sehr schlechtes Sperma hat und die Wahrscheinlichkeit sehr gering war, dass wir je Kinder bekommen würden."

„Das tut mir leid."

Tat es ihm nicht, obschon er wusste, wie sehr Tasía Kinder liebte.

„So entschloss ich mich", fuhr sie fort „eine Ausbildung als Krankenschwester zu machen. Hierzu musste ich aber täglich nach Kalamata fahren und manchmal auch ein paar Tage bleiben wegen der Nachtschichten und so. Jorgo hat mich dabei immer unterstützt, auch wenn er nicht immer glücklich war dabei, dass seine Frau alleine in der Stadt war. Aber er wusste, dass ich kein Mädchen bin, das Dummheiten macht." Sie musste leise kichern. „Nach drei Jahren hatte ich dann mein Diplom und konnte hier in der Region einen Heimpflegedienst für ältere Leute, die nicht mehr so oft zum Arzt gehen können, aufbauen. Es läuft recht gut. Manchmal muss ich auch in der Nacht wohin, was Jorgo natürlich auch nicht sehr freut. Aber er hat es akzeptiert. Dafür haben wir vielleicht etwas mehr Geld, als andere und können ab und zu nach Kalamata oder manchmal sogar Athen fahren, um uns eine Abwechslung zu gönnen. Jorgos Bruder Vasili arbeitet ja vor allem auf dem Hof.

„Wohnt ihr auch auf dem Hof?"

„Nein. Wir haben ein kleineres Haus etwas außerhalb auf der Strasse nach Evangelismos gebaut. Ein kleiner Garten bringt uns Gemüse und Früchte für den Alltag. Sonst haben wir ein paar strémma mit Oliven und verschiedenem Gemüse, das wir verkaufen." (Ein strémma entspricht einer Are.)

„Dann bist Du also glücklich?"

Welche Antwort hatte er erwartet?

„Ich bin zufrieden mit meinem Leben, Theo. Was kann man mehr erwarten."

Sie schwiegen.

„Warum hast Du meine Briefe nie mehr beantwortet, Tasía?", fragte er traurig.

Sie wusste, dass er dies fragen würde und hob die Augenbrauen.

„Ich konnte nicht, Theo. Vor allem durfte ich nicht. Es hätte mein Leben noch viel schwieriger gemacht, als es schon war. Kannst Du das nicht verstehen?" Natürlich konnte er. Sie fuhr fort: „Ich habe versucht, mir einen Alltag aufzubauen, der mich nicht ständig an Dich erinnerte. Es schmerzte einfach zu sehr."

Theo nickte.

„Ich habe dasselbe versucht. Allerdings nicht sehr erfolgreich."

„Bist Du denn glücklich geworden?", fragte sie.

„Es gab in all den Jahren Momente, in denen ich glaubte, glücklich zu sein. Ich habe viele interessante Menschen kennen gelernt und Orte gesehen, von denen ich nicht im Traum daran gedacht habe, dass es sie gibt. Aber wirklich glücklich?" Er schaute ihr in die Augen. „Nein, wirklich glücklich war ich nie."

‚Ohne Dich', dachte er, wagte es aber nicht auszusprechen. Doch sie wusste es sowieso, denn es war ihr nicht anders ergangen.

„Hast Du nie eine Frau getroffen, mit der Du zusammen eine Familie haben wolltest?", bohrte sie weiter.

Er seufzte, denn er wollte nicht darüber sprechen. Nicht hier und nicht jetzt. Ihr Blick fragender Blick ließ ihn aber nicht los.

„Beinahe", sagte er kleinlaut und bereute es sogleich.

„So? Und weshalb hast Du nicht?", fragte sie etwas traurig.

„Es hat sich nicht ergeben", sagte er.

„Wie ‚Nicht ergeben'?"

„Es wurde mir irgendwann bewusst, dass ich jene Frau nicht so sehr liebte, dass ich mit ihr eine Familie gründen wollte." Er machte eine Pause. „So wie mit Dir."

„Sie muss sehr enttäuscht gewesen sein", sagte Tasía traurig.

„Mehr als das."

„Was meinst Du?"

Er seufzte wieder. „Okay. Ich erklär' es Dir." Er wollte eigentlich nicht. „Sie heißt Iota und ist griechisch-stämmige Australierin und hat Dir sogar etwas ähnlich gesehen. In Melbourne leben Tausende von Griechen. Sie arbeitete als Gerichtsmedizinerin. Als ich sie verließ, hat sie ihre Sachen gepackt und ist…" er zögerte „… und ist nach Athen gezogen."

„Sie lebt in Athen?!", fragte Tasía erstaunt.

„Keine Ahnung, ob sie noch dort ist. Das ist fünf Jahre her."

„Und Du hattest nie mehr Kontakt zu ihr?"

„Nein. Ich traf ihren Bruder mal in Melbourne und der erzählte mir, sie sei in Athen als Gerichtsmedizinerin untergekommen. Qualifiziert ge-nug ist sie ja."

Sie schaute ihn lange an.

„Da Du nun mal hier bist, kannst Du sie ja mal besuchen."

Tasía konnte ihre Enttäuschung nicht verbergen.

„Ich denke eher nicht", erwiderte er überzeugt.

Sie schwiegen wieder eine Weile.

„Wirst Du hier bleiben, Theo?"

„Ich muss darüber nachdenken."

„Aber Deine Mutter?"

„Ich habe noch nicht mit ihr darüber gesprochen. Jetzt, da Papa und Yanni tot sind, könnte sie ja mit mir nach Australien kommen. Ich habe die Staatsbürgerschaft und es wäre somit kein Problem für sie, einzuwandern." Er dachte nach. „Aber es ist sicher nicht der Zeitpunkt, um darüber zu reden. Also bitte erwähne ihr gegenüber nichts, ja?"

„Natürlich." Traurigkeit lag in ihrer Stimme.

„Siehst Du meine Mutter überhaupt?", fragte Theo.

„Manchmal, wenn ich meine in Pidasos besuche."

Dann atmete Tasía schwer durch.

„Theo, ich muss Dir noch etwas sagen."

Er schaute sie ernst an.

„Mein Mann Jorgo möchte nicht, dass wir uns nochmals treffen. Ich habe es ihm versprechen müssen. Nur unter dieser Bedingung hat er mir erlaubt, dieses eine Mal mit Dir alleine zu reden."

„Und Du hast ihm ein solches Versprechen gegeben!?"

Maroulis schaute sie entsetzt an und sah die Verzweiflung in ihren Augen.

„Ich konnte nicht anders, Theo. Er ist doch mein Mann und ich kann verstehen, dass er Angst hat, weil Du wieder da bist. Jorgo ist nicht dumm und er weiß, dass ich für ihn nie dieselben Gefühle hatte, wie für Dich."

„Und lebt offenbar auch im Mittelalter, wie alle hier", sagte er ärgerlich.

„Sprich nicht so über ihn!", sagte sie leicht gereizt. „Er war immer da für mich und ich bin ihm dies schuldig, verstehst Du?! Auch wenn ich für ihn nicht dasselbe empfinde, wie für Dich!" Das letzte wollte sie eigentlich nicht sagen.

„Du liebst mich immer noch? Nach all dem, was ich Dir und Deiner Familie angetan habe?"

Sie schaute ihn erstaunt an.

„Musst Du mich das wirklich noch fragen?"

Natürlich nicht. Aber er wollte es hören.

„Nein, aber ich würde es gerne hören."

Sie seufzte.

„Ich habe nie aufgehört, Dich zu lieben, Theo Maroulis", sagte sie leise und schaute ihn lange an.

Die verwirrenden Gefühle hatten das Gespräch etwas angespannt. Beide waren nach der langen Zeit nervös und wussten nicht genau, wie sie mit der Situation umgehen sollten. Tasía spürte auch eine leise Angst, dass Theo wieder weggehen könnte und verwünschte sich dafür, dass, sie ihrem Mann versprochen hatte, Maroulis nicht mehr zu sehen.

Alles war mehr als verwirrend.

„Ich glaube, ich muss gehen, Theo."

„Werden wir uns wirklich nicht wieder sehen, Tasía?", fragte er ungläubig.

„Nein." Und nach einer Weile „Ich…ich weiß es nicht. Es tut mir so leid, Theo."

„Mir tut es leid", sagte er verdrossen.

Sie sah ihm in die Augen, wandte sich um schickte sich an, zu gehen. Einen Augenblick später drehte sie sich nochmals um.

„Vergiss nie, dass ich Dich liebe", hauchte sie. „Mach's gut."

Eilig verließ sie den Friedhof ohne sich umzudrehen. Theo blickte ihr nach und war ratloser, als je zuvor.

Kapitel 7

24. Juni 2006

Drei Tage waren nun vergangen, seit Ilias Maroulis beerdigt worden war. Die Leute im Dorf waren sehr rücksichtsvoll gegenüber Athina und rannten ihr nicht ständig das Haus mit Kondolenzbesuchen ein. Wahrscheinlich auch wegen Theo, dem gegenüber man immer noch etwas reserviert war.

Es war schon sehr heiß an diesem späten Morgen als Theo aus dem Vorgarten kam, den er in Gedanken versunken abgeschritten hatte. Er fand seine Mutter Athina in der Küche wie sie ein stifádo, einen Eintopf aus Gemüse und Fleisch, kochte. Er staunte über die Stärke der Frau, die doch innerhalb solch kurzer Zeit zwei geliebte Menschen verloren hatte. Und eigentlich auch ihre Zukunft.

„Kátse", Setz Dich, sagte sie. „Du musst etwas essen. Das stifádo ist gleich fertig."

„Ich bin nicht hungrig, Mana", erwiderte er etwas trotzig.

„Unsinn. Du hast seit zwei Tagen nichts Richtiges gegessen. Es macht Papa und Yanni auch nicht wieder lebendig, wenn Du nichts isst!", sagte sie streng und fügte an: „Du lebst! Also iss was!"

„Du hast Recht", antwortete er, ohne überzeugt zu sein.

Athina füllte zwei Teller mit dem Eintopf, der köstlich nach Zwiebeln, Knoblauch und frischen Kräutern roch. Sie brachte die Teller an den Tisch und setzte sich neben Theo.

„Kaliórexi", Guten Appetit, sagte sie.

Obschon er wirklich keinen Hunger hatte, lief ihm beim Duft der Delikatesse, die er immer geliebt hatte, das Wasser im Mund zusammen.

„Epíssis", Gleichfalls, sagte er.

Nach zwei Löffeln brummte Theo wohlig.

„Polí nóstimo, Mana", Köstlich.

Athina schmunzelte und freute sich sichtlich, sagte aber nichts.

Schweigend aßen sie einen Moment lang.

„Wie denkst Du, dass es nun weitergeht, Mana?", fragte er unvermittelt nach einer Weile.

„Was meinst Du?"

„Ich meine, möchtest Du, dass ich bleibe?"

„Möchtest Du denn bleiben, Theo?"

Genau diese Gegenfrage hatte er befürchtet.

„Wenn es nur um mich ginge, dann würde ich wieder gehen."

„Also würdest Du wegen mir bleiben?"

„Wenn Du es willst, Mana."

Es klang nicht sehr überzeugend.

„Theo. Was für einen Sinn würde es machen, wenn Du hier Deine alte Mutter hüten würdest?"

Er wollte protestieren aber sie hob mahnend eine Hand.

„Zudem willst Du wieder weg, weil Tasía nun verheiratet ist, oder?"

Sie hatte seinen wunden Punkt getroffen und er schwieg einen Augenblick.

„Natürlich bin ich traurig über diese Tatsache", sagte er kleinlaut wie ein ertapptes Kind.

„Und weil sie mit Dir keinen Kontakt haben darf", ergänzte sie.

„Woher weißt Du …?", stieß er verwundert aus.

„Von Tasía, von wem sonst."

„Wann hast Du mit ihr gesprochen?"

„Vorgestern. Sie war da, als Du in den Olivenhainen warst."

„Was hat sie gesagt?"

„Dass ich Dir nichts sagen soll", sie musste lächeln.

Er war beleidigt.

„Komm schon, Mana", bettelte er.

„Sie hat mir nichts gesagt, was Du nicht auch schon weißt."

„Dass Jorgo ihr verboten hat, mit mir Kontakt zu haben?"

„Dass sie ihm versprechen musste, mit Dir keinen Kontakt mehr zu haben", korrigierte Athina.

„Der Arme hat wohl Angst!", lachte Theo gequält.

„Wundert Dich das?", fragte ihn die Mutter. „Er ist zwar ein Mann, aber er kennt seine Frau. Und er weiß, dass sie nie aufgehört hat, Dich zu lieben. Trotzdem ist er ein guter Mann."

„Du kennst ihn?", fragte er verdutzt.

„Mein, Sohn, auch wenn Du so lange weg warst, so bist Du doch noch immer Grieche und solltest wissen, dass in unserer Ecke der Welt praktisch jeder jeden kennt. Oder irre ich mich da etwa?" Theo musste schmunzeln.

„Ja, er hat Tasía immer wieder einmal bei uns abgeholt, als sie zu Besuch war. Nicht oft, aber für einen Kaffee hat es hin und wieder gereicht."

„Aha", sagte er schnippisch.

„Sei nicht so nachtragend. Jorgo konnte auch nichts dafür, dass Du einfach alleine weggegangen bist. Er hat sich sehr um Tasía bemüht und versucht, ein guter Ehemann zu sein. Das sollte Dich wenigstens milde stimmen."

„Na, ja."

„Aber gegen die Liebe, die sie immer noch für Dich empfindet, kam er nie an. Es ist, wie sagt man, ein Kampf gegen … gegen …"

„…Windmühlen, Mana. Windmühlen."

Sie mussten beide lachen. Das erste Mal seit Wochen konnte Athina wieder lachen. Sie schauten einander lange an.

„Sie liebt Dich immer noch, Theo."

„Ich weiß. Auch ich liebe sie immer noch. Was meinst Du, weshalb ich nie eine andere Frau gefunden habe? Aber was soll ich tun?"

„Gar nichts. Ob und wann etwas zu tun ist, musst Du Tasía überlassen. Ich glaube sie braucht Zeit und sie will Jorgo nicht verletzen."

„Aber …" Er wollte etwas einwenden, aber sie unterbrach ihn.

„…sei nicht so ungeduldig. Ich habe gesagt, ob und das heißt nicht zwingend, dass sie etwas unternimmt." Sie wollte ihm keine Hoffnungen machen, wo vielleicht keine Berechtigung war.

„Du hast Recht. Also bleibe ich noch eine Weile hier, was meinst Du?"

„Das will ich hoffen. Schließlich gibt es viel zu erzählen nach so langer Zeit."

Sie schwiegen wieder.

„Ich vermisse Papa und Yanni sehr", sagte er traurig nach einer Weile.

„Ich auch, Theo, ich auch."

Kapitel 8

24. Juni 2006

Am späteren Nachmittag desselben Tages drehte sich Tasía Safaridis vom Flur aus zu ihrem Mann Jorgo um, der auf der Veranda am Geländer etwas flickte.

„Ich geh dann mal, Jorgo."

„Wohin?"

„Zu Großmutter Safaridis. Hab ich Dir doch gestern schon gesagt. Ich muss ihr ihre Medizin bringen und wahrscheinlich auch etwas aufräumen. Sie ist ja nicht mehr die jüngste mit Zweiundachtzig."

„Ach, ja. Ich erinnere mich. Grüss sie von mir."

„Mach' ich. Bis bald."

„Ach, und Tasía?"

„S'agapó." Ich liebe Dich.

Sie zögerte einen ganz kleinen Augenblick. „K'egó." Ich auch. Nicht so, wie er es meinte. Aber das wussten beide.

Tasía bog auf die Strasse ins Dorf und erreichte ein paar Minuten später das Haus von Jorgos Großmutter, die gleich hieß, wie sie selbst.

Die alte Anastasía, oder kurz Tasía saß in dem winzigen Vorgarten an einem Metalltischchen auf einem der zwei weißen Plastikstühle.

„Éla yaya", rief Tasía schon von weitem Jorgos Großmutter zu.

„Éla pédi moú. Tí kánis?", kam es beinahe unverständlich mit dem beinahe zahnlosen Mund.

‚Pédi moú' – Mein Kind, werden alle Gleichaltrigen und Jüngeren genannt und es ist auch unter Freunden ein gängiger Ausdruck.

„Mir geht's gut, danke. Und Dir?"

„Ach ja, die Gicht. Sie plagt mich tagaus tagein. Aber was soll ich tun? Setz Dich, mein Kind. Erzähl einer alten Frau von der großen Welt."

Sie kicherte.

„Tja, wenn Du unsere Dorf meinst, dann weißt Du sicher mehr als ich", lachte Tasía. „Ich habe übrigens Deine Medikamente hier. Du solltest gleich eine Tablette nehmen."

Sie öffnete die Packung, arbeitete eine kleine rosa Pille aus dem Aluminium-Blister und legte sie der Alten auf den Tisch.

„Ich hol Dir noch ein Glas Wasser."

Tasía verschwand im Haus.

In der Küche öffnete sie die alte Kommode, wo die Gläser waren. Dabei fiel vom obersten Schaft eine alte Zigarrenkiste heraus auf den Boden. Erleichtert sah Tasía, dass die Kiste heil geblieben war, aber nun waren Fotos, Ansichtskarten und Zeitungsartikel auf dem Boden verstreut. Sie seufzte, verdrehte die Augen und sammelte die Dinge wieder ein.

„Etwas passiert, pédi moú?", krähte die Großmutter draußen.

„Nein! Es ist nur etwas heruntergefallen!", rief Tasía zurück und beeilte sich, die Sachen wieder in der Zigarrenkiste zu verstauen. Dabei konnte sie es sich nicht verkneifen, die paar Fotos anzuschauen, die dabei waren.

Ein Hochzeitsfoto der yaya mit ihrem Mann Spiro. Sie drehte es um und las nur die Zahl 1945 und musste dabei grinsen.

‚So, so. Die hatten es aber eilig!', dachte sie belustigt, denn sie wusste dass ihr Schwiegervater Yanni im selben Jahr geboren worden war. Sie legte es beiseite und nahm das nächste Bild. Ein Portrait von Spiro und Anastasía mit dem kleinen Yanni auf ihrem Schoss aus dem Jahre 1946 und ein weiteres ähnliches, das zehn Jahre später aufgenommen worden war. Sie stutzte.

Obwohl es für Tasía normal war, Einzelkind zu sein, berührte es sie in diesem Moment seltsam, dass ihr Schwiegervater auch keine Geschwister hatte. Es war schon irgendwie komisch, dass eine griechische Familie nur ein Kind hatte. Kinder waren und sind doch immer eine Altersversicherung und mit einem Kind ist das nicht unbedingt garantiert. Sie hatte ihren Mann Jorgo nie gefragt, weshalb sein Vater Yanni keine Geschwister hatte.

Von sich selbst wusste Tasía, dass sie für ihre Mutter Eleni eine schwere Geburt gewesen war. Sie wären beide daran fast gestorben. Eleni konnte danach keine Kinder mehr bekommen, was sie lange quälte. Tasía hatte sich als Kind Jahre lang einen Bruder oder eine Schwester gewünscht, aber irgendwann begriffen, dass sie ohne Geschwister bleiben würde.

Sie seufzte leise und nahm das letzte Foto. Es war ein leicht vergilbtes Schwarzweißbild, das eine Gruppe von zehn Männern zeigte. Es mussten Soldaten gewesen sein, dachte sie, denn alle waren irgendwie uniformiert. Einer stand auf der rechten Seite leicht abseits und schien der Vorgesetzte zu sein. Sie sah sich das Bild näher an. Im Mann rechts glaubte sie den alten Spiro Safaridis zu erkennen. Nur einiges jünger. Sie schaute nochmals genauer hin. Der Mann grinste breit und sie bemerkte die markante Lücke zwischen den Schneidezähnen, die sie auch bei Großvater Safaridis gekannt hatte. Das musste er sein. Der Gatte der alten Anastasía war vor zwei Jahren kurz nach seinem fünfundachtzigsten Geburtstag plötzlich verstorben.

Tasía drehte das Foto um und las eine Notiz: „Valira 1944".

„Tasía!", krähte die Alte von draußen.

Tasía erschrak. Sie hatte beim Betrachten der Fotos die Zeit vergessen und dass sie ja ein Glas Wasser hatte holen wollen.

„Bin schon da, yaya!", antwortete sie nervös und fühlte sich etwas ertappt obschon sie ja nichts Schlimmes getan hatte.

Es war ihr einfach etwas peinlich, denn man stöbert ja an und für sich nicht in den Sachen anderer Leute herum. Eilig schaufelte sie alles zusammen, verstaute es in der Zigarrenkiste und legte diese zurück in den Schrank. Sie nahm ein Glas heraus, füllte es mit Wasser aus einer Plastikflasche und rannte wieder nach draußen.

„Was hast Du denn gemacht, mein Kind?", fragte die Alte.

Tasía war eine schlechte Lügnerin.

„Tut mir leid, yaya. Als ich ein Glas aus der Kommode nehmen wollte, ist mir eine Zigarrenschachtel heruntergefallen", sagte sie etwas außer Atem und beeilte sich, die Großmutter zu beruhigen. „Aber sie ist nicht kaputt!"

Anastasía kniff die Augen etwas zusammen.

„Als ich dann die verstreuten Sachen zusammen sammeln wollte, hab ich die paar Fotos angeschaut, die dabei waren. Ich hoffe, Du bist mir nicht böse!"

Die Alte schnalzte einfach mit der Zunge. Nein.

Tasía reichte der yaya das Glas Wasser.

„Danke, mein Kind."

Tasía seufzte.

„Was hast Du?", fragte Anastasía.

„Ach, weißt Du, als ich das hübsche Bild von Dir, Großvater Spiro und Schwiegervater Yanni gesehen habe, ist mir wieder hoch gekommen, dass ich ja auch keine Geschwister habe. Es wäre doch manchmal schön, wenn man einen Bruder oder eine Schwester zum Reden hätte."

„Deinem Schwiegervater ging es auch so", erwiderte die Alte etwas traurig und Tasía merkte, dass die yaya nicht weiter darauf eingehen wollte.

So erwähnte sie auch das Gruppenfoto nicht.

„Kann ich Dir noch etwas helfen, yaya?"

„Nein danke, mein Kind. Ich möchte mich jetzt nur etwas hinlegen. Die Tablette macht müde."

„Ja, ich weiß. Soll ich Dich zu Bett bringen?"

„Nein, nein, danke."

„Endáxi, ich muss noch nach Methoni ein paar Einkäufe machen. Brauchst Du etwas?"

„Ich hab im Moment alles, was ich brauche. Danke, pédi mou."

„Ich schau dann morgen bei Dir vorbei. Vielleicht hat Jorgo auch etwas Zeit."

„Das wäre schön."

„Also bis morgen dann."

„Tasía, denk' dran, dass Jorgo Dein Mann ist", sagte die Alte ernst und schaute Tasía durchdringend an.

„Natürlich ist Jorgo mein Mann, yaya. Was meinst Du damit?", antwortete sie unschuldig.

„Lass die Finger von diesem Maroulis, mein Kind", fügte sie bei.

Tasía sah die alte Frau lange an.

„Ich muss gehen, yaya", antwortete sie ausweichend.

„Na ísse kalá, pédi mou." Lass es Dir gut gehen. „Denk an meine Worte."

Tasía nickte stumm und die alte Anastasia konnte die Trauer in den Augen der jungen Frau sehen.

„Ich schau morgen wieder bei Dir vorbei. Jiássu."

„Möge die Jungfrau mit Dir sein, mein Kind."

Ohne sich umzudrehen verließ Tasía die Großmutter ihres Mannes.

Beim Abendessen – einer makarónia – saßen Tasía und Jorgo schweigend beisammen.

Jorgo beschäftigte offensichtlich immer noch das Auftauchen von Theo. Er hatte Angst und Tasía spürte dies. Aber sie ließ sich nichts anmerken und versuchte, abzulenken.

„Als ich heute bei Deiner Großmutter Anastasía war, ist mir was Blödes passiert", begann sie und erzählte ihm die Geschichte von der Zigarrenkiste und den Fotos.

„Hab ich nie gesehen", antwortete Jorgo mit halbvollem Mund und nahm einen Schluck Wein.

„War Dein Großvater jemand Wichtiger bei der Armee im Krieg?", fragte sie ihn beiläufig.

Jorgo sah nicht von seinem Teller auf und löffelte weiter.

„Keine Ahnung? Als Junge, ich glaube, ich war etwa Fünfzehn, hab ich mal meinen Vater nach dem Krieg gefragt. Der sagte aber einfach, dass er da noch gar nicht geboren war und nichts darüber wisse. Ich solle meinen Lehrer fragen. Damit hatte es sich."

Er nahm noch einen Schluck.

„Hast Du ihn nicht nach Deinem Großvater gefragt? Ich meine, so aus Neugier. Der war doch alt genug", fragte Tasía weiter.

„Doch. Ich hab' ihn danach gefragt. Aber auch da sagte er, dass er nichts darüber wisse", sagte er desinteressiert.

„Und den Großvater selbst hast Du nie gefragt?"

„Großvater Spiro!?", er lachte laut, „nie im Leben! Du hast den Alten ja auch gekannt. Streng und verschlossen. Ich hätte mich nie getraut, ihn so was zu fragen!" Er nahm den letzten Bissen seiner makarónia und schob den Teller von sich. „Das war gut", stöhnte er wohlig.

Tasía lächelte.

„Kann ich mir vorstellen."

„Was?", fragte er, als hätte er das Gespräch schon vergessen.

„Dass Du den alten Spiro nicht gefragt hast."

„Mhm", meinte er nur.

Er schnappte sich etwas mürrisch die Lokalzeitung neben ihm und begann darin zu blättern. Er hatte absolut keine Lust über Krieg oder Militär zu reden. Drei Jahre Pflichtdienst waren seiner Meinung nach genug gewesen. Tasía wechselte das Thema.

„Deine Großmutter Anastasía würde sich freuen, wenn Du auch wieder einmal vorbei kämst, Jorgo. Sie hat es mir heute gesagt."

Er seufzte. Er mochte das Getratsche alter Weiber nicht.

„Mal sehn", sagte er lustlos.

Tasía zuckte mit den Schultern und begann den Tisch abzuräumen. Jorgo vertiefte sich in den Sportteil der Zeitung.

Kapitel 9

25. Juni 2006

Pidasos hat keine zweihundert Einwohner und natürlich kennt jeder jeden. Auch Leute aus Nachbardörfern, denn hier sind so ziemlich alle auf irgendeine Weise mit allen verwandt.

Insofern war Theo kein Fremder, aber er war doch sehr lange weg gewesen und jüngere oder zugezogene Leute kannten ihn schlichtweg nicht.

Er war seit dem gestrigen Gespräch mit seiner Mutter noch nachdenklicher.

Grundsätzlich wusste er, dass es ziemlich illusorisch war, dass Tasía ihren Mann verlassen würde, um zu ihm zurückzukehren. Und doch machte er sich insgeheim Hoffnungen, denn schließlich befand man sich im 21.en Jahrhundert und Scheidungen gab's auch in Griechenland, meinte er trotzig.

Es war kurz vor Mittag und um sich etwas abzulenken, hatte er beschlossen, sein altes Dorf etwas anzuschauen und dann Kostas kafeníon zu besuchen. Man sollte sehen, dass er sich nicht scheute, sich zu zeigen. Die alte Primarschule, welche er noch besucht hatte, war aus Mangel an Kindern geschlossen worden und schien einen Laden oder Handwerksbetrieb zu beherbergen. Er konnte es nicht genau ausmachen. Die Häuser hatten sich nicht wirklich verändert. Da und dort Flickwerk an den Fassaden dafür teilweise neue Aluminium-Fenster und -türen, die nicht jedes Jahr wieder gestrichen werden mussten. Die Strassen waren notdürftig geflickt, wie wenn jemand etwas Asphalt verloren hätte. Die elektrischen Leitungen hingen immer noch wie Wäscheleinen von Haus zu Haus. Nur eine paar neue Fernsehantennen und Satelliten-Empfänger thronten auf wenigen Dächern.

‚Alles beim alten', dachte Theo etwas resigniert, als er Richtung kafeníon schlenderte.

Ein paar alte Männer saßen bei ihrem Kaffe, andere schon bei einem Ouzo oder krassí, dem Hauswein, und pickten mit einem Zahnstocher in einem mezé mit Tomaten, Gurken, Wurst, Käse und was die Küche sonst hergab, umher.

Er begrüßte die Senioren und setzte sich an einen der quadratischen Holztische; nicht zu nah und nicht zu fern von den Alten, um weder unhöflich noch aufdringlich zu wirken.

Nach einem Moment kam der junge Spiro, Kostas Sohn, nach draußen.

„Was wünschen Sie?", fragte er lächelnd.

„Hey, Spiro, kennst Du mich nicht mehr. Ich bin's. Theo Maroulis."

Spiro sah Theo verdutzt an. Er erkannte Theo nicht gleich wieder. Zumal hatte Theo ja jetzt einen Bart. Spiro war damals gerade sechs Jahre alt gewesen, als Theo Griechenland verlassen hatte und konnte sich deshalb nur vage an ihn erinnern.

„Theo? Theo Maroulis? Echt?"

Dann kam ihm mit Schrecken die Beerdigung in den Sinn.

„Sorry, Theo, ich konnte nicht an der Beerdigung Deines Vaters teilnehmen. Ich musste nach Kalamata. Hab da ein Problem mit den Verkehrsbehörden", entschuldigte er sich.

Theo winkte ab:

„Schon okay."

„Es tut mir wirklich Leid um Deinen Vater. Und natürlich auch Deinen Bruder. Ein schwerer Schlag für die Familie."

„Danke Spiro. Es ist nicht einfach, aber irgendwie wird's schon weitergehen. Es muss", beschwichtigte Theo.

Spiro nahm einen Schritt Abstand und sah Theo von oben bis unten an.

„Mann, hast Du Dich verändert", rief er staunend aus.

„Sind auch schlappe achtzehn Jahre her, seit ich weg bin, Spiro. Du bist auch etwas größer geworden."

Er grinste und machte mit der Hand eine Aufwärtsbewegung vom Boden her.

„Na ja, kann passieren. Ich hab nun Papas kafenión übernommen. Viel Arbeit gibt's hier nicht in der Gegend. Aber ich halt' mich über Wasser. Ohne Familie geht's grad noch so."

„Tja, harte Zeiten. War aber nie rosig hier, das kann ich Dir sagen, Spiro."

„So jammern die Alten."

Sie mussten beide lachen und bekamen von eben diesen Alten scherzhaft böse Blick zugeworfen.

„Darum sind auch einige abgehauen, nicht wahr!", rief Kosta, Spiros Vater von der Eingangstüre aus. Er war gerade vom Wohntrakt über dem kafenión herunter gekommen. Kosta Stafidis war nicht ganz zehn Jahre älter als Theo und damals einer der wenigen gewesen, die damals nicht auf den jungen Maroulis geschimpft hatten, weil jener so Hals über Kopf Familie und Verlobte verlassen hatte.

Er breitete seine Arme aus und rief:

„Komm her, altes Haus und lass Dich umarmen!"

Die meisten Bewohner, die Theo und seine Geschichte kannten, waren etwas reserviert ihm gegenüber. Aber Kosta konnte es sich leisten, den alten Freund so herzlich zu begrüßen. Schließlich war er der Bürgermeister, den alle respektierten. Für Theos Situation war Kostas Art von Vorteil, denn sie hatte Vorbildcharakter für die anderen.

Theo stand auf und umarmte den bärtigen Mann und die beiden setzten sich.

„Schön, dass Du wieder da bist, Theo. Auch wenn der Anlass ein trauriger ist. Nochmals mein Beileid. Wie geht es Deiner Mutter Athina?"

„Soweit gut. Sie versucht sich zu beschäftigen, um sich abzulenken. Aber ich bin froh, ihr beiseite stehen zu können."

„Tja", seufzte Kosta „nun kommen schwere Zeiten auf Euch zu. Was wollt Ihr machen?"

„Darüber haben wir noch nicht gesprochen. Es braucht seine Zeit um all das zu verdauen."

„Das ist sicher so. Hör mal, wenn Du oder Deine Mutter irgendetwas brauchen, lass es mich wissen. Ich bin jederzeit für Euch da. Spiro schmeißt den Laden gut, soweit das möglich ist und ich habe manchmal mehr Zeit, als mir lieb ist."

„Was macht Deine Frau Niki. Gehst Du ihr auf die Nerven?"

Theo grinste.

Kosta schluckte.

„Niki ist vor fünf Jahren bei einem Autounfall ums Leben gekommen."

Theo verschlug es die Sprache. Als er sich wieder gefasst hatte, sagte er:

„Das tut mir sehr leid, Kosta."

„Schon gut. Mittlerweile tut's nicht mehr so häufig weh. Aber ich vermisse den alten Drachen schon!"

Kosta und Niki waren das engste und liebevollste Paar gewesen, das Theo je begegnet war.

Er erinnerte sich wehmütig an deren Hochzeitsfest vor dreiundzwanzig Jahren, bei der er und Tasía sich ineinander verliebt hatten und noch nicht wussten, dass sie von ihren Vätern schon lange vorher füreinander bestimmt worden waren.

Er war damals noch nicht ganz Siebzehn und Tasía eben erst Fünfzehn geworden.

Kosta riss ihn aus seinen Gedanken.

„So, die nächste Bestellung geht aufs Haus!", rief er in die Runde, was alle Anwesenden mit einem zustimmenden Raunen quittierten. Dann flüsterte er zu Theo. „Und uns hol ich einen schönen krassáki aus meinem eigenen Bestand." Er zwinkerte ihm zu. „Dafür musst Du mir aber alles aus dem fernen Australien erzählen."

„Endáxi, phíle mou."

Einverstanden, mein Freund, grinste Theo.

Es wurde ein langer Nachmittag. Nicht einmal mesiméri machten die beiden Männer, sondern gingen nach drinnen, wo zwei große

Ventilatoren einsam ihre Runden drehten und etwas Kühlung verschafften.

So kam es, dass Theo auch verpasste, wie Tasía im Pick-Up vorbeifuhr. Sie war dabei, ihre Mutter zu besuchen.

Tasía hielt direkt vor dem Haus ihrer Eltern. Sie wusste von ihrer Mutter, dass ihr Vater nach   Athen gefahren war und nicht vor morgen zurück sein würde. Tasía war froh darüber, denn seit der Heirat mit Jorgo vermied sie den Kontakt, wenn immer möglich. Sie hatte ihm nie wirklich verzeihen können, was er ihr und Theo angetan hatte und die früher herzliche Vater-Tochter-Beziehung war seit dem Eklat merklich abgekühlt. Sie spürte zwar, dass dies den Vater sehr traurig machte, denn er war sich keiner Schuld bewusst – wirklich nicht? – aber sie konnte nicht anders. Sie hatte   irgendwie das Vertrauen verloren, dass ihr Vater immer nur das Beste für sie wollte.

Obwohl um fünf Uhr noch mesiméri war, fand sie ihre Mutter Eleni im Gemüsegarten.

„Mana?", rief sie.

„Ich bin im Garten, mein Kind."

Eleni war gerade dabei, Unkraut zu jäten und ihre Hände waren voll Erde. Sie stand mit einem leichten Stöhnen auf und wischte sich die erdigen Hände an ihrer grauen Schürze ab.

„Oh, diese alten Knochen!", schimpfte Eleni und lachte dabei.

Tasía bemerkte etwas traurig, dass ihre Mutter älter wurde. Die beiden Frauen traten aufeinander zu und gaben sich einen Kuss auf beide Wangen. Sie hatten immer ein äußerst herzliches Verhältnis zueinander gehabt.

„Du hast abgenommen, Mana!", sagte Tasía.

Eleni zuckte unmerklich zusammen.

„Ist doch schön, Kind. Andere Frauen in meinem Alter nehmen zu, nein?" Sie grinste und wechselte das Thema. „Lass mich noch schnell die Gartengeräte versorgen, Liebes. Ja? Wässern kann ich die Pflan-

zen erst in zwei Stunden. Papa ist doch in   Athen. Da haben wir e-
wig Zeit, uns zu unterhalten", sagte sie verschwörerisch und lachte.

Der einzige Goldzahn in ihrem sonst weißen und gleichmäßigen
Gebiss blitzte in der Sonne. Tasía schmunzelte, aber Eleni wusste,
dass die Tochter etwas bedrückte.

„Oder musste Du wegen Jorgo wieder weg?", fragte sie.

„Nein, nein", winkte Tasía ab. „Der ist sicherlich noch zwei Stunden beschäftigt. Er will doch den Zaun vom Hühnerstall flicken, der
schon so lange kaputt ist. Wir rennen täglich dem Federvieh hinterher!" Eleni lachte. „Dann wollte er noch bei seinen Eltern vorbei
schauen. Wahrscheinlich ruft er mich dann an und gesteht mir, dass
ihn seine Mutter wieder mit Essen beglücken wird." Tasía kicherte.
„Und ich kann dann immer noch sagen, dass ich halt bei Dir was es-
se."

„Wunderbar!" Eleni gluckste und klatschte triumphierend in die
Hände. „Weiberabend!"

Jetzt musste auch Tasía herzhaft lachen.

„Geh doch schon mal nach oben, mein Kind und koch' uns einen
Kaffee, ja?"

„In Ordnung."

Während Eleni ihr Werkzeug in der apothíki verstaute, lief Tasía
die Treppe hoch in den Wohntrakt. Auf dem kleinen Tischchen im
Flur lagen ein paar Briefe. Der Schwung von Tasías Rock wehte den
obersten zu Boden, was sie noch bemerkte. Es war einer von iatrós
Pavlopoulos, dem Hausarzt ihrer Mutter. Sie hob den hellbraunen
Umschlag auf, schaute ihn kurz an und legte ihn wieder zurück auf
die anderen. Sie lief in die Küche und begann, Kaffee zu brauen, als
auch schon ihre Mutter an die Küchentüre trat. Tasía hatte sie nicht
kommen gehört, denn Eleni war, wie so oft, barfuss. Es sei gesund,
meinte sie, und hatte wahrscheinlich damit nicht ganz Unrecht.

„Kaffee kommt gleich, Mana", sagte Tasía und kochte die Brühe ein
zweites Mal auf.

„Lass Dir Zeit, mein Engel. Ich mach nur eine Katzenwäsche im Badezimmer und bin gleich wieder da", sagte sie und war schon unterwegs.

„Mach nur", rief ihr die Tochter hinterher. Sie leerte den Kaffee in die Tasse. Der Satz musste sich erst absenken. Dann braute sie den zweiten. Ein paar Minuten später erschien Eleni wieder in der Küche und kämmte erfrischt ihre Haare mit den Händen nach hinten.

„So!", sagte sie, setzte sich an den Esstisch und faltete erwartungsvoll die Hände.

„Wie geht es dir, pédi mou?"

„Ach ja, es geht. Immer etwa dasselbe", erwiderte Tasía ohne sich umzudrehen, damit die Mutter ihr sorgenvolles Gesicht nicht gleich sehen würde.

„Nicht ganz, schätze ich."

Eleni kannte ihre Tochter.

„Du meinst wegen Theo?"

Sie verstanden sich wortlos.

„Natürlich wegen Theo. Du hast doch mit ihm gesprochen, nicht wahr?"

„Ja."

„Und hast Du ihm gesagt, was Du Jorgo versprochen hast?"

Tasía drehte sich um und brachte der Mutter den Kaffee. Und blickte sie traurig an.

„Ja. Habe ich."

„Gut so, mein Kind", lobte sie Eleni. „Ich weiß, dass Du Theo immer noch liebst." Sie sah ihre Tochter an. „Und er Dich wahrscheinlich auch." Sie zögerte etwas. „Aber Jorgo ist ein kaló pedí. Er hat sich stets bemüht, Dir ein guter Ehemann zu sein. Dass er keine Kinder zeugen kann, dafür kann er Nichts."

„Es geht nicht darum, Mana", protestierte Tasía. „Ich bin ja Jorgo und seiner Familie trotzdem für alles dankbar…"

Das Wort ‚trotzdem' traf Eleni, denn sie wusste, dass es eine versteckte Anklage gegen Tasías Vater war. Sie ignorierte es. „… aber es ist keine Liebe.", schloss die Mutter den Satz.

„Nein… Doch … Ich weiß nicht. Es ist etwas völlig anderes, Mana.", seufzte Tasía.

Eleni blickte ihre Tochter nachdenklich an.

„Kannst Du es verantworten, jemandem das Herz zu brechen, um Deinen Gefühlen nachzugeben?", fragte sie.

„Ich … ich weiß es nicht, Mana. Es ist alles sehr verwirrend. Ich weiß nicht, ob Du das verstehen kannst."

„Ich verstehe Dich besser als Du denkst, mein Kind", wandte sie ein.

Eleni schaute Tasía lange an.

„Lass mich Dir eine Geschichte erzählen, Tasía."

Sie sah ihre Mutter etwas skeptisch an.

„Ich weiß nicht, ob ich in der Stimmung für Geschichten bin", erwiderte sie etwas trotzig.

Tasía hatte ihren Kaffee auch fertig und setzte sich zur Mutter.

„Ach, Mana", seufzte sie.

Eleni nahm den Blick nicht von ihrer Tochter.

„Es gibt für Alles einen guten, einen schlechten und einen richtigen Zeitpunkt, um etwas zu tun", sagte Eleni und ihr Blick sagte Tasía, das es für ihre Mutter der richtige Zeitpunkt sein musste, ihr etwas zu erzählen. Sie wusste aber nicht, weshalb.

„Endáxi, Mana."

Sie gab seufzend nach.

Eleni lächelte weise und blickte ihre Tochter liebevoll an.

Dann begann sie zu erzählen.

„Diese Geschichte, mein Kind, reicht weit in die Vergangenheit zurück. In die Zeit des großen Krieges."

Kapitel 10

13. September 1944

Griechenland. Peloponnes. Provinz Messinien.

Kommandant Aris Velouchiotis saß an seinem Schreibtisch in der alten Dorfschule, welche als Kommandoposten für die kommunistisch orientierte, griechische Volksbefreiungsarmee ELAS eingerichtet worden war. Der Herbsttag war immer noch heiß, aber die dicken Steinmauern der Schule kühlten die unteren Räume enorm.

Die deutschen Besatzer waren soeben aus Kalamata vertrieben worden, und die ELAS war dabei, die verhassten Nazis zu verfolgen um ihnen das heim zu zahlen, was sie dem griechischen Volk seit Jahren angetan hatten. Noch mehr jedoch hasste Velouchiotis die Kollaborateure und Hilfskräfte der Deutschen, welche viele Gräuel der Besatzer an seinem Volk erst möglich gemacht hatten. Sein griechisches Temperament schrie nach Rache. Er rief seinen Adjutanten Iavellas zu sich.

„Die Tàgmata haben sich in Meligalá verschanzt, diese Hurensöhne!", brüllte er.

Die Tàgmata Asphalìas waren paramilitärische Sicherheitsbattalione, welche mit den Besatzern zusammengearbeitet hatten.

„Ich werde diese Verräter vernichten!", zischte er zu Iavellas, der vor dem Pult stand und keine Mine verzog.

Velouchiotis schwieg einen Augenblick, als wolle er seinen Hass noch steigern. Dann fuhr er drohend fort.

„Morgen früh werden wir Meligalá angreifen und alle vernichten, die sich an unserem Volk versündigt haben! Bereite den Angriff sofort vor. Wir werden das Dorf einkesseln."

„Jawohl, Genosse Kommandant", erwiderte Iavellas, drehte sich um und verließ den Raum, um draußen seine Befehle zu erteilen.

Der Widerstand der Tàgmata war größer, als Velouchiotis erwartet hatte und die Belagerung von Meligalá dauerte volle zwölf Tage. Im Morgengrauen des 14. September 1944 wurde das Dorf erneut von der ELAS angegriffen und genommen.

Die andártes, die Soldaten der ELAS, wüteten mit ähnlicher Brutalität, wie es die Besatzer zuvor in Kalavrita und unzähligen Dörfern in ganz Griechenland getan hatten. Wahllos wurden Männer, Frauen und Kinder getötet.

Im Haus von Pavlos Magiros fanden die marodierenden Haufen nur drei Leute vor, die verängstigt und zusammengedrängt neben dem Herd in der kleinen Küche hockten. Der Vater, die Mutter Panaiota und die achtzehnjährige Elefteria. Sie hatten gerade frühstücken wollen, als der Überfall losging.

Der Anführer, ein junger Mann namens Spiro, stellte sich vor den Vater.

„Wie heißt Du?!", fuhr er ihn an.

„Pavlos Magiros."

Spiro grinste breit und deutete vier Soldaten, die beiden Eltern festzuhalten, was diese ohne zu zögern taten. Er funkelte die Familie böse an. Plötzlich wischte er die Teller und Gläser mit einem Arm vom Tisch. Er schaute wieder auf und blickte abwechselnd auf Vater. Mutter und Tochter Magiros. Mit zwei Schritten ging er auf die junge Elefteria zu und warf sich breitbeinig vor ihr in Postur, wobei er die Arme in die Seite stützte. Ohne den Blick vom zitternden Mädchen abzuwenden, zischte er die Familie an.

„Ich werd' Euch zeigen, was es heißt, unsere Sache zu verraten, Ihr Kollaborateure!"

„Wir sind keine Kollaborateure, Genosse!", versuchte Pavlos zu beschwichtigen, doch er erhielt sogleich einen Gewehrkolben ins Genick, dass er benommen zusammensackte. Panaiota schrie und Elefteria sprang auf und warf sich auf den Mann, den Sie Spiro nannten. Sie hämmerte auf seine   uniformierte Brust und schrie ihn an

„Ihr Schweine!!!"

Der Anführer lachte boshaft und zog sie an sich.

„Dann komm mal, kleine Wildkatze!"

Er zerrte sie auf den Esstisch und riss ihr den Rock und die Unterwäsche vom Leib. Entsetzt schrie Panaiota auf und Pavlos kam wieder zu sich, noch benommen vom Schlag. Nur durch einen Schleier sah er, wie der Soldat seine Tochter vergewaltigte. Dann verlor er das Bewusstsein wieder.

Als der Mann, den sie Spiro nannten, fertig war, sagte er nur trocken:

„Erschießt sie. Nur die zwei Alten. Die Junge trägt jetzt einen neuen ELAS Kämpfer unter dem Herzen!"

Triumphierend und gleichzeitig verachtend schaute er zunächst die beiden Alten und dann das wimmernde Bündel Elend auf dem Tisch an. Dann drehte er sich um und marschierte nach draußen. Er zuckte nicht einmal zusammen, als er zwei Schüsse in kurzem Abstand hörte.

Meligalá, dessen Name einen Ort bezeichnen, wo Milch (Gala) und Honig (Meli) fließen wurde zu einem Ort des Blutes und der Tränen.

1500 Menschen – die meisten Zivilisten – wurden an jenem 14. September 1944 abgeschlachtet und verscharrt. Frauen wurden geschändet und das Dorf dem Erdboden gleich gemacht.

Kapitel 11

25. Juni 2006

Eleni hatte Tasía alles erzählt, was Sie wusste.

Über das, was damals in Meligalá geschehen war im September 1944.

Von dem jungen Mädchen und wie es vergewaltigt worden war von einem ELAS Soldaten. Wie es davon schwanger geworden war und wie die Familie des zukünftigen Bräutigams es daraufhin nicht mehr zur Schwiegertochter genommen hatte. Wie es dann einen Mann kennen lernte, der sich in sie verliebte und es mit Kind zur Frau genommen und das Kind – es war ein Mädchen – wie seine eigene Tochter geliebt und aufgezogen hatte.

Stumm und gebannt hatte Tasía ihrer Mutter eine gute Stunde zugehört und sah nun ihre Mutter durchdringend an.

„Wer war diese Elefteria Magiros, Mana?"

Traurigkeit stand in Elenis Augen.

„Meine Mutter, Tasía."

Tasía war fassungslos.

„Deine Mutter?!", rief sie.

„Aber die hieß doch Katsoiannis?"

Eleni fuhr ruhig fort.

„Ja, aber sie war eine geborene Magiros. Stavros Katsoiannis war der Mann, der sie als Schwangere heiratete und das Kind annahm."

„Und das Kind warst Du?"

Tasía starrte ihre Mutter ungläubig an.

„Ja, Tasía. Das Kind war ich."

Sie gab ihrer Tochter etwas Zeit, sich zu sammeln.

„Dein Großvater Stavros war ein wunderbarer Vater. Und er liebte Deine Großmutter über alles. Wir zogen nach Pidasos als ich fünf Jahre alt war. Die Eltern von Elefteria waren ja ermordet worden. Stavros' Eltern starben beide 1948 kurz hintereinander. Innerhalb eines

Jahres. Es war ein harter Schlag. Weder Elefteria noch Stavros hatten Geschwister und erbten etwas Geld und Land, das sie verkaufen konnten. Wir lebten damals in Messini bei Kalamata, aber Dein Großvater wollte weg von der unseligen Gegend. Meligalá ist ja nicht weit weg von Messini. So beschlossen sie, sich hier in Pidasos einen Hof zu kaufen. Mit dem Geld konnten sie damals ziemlich viel Land mit Oliven und Obstbäumen kaufen und das gab ihnen die Sicherheit, dass ihre Tochter – trotz des Makels – einmal gut verheiratet werden könnte. Mit einer ansehnlichen Mitgift."

„Hat Papa das alles gewusst?"

„Ja, mein Kind. Dein Großvater Stavros war ein sehr direkter Mann. Er brachte die Dinge immer auf den Tisch damit man wusste, worüber man sprach. Es war mein Glück, dass ich in Deinem Vater und dessen Eltern eine verständnisvolle Familie gefunden hatte. Für meine Eltern natürlich auch. Ein halbes Jahr, nachdem ich Deinen Vater Panaiotis kennen und lieben gelernt hatte, erzählte ich ihm meine Geschichte, als ich wusste, dass ich ihm vertrauen konnte."

Sie machte wieder eine Pause.

„Und?", fragte Tasía

„Er war schockiert", lächelte Eleni. „Aber nicht über die Tatsache, dass ich ein uneheliches Kind war, sondern über das, was meiner Mutter widerfahren war. Er sagte mir, es sei ihm egal, ob ich vom Mond käme oder nicht. Er wollte mich heiraten. Er wusste nichts von der großen Mitgift, die ich erhalten würde. Eine Woche später machte er bei meinem Vater Aufwartung und hielt um meine Hand an. Mein Vater sprach mit ihm von Mann zu Mann. Dein Großvater habe gelächelt, sagte Dein Vater, als er ihm erzählte, er wisse um meine Herkunft und es sei ihm egal. Er würde mit seinen Eltern sprechen und wisse auch, dass sie dies ebenso sehen würden."

„Dem war auch so?", fragte Tasía wieder.

„Ja. Und so kam es, dass Dein Vater und ich an einem Frühlingsmorgen 1964 geheiratet haben. Und ich bereue keinen Tag, seit ich mit ihm zusammen bin."

Eleni hatte Tränen in den Augen.

„Danke, Mana."

„Es ist auch Deine Geschichte, mein Kind. Und Du hast ein Recht darauf, sie zu kennen", erklärte die Mutter ernst.

Nach einer Weile fragte Tasía weiter.

„Hat man dieses Schwein je zur Rechenschaft gezogen?", fragte Tasía.

„Nein. Niemand wusste, wer dieser Spiro wirklich war. Auch die anderen nicht, die meine Grosseltern erschossen haben. Ganz zu Begin, als Elefteria und Stavros zusammen waren, versuchte Dein Großvater herauszufinden, wer der Soldat war und wo er sich aufhielt. Elefteria bat ihn jedoch inständig, davon abzulassen. Sie wollte diesen Mann vergessen. Stavros gab nach und so versuchten beide zu vergessen."

Nach einer Weile sagte Tasía:

„Nun weiß ich, was Du mir sagen wolltest, Mana."

„Dann denk darüber nach, mein Kind. Das Glück liegt nicht immer in den Sternen, weißt Du. Manchmal hast Du es schon in Deinen Händen. Es kommt darauf an, was Du daraus machst."

Tasía seufze.

„Ich werde darüber nachdenken."

Sie wunderte sich, dass ihr plötzlich die Fotografien bei der alten Anastasía, der Großmutter von Jorgo in den Sinn kamen.

„Sag mal, Mana. 1944 gab's doch keine reguläre griechische Armee mehr, oder?"

„Eh. Nein. Ich glaube nicht. Es gab nur die Partisanen, welche von den westlichen Alliierten unterstützt wurden und die andártes der kommunistischen ELAS. Beide bekriegten sich ja noch während der Besatzung. Der Bürgerkrieg brach ja erst nach dem Abzug der Nazis 1944 wirklich aus."

Sie war erstaunt über Tasías Frage.

„Weißt Du, ob die Partisanen irgendwie erkennbar waren?"

Eleni stutzte.

„Weshalb fragst Du?"

„Erzähl ich Dir ein anderes Mal."

„Nun ja. Mein Vater Stavros hat mir nur mal erzählt, dass die andártes einen roten Stern auf dem linken Ärmel hatten. Mehr weiß ich auch nicht."

Tasía nickte nur.

Eleni sah ihre Tochter sorgenvoll an. Wovon sprach sie? Hatte sie etwas herausgefunden? Aber sie kannte ihre Geschichte doch erst seit einer Stunde. Sie beschloss, es dabei bewenden zu lassen. Tasía würde mit ihr sprechen, wenn sie bereit dazu war.

Jorgo rief tatsächlich von seinen Eltern an und war, wie erwartet, zum Essen bei ihnen geblieben. Auch Tasía kannte ihre Pappenheimer.

Den Rest des Abends verbrachten die beiden Frauen, indem sie alte Geschichten erzählten und Tasía fuhr erst gegen Mitternacht wieder nach Perivolakia.

Kapitel 12

26. Juni 2006

Am nächsten Tag erwachte Tasía erst um neun Uhr. Sie hatte in der Nacht kaum richtig geschlafen nach dem, was ihr die Mutter erzählt hatte und fühlte sich, wie gerädert. Sie blickte zur Seite und sah, dass Jorgo schon aufgestanden sein musste. Tasía hatte beschlossen, ihrem Mann nichts von den Ausführungen ihrer Mutter zu erzählen.

Ächzend schälte sie sich aus dem Bett, zog sich an und schlurfte in die Küche, wo sie Jorgo am Küchentisch sitzend fand. Er nippte an einem Kaffee und schaute auf, als er Tasía sah. Ein Lächeln huschte über sein Gesicht.

„Guten Morgen, Du Langschläfer!"

„Hab' die halbe Nacht nicht geschlafen", gähnte Tasía.

„Wurde etwas spät", grinste er. „Wann bist Du denn nachhause gekommen?"

„Muss so um Mitternacht gewesen sein. Du warst schon im Bett und hast Bäume zersägt."

Eine nette Umschreibung von ‚Du hast geschnarcht'.

„War's nett mit Deiner Mutter?"

‚Nett?!', dachte Tasía.

„Ja, wir haben uns gut unterhalten", erwiderte sie. „Und Ihr?"

Sie meinte ihn und seine Eltern.

„Na ja. Mutter hat mich wieder gestopft wie eine Weihnachtsgans. Sonst war's ganz in Ordnung."

Tasía konnte sich ein Grinsen nicht verkneifen wurde aber sofort wieder nachdenklich.

Das Wissen um die Geschichte ihrer Mutter und Großmutter, die Gefühlswirren wegen Theo, alles war etwas viel für sie.

Sie wusste, dass Jorgo sie mit Argusaugen beobachtete und versuchte, ihre wahren Gefühle zu ergründen und so jede ihrer Äußerungen auf die Goldwaage legte. So beschloss sie, dass sie sich und ihn ablenken musste.

„Großmutter Anastasía hat gefragt, ob Du nicht mal wieder vorbei schaust", sagte sie. Er seufzte. Sie fuhr fort: „Ich muss ihr noch ihre Medizin bringen. Möchtest Du nicht mitkommen?" Pause. „Bitte."

Jorgo sah seine Frau lange an.

„Endáxi. Páme." OK, gehen wir.

Tasía lief ins Badezimmer, um aus dem Apothekerschrank Anastasías Medikamente zu holen. Jorge wartete vor der Haustüre. Er hatte sich eine Zigarette angezündet. Tasía drückte ihm einen Kuss auf die Wange, als sie sich an ihm vorbei drückte.

„Na?", sagte sie auffordernd und nickte in Richtung Dorf.

Tasías flüchtige Zärtlichkeit zerstreuten Jorgos Zweifel etwas und sie liefen den kurzen Weg zu seiner Großmutter.

Die Alte saß, wie immer, in ihrem kleinen Vorgarten und ein Strahlen huschte über ihr Gesicht.

„Éla, pediá mou." Hallo, Kinder. „Schön, dass ihr eine alte Frau auch einmal besucht!"

Sie grinste mit ihrem zahnlosen Mund.

„Also, yaya", sagte Tasía gekünstelt empört. „Ich wenigstens komme fast jeden Tag zu Dir!"

Die Alte grinste.

„Na, ich weiß nicht."

Sie grinste immer noch.

Tasía spielte das Spiel mit.

„Also, weißt Du. Ich bin empört!"

Sie mussten alle lachen. Jorgo etwas gequält und lustlos.

„Kaliméra, yaya", sagte er trocken.

„Na, so förmlich, Kind", sagte sie zu ihm. „Komm her und gib mir einen Kuss!"

Er beugte sich über die alte Frau, die ihm die Arme entgegen gestreckt hatte, umarmte sie und gab ihr einen Kuss auf beide Wangen.

„Setzt Euch, Kinder." Zu Tasía: „Hol uns etwas zu Trinken, Kind."

„Was möchtest Du?", wandte sich Tasía an ihren Mann.

„Nur Wasser", brummte er immer noch schlecht gelaunt, dass er sich mit den Weibern abgeben musste.

Tasía lief in die Küche, öffnete die Kommode und griff nach den Wassergläsern, als die Zigarrenschachtel sie magisch anzog. Verstohlen sah sie sich um, nahm die Kiste heraus und öffnete Sie.

Das Foto mit den uniformierten Männern lag oben auf. Tasías Herz pochte bis zum Hals. Sie zögerte einen kurzen Moment, dann nahm sie das Bild an sich und steckte es in ihren Ausschnitt. Sie vergewisserte sich, dass es nicht herausschaute. Darauf nahm sie ihr kinitó aus der Rocktasche, schaltete es aus und legte es unter die Kommode. Als letztes griff sie die Gläser und eine Flasche Wasser und lief zurück auf die Veranda.

Ihre Hand zitterte, als sie die Gläser füllte.

„Geht's Dir nicht gut?", fragte Jorgo etwas besorgt.

„Schon gut. Ich hab' wirklich zu wenig geschlafen und bin etwas zittrig".

Eine schlüssige Erklärung, dachte sie.

Sie verbrachten eine Stunde mit langweiligem Tratsch über dies und das, hatten aber so wieder einmal yayas Wunsch, ihren Enkel zu sehen, erfüllt.

Tasía war gedanklich aber ganz woanders.

Auf dem Rückweg hatte Jorgo gesagt, er gehe noch kurz ins kafeníon. Sie wusste, dass auch er etwas Zeit brauchte. Tasía kehrte zu ihrem Haus zurück und lief sofort ins Gästezimmer, das sie als Büro verwendeten. Für ihre Arbeit hatten sie sich vor ein paar Jahren einen kleinen Kopierer gekauft, den sie für ihre Arbeit als Pflegeschwester brauchte. Sie kopierte jedes Rezept der Patienten und legte es in einer Kartei ab. So war sie sicher, dass sie wusste, was die betagten Leute für Medikamente brauchten.

Eilig schaltete sie den Strom an, zog das Foto aus ihrem Ausschnitt und machte zwei Kopien davon.

Sie waren gestochen scharf. Sie faltete sie zusammen und steckte sie mit dem Original wieder in ihren Ausschnitt. Dann schaltete sie den Kopierer ab und lief wieder aus dem Haus zur yaya.

Als sie am kafenío vorbeikam, winkte sie Jorgo, der auf der Terrasse einen Ouzo trank, nur zu und meinte, sie hätte ihr kinitó bei der yaya vergessen und würde es schnell holen.

Das war auch die Entschuldigung, die sie sich für die Alte ausgedacht hatte.

Der yaya reichte die Erklärung und Tasía brachte das Originalbild schleunigst zurück, schnappte ihr Handy und lief sich schnell entschuldigend wieder nachhause.

‚Gut gegangen‘, dachte sie erleichtert.

Jorgo war Gott sei Dank immer noch im kafenío. Sie eilte wieder ins Büro und kramte nervös in einer Schublade nach einer Lupe.

„Wo ist diese blöde Lupe!“, zischte sie leise, dann fand sie das Glas.

Sie nahm die Kopien wieder aus ihrem Ausschnitt und legte sie aufs Pult. Sie hielt inne und horchte. Nichts. Sie war immer noch alleine.

Mit der Lupe fuhr sie über das Bild. Die Männer waren aus mehreren Metern Entfernung aufgenommen worden und Details waren schwer zu sehen. Nur bei zweien konnte sie die linke Seite des Ärmels genauer sehen. Bei dem Mann ganz links und … beim Mann, in dem sie Jorgos Großvater zu erkennen glaubte. Erschreckt wich sie zurück und ließ beinahe das Vergrößerungsglas fallen.

Langsam senkte sie den Arm und flüsterte entsetzt:

„Andártes!“

Kommunistische Partisanen der ELAS. Einen Moment später schlug sie sich mit der flachen Hand an die Stirn.

„Die Rückseite!“, flüsterte sie. „Was stand auf der Rückseite?!“

Sie schloss die Augen und dachte kurz nach.

„Valira 1944“.

Sie hatte sich erinnert.

Doch wo lag Valira?

Sie suchte in einer weiteren Schublade nach einer Straßenkarte. Nichts. „Im Auto!", sagte sie zu sich selbst. Sie rannte hinunter in den Hof. Der Pick-Up war parkiert und sie fand eine Straßenkarte im Handschuhfach. Vom ganzen Peloponnes.

Sie schaute sich um und sah eine Nachbarin am Fenster stehen. „Kaliméra, Via", winkte sie ihr zu.

„Jiássu, Tasía", antwortete die.

Tasía merkte, dass sie vielleicht etwas gehetzt wirkte und ermahnte sich zur Ruhe.

Ausgeprägt gemächlich lief sie wieder die Treppe hoch und raste, sobald sie wieder im Haus war, zurück ins Büro. Mit zittrigen Fingern faltete sie die Karte auf.

Enttäuscht sah sie, dass diese keinen Index, also kein Ortsverzeichnis hatte.

„Mist!", zischte sie. Sie redete weiter mit sich selbst. „Valira. Wo war denn Valira."

Sie versuchte sich daran zu erinnern, was ihre Mutter ihr erzählt hatte.

„Sie lebten in Messini, damals. Richtig. Das ist bei Kalamata. Sie fand Messini schnell und fuhr mit dem Finger im Kreis. Dann fand sie auch schon Meligalá und etwa zehn Kilometer südlich, Valira.

„Da!", rief sie triumphierend.

Dann ließ sie sich in den Bürostuhl sinken.

„Das kann doch nicht sein!", entfuhr es ihr leise.

Langsam faltete sie die Karte wieder zusammen und nahm die Fotokopien der Bilder wieder an sich.

Kapitel 13

26. Juni 2006

Tasía wusste nicht, was sie tun sollte und ihre Gedanken fuhren Achterbahn.

Da kam ihr ihre Kollegin Anna Bardoulas in den Sinn. Sie hatte mit ihr in Kalamata die Ausbildung zur Krankenschwester gemacht und ihr Vater war, soweit sie sich erinnern konnte, Geschichtsprofessor in Tripoli.

Tasía schaute auf die Uhr. Es war kurz vor zwölf Uhr. Jorgo war immer noch nicht da und konnte jeden Moment auftauchen.

„Ein Versuch!", sagte sie sich.

Sie nahm ihr kinitó und rief die Auskunft an, die ihr die Nummer der Universität Tripolis gab. Tasía rief an.

Die Dame vom Sekretariat schien gelangweilt und brauchte unendlich lange, um Tasía mitzuteilen, dass der Professor emeritiert und in Pension sei. ‚Nein!', dachte Tasía.

„Wissen sie, wo der Herr Professor wohnt?"

„Keine Ahnung, kiría. Muss vor meiner Zeit gewesen sein." Ihre Zähne schienen an einem Kaugummi zu arbeiten. „Aber ich kann sie ja mal mit der Sekretärin der historischen Fakultät verbinden. Moment."

Gott sei Dank!

Tasía lauschte, ob Jorgo auftauchte. Nichts.

Am anderen Ende schien das Telefon unendlich lange zu läuten, als eine piepsende Stimme das Telefon entgegennahm.

„Historische Fakultät."

„Guten Tag. Hier spricht Tasía Kiriakos. Ich suche den Herrn Professor Bardoulas."

Sie hatte sich unter ihrem Mädchennamen gemeldet.

„Der ist schon lange pensioniert, kiría."

„Können Sie mir sagen, wo er jetzt wohnt?"

„Tut mir leid. Wir geben grundsätzlich keine solchen Auskünfte."

„Es ist aber wichtig", insistierte Tasía. „Ich brauche eine Auskunft über die Zeit von 1944 hier in Messinien. Genauer gesagt, über die ELAS."

Sie schluckte. Die ELAS war nicht gern gehört, aber sie sprach ja mit der Fakultät einer Uni.

„Oh", quiekte die Sekretärin. „Dann verbinde ich sie mit Professor Tsapis. Der ist Spezialist auf dem Gebiet. Mal schauen, ob er im Büro ist. Einen Moment bitte."

Professor Tsapis war da. Und er war sehr freundlich. Der Stimme nach nicht mehr ganz jung aber auch noch nicht sehr alt. Nachdem Tasía ihm erklärt hatte, dass sie etwas über die ELAS und Meligalá erfahren müsste, räusperte sich der Mann.

„Meligalá. Ein scheußliches Kapitel unserer Geschichte!", sagte er trocken, wie wenn er zu einer Vorlesung ansetzen wollte.

Er erzählte Tasía Dinge, die sie schon teilweise von ihrer Mutter wusste.

„Und Valira?" fragte sie.

„Valira", sinnierte er. „Ah, ja. Valira war der Stützpunkt der ELAS Brigaden, bevor sie Meligalá dem Erdboden gleichmachten. 1500 Menschen wurden sinnlos hingeschlachtet, weil man behauptete, sie seien Kollaborateure oder Mitglieder der Tàgmata. Sogar Kinder! Man stelle sich das vor. Bestien waren das, wissen sie. Aber man wird sie wahrscheinlich nie belangen können."

Tasía hörte gebannt zu. Dann nahm sie allen Mut zusammen.

„Wissen sie etwas über einen gewissen ‚Spiro' in dieser Brigade?"

„Hallo! Den Namen Spiro gibt's wie Sand am Meer. Aber ich recherchiere mal. Haben Sie persönliche Gründe, wenn ich fragen darf?"

Die Griechen sind so neugierig.

„Sozusagen", wich Tasía aus.

„Endáxi, ich ruf sie in einer halben Stunde zurück."

„Besten Dank, Herr Professor", sagte sie.

„Spiro", grinste er. „Ich heiße Spiro. Genau wie der Typ den Sie suchen."

„Ehm … ich heiße Tasía. Besten Dank für die Mühe."

„Keine Ursache. Im Moment sind keine Vorlesungen und ich hab Zeit."

Der Professor schien froh über die Abwechslung.

„Bis dann."

Der Professor hatte schon aufgelegt. Tasía musste warten. Etwas, das ihr nicht all zu sehr lag. Und Jorgo war immer noch nicht da, was sie sehr beunruhigte, denn er konnte jeden Moment in ihr Gespräch platzen.

Eine halbe Stunde später klingelte das Telefon und Tasía nahm sofort den Hörer ab.

„Ja?"

„Tasía? Hier ist Spiro Tsapis. Die ELAS Brigaden haben zwar versucht, so viel belastendes Material, wie möglich zu vernichten. Aber für alles reicht's halt doch nie. Sonst wären wir Historiker ja arbeitslos", flachste er.

Komm zur Sache!' dachte Tasía und horchte mit dem anderen Ohr zur Haustüre. Immer noch nichts von Jorgo zu hören.

„Nun", fuhr Tsapis dozierend fort „es gab witzigerweise tatsächlich nur einen Spiro, der in der Brigade in Valira aktiv gewesen war. Ein Spiro … wie war der Name noch mal?"

Er schaute scheinbar nochmals in seine Unterlagen und murmelte etwas von Safari oder so.

„Safaridis. Ja. Spiro Safaridis. Ich hab hier einen Befehl, den er unterschrieben hat. Er muss irgendein Unterhund von Velouchiotis gewesen sein, dem Kerl, der die ganze Aktion befohlen hat."

Tasía atmete entsetzt lautlos ein.

„Hallo? Sind Sie noch dran?", fragte der Professor.

„Eh…ja. Eh… besten Dank Spiro. Sie haben mir sehr geholfen. Auf Wiederhören."

Sie legte auf.

In Tripolis saß Professor Spiro Tsapis mit dem Hörer in der Hand und stammelte.

„Auf Wiedersehen."

Dann legte auch er kopfschüttelnd auf.

Das konnte nicht sein!, schrie es in Tasía. Das durfte nicht sein!!

Sie stützte ihre Stirn mit beiden Händen.

„Panagía mou!" Heilige Mutter Gottes, flüsterte sie.

Sie musste herausfinden, was Sache war. Aber wie? Der alte Spiro war schon seit zwei Jahren tot und preisgegeben hätte der sowieso nichts.

Was nun?

Die yaya? Wusste sie überhaupt etwas und wenn, würde sie darüber reden?

Aber mit wem konnte Tasía reden. Ihre Mutter würde tot umfallen, wenn sie das erführe. Mit ihrem Vater redete sie nicht und der Rest war ja die Familie Safaridis!

Alle waren irgendwie involviert.

Plötzlich kniff sie ihre Augen zusammen, denn es war ihr klar geworden, wen sie anrufen konnte.

Im selben Augenblick hörte sie, wie jemand die Haustüre öffnete.

„Jorgo!", sagte sie leise.

Tasías Mann hatte einen Ouzo zuviel getrunken und wirkte müde. Er war beileibe nicht beschwippst oder gar betrunken. Aber etwas redselig und erstaunlich gut gelaunt.

„Tasía, mátia mou! Verzeih, dass ich so lange weg war. Hab' mit Dionisi ein paar Ouzo getrunken. Glaub' auch es war einer zuviel. Tut mir leid!"

Tasía schaute ihn etwas mitleidig an.

„Dann geh schlafen, Jorgo. Es ist sowieso mesiméri. Ich muss allerdings noch einen Hausbesuch machen. Dauert aber nicht lange."

Jorgo brummte.

„Ja, Du hast Recht. Ich leg mich aufs Ohr. Ist sowieso zu heiß, um zu arbeiten."

Sie zwang sich, ihm einen Kuss auf die Wange zu geben.

„Schlaf gut."

„Kommst Du bald wieder?", fragte er und merkte, dass seine Zunge doch etwas schwer war.

„Ich geb' mir Mühe", log sie.

„Endáxi", sagte er und schlich ins Schlafzimmer.

Sie wusste, dass er nun für einige Stunden schlafen würde.

Sie schaute auf ihre Uhr. Es war dreizehn Uhr Zehn.

Kapitel 14

26. Juni 2006

Theo Maroulis saß auf der Veranda im Schaukelstuhl seines Vaters. Die Kirchenglocke hatte vor ein paar Minuten ein Uhr geschlagen und er döste vor sich hin, als das Telefon klingelte. Seine Mutter Athina war mit dem Bus zu ihrer Schwester Katharina nach Kalamata gefahren und er würde sie am Abend gegen sechs Uhr in Pylos wieder abholen. Er wollte eigentlich nicht gestört werden, sondern einfach in der Sonne sitzen und seine Gedanken ordnen. Als das Telefon zum x-ten Mal klingelte, stand er murrend auf und lief ins Wohnzimmer.

„Ja, ja. Ich komm ja schon", brummte er mürrisch vor sich hin.

„Né", Ja, sagte er kurz.

Am anderen Ende blieb es einen Augenblick stumm, dann:

„Theo?"

Es war Tasía und sie klang aufgeregt.

„Tasía? Was ist los? Ich dachte …"

Sie unterbrach ihn.

„Theo, wir müssen uns treffen!", sagte sie eindringlich.

„Aber, Du hast doch Jorgo …"

„… ich weiß", unterbrach sie ihn. „Aber es ist dringend. Ich muss Dich sehen!"

Theo wusste nicht, wie ihm geschah.

Mit allem hatte er gerechnet, aber nicht damit. Er spürte die Verzweiflung in Tasías Stimme.

„Wann und wo?"

„Sofort. Du weißt wo!"

Natürlich wusste er, wo. Sie hatten sich als junges Liebespaar immer hinter einem Olivenhain seines Vaters getroffen, wo früher einmal ein Fluss gewesen sein musste und nun ein kleiner Wald in einem Graben lag. Niemand ging sonst da hin.

„Wie schnell kannst Du da sein?", fragte er

„In einer halben Stunde. Jorgo liegt im Bett und schläft nach ein paar Ouzos zuviel. Ich hab ihm gesagt, ich hätte noch einen Hausbesuch."

„Nett gesagt", grinste Theo, aber Tasía antwortete nicht darauf.

„In Ordnung", sagte er nur. „In einer halben Stunde."

Der Olivenhain war nur fünf Autominuten von seinem Haus entfernt. Tasía musste von Perivolakia aus kommen und hatte es deshalb länger. Theo zog sich die Stiefel seines Vaters an, setzte sich in den Pick-Up und fuhr los.

Der ‚Wald', der eigentlich mehr ein Dschungel war, hatte einen kleinen, versteckten Pfad, der vom Olivenhain aus in die Tiefe führte. Wenn man ihn nicht kannte, gab es keinen Weg nach unten.

Als Theo ankam, bemerkte er mit Genugtuung, dass die kleine Lichtung, welche sie sich vor so vielen Jahren geschaffen hatten, nicht allzu sehr zugewachsen war. Er rodete ein paar Pflanzen und zum Vorschein kam der alte Baumstamm, der ihnen damals schon als Sitz gedient hatte.

Theo setzte sich und schaute sich um. Alles schien ihm irgendwie noch vertraut zu sein.

Doch, was war passiert, dass Tasía ihr Versprechen so schnell brach?

War es wirklich wegen ihm?

Er schüttelte den Kopf. Dann hörte er Holz knacken und schaute instinktiv in Richtung des versteckten Weges. Einen Moment später sah er wie Tasía sich Kopf voran durch die Büsche zwängte.

„Theo?", rief sie leise.

„Ich bin hier."

Sie stolperte über die losen Äste und das Gestrüpp. Dann sah sie Theo auf dem Baustamm   sitzen. Sie taumelte zu ihm und fiel beinahe hin. Mit einem Ruck stand er auf und fing sie auf.

„Hast Du Dir weh getan?", fragte er besorgt.

Sie rappelte sich auf und hielt sich an seinen Armen fest.

„Nein … Nein …"

Sie atmete durch und sah zu ihm auf. Er entdeckte Verzweiflung und Entsetzen in ihren Augen. Ein Zweiglein eines Busches hatte sich in ihrem Haar verfangen und war abgerissen. Er lächelte und entfernte das Grünzeug zögernd.

„Seh' ich so schlimm aus?", ulkte er.

Sie lächelte gequält und außer Atem.

„Nein, Theo. Nein." Sie löste sich von ihm. „Ich muss mich setzen."

Er setzte sich neben sie und unterdrückte das Bedürfnis sie zu halten. Sie beugte sich nach vorne und atmete nochmals tief durch.

„Bist Du wirklich okay?", fragte er nochmals.

Tasía richtete sich wieder auf und schaute ihn an. Bei allem Schrecken spürte sie bei Theos Anblick doch wieder ihre Liebe für diesen Mann.

„Danke, dass Du gekommen bist", hauchte sie.

„Danke für die Einladung", lächelte er.

Er wollte sie etwas beruhigen und flachste deshalb.

Tasía schmunzelte.

„Du hast Dich wirklich nicht verändert, Theo." Er grinste. "Immer noch einen Witz auf den Lippen."

Er zuckte mit den Schultern.

„Aber außen ist's etwas anders", erwiderte er und zog das Gesicht in die Länge.

Tasía lachte. Er konnte sie immer noch dazu bringen, stellte sie fest und ihr Herz hüpfte kurz vor Freude. Sie legte zögernd ihren Kopf auf seine breite Schulter.

„Darf ich?", fragte sie etwas ängstlich.

„Nie!", log er und umarmte sie sanft.

„So und nun erzählst Du mir bitte, weshalb Du Dein heiliges Gelübde brichst?"

„Theo, es ist nicht lustig", meinte sie ernst.

Er sagte nichts.

Für eine Weile hielten sie einander stumm und spürten sich einfach. Dann löste sich Theo und schaute Tasía an. Sie weinte stumm.

„Was ist los, mátia mou?", sagte er beinahe flüsternd.

Matia mou! Meine Augen, eine griechische Liebkosung.

„Oh, Theo. Ich weiß nicht mehr weiter. Es wird alles zuviel. Ich kann nicht mehr."

„Erzähl's mir, dann kann ich Dir vielleicht helfen."

Tasía wischte sich die Tränen ab und atmete tief durch. Sie blickte auf den Boden um sich zu sammeln und begann Theo zu erzählen.

Die Geschichte mit dem Foto und Spiro Safaridis und Valira und Meligalá und ihrer Mutter und ihre Großmutter.

Alles.

Theo hatte ihr aufmerksam zugehört und er spürte, wie Tasía am ganzen Körper zitterte, als sie ihren Verdacht äußerte. Ihre Hand suchte nach seiner und nahm sie zärtlich und zugleich fest.

„Ich hätte niemals weggehen dürfen", sagte er still, als sie fertig erzählt hatte.

Sie legte ihm den Zeigefinger auf die Lippen und sagte:

„Pssst. Das hat nichts mit Dir zu tun. Aber ich weiß nicht mehr, was ich tun soll."

Trotz all ihrer Verzweiflung musterte sie Theos behaarte Gesicht und bemerkte die Falten, die das Leben auch ihm schon beschert hatten. Seine grünen Augen erwiderten ihren bedrückten Blick. Es hatte sich nichts zwischen ihnen geändert, stellte sie besorgt und zugleich erfreut fest. Theo versuchte sich zu beherrschen, dass er Tasía nicht sofort küsste.

„Lass uns überlegen. Du vermutest also, dass Jorgos Großvater der Spiro war, der Deine Großmutter vergewaltigt hat und somit der Vater Deiner Mutter ist. Richtig?"

„Ja", hauchte sie erschöpft und etwas enttäuscht, denn auch sie hätte ihn gerne geküsst.

„Aber … aber dann… aber dann wäre Jorgo ja wie Du Spiros Enkel!"

Sie nickte stumm. Theo schüttelte den Kopf.

„Das gibt's ja nicht!"

„Wenn es so ist", ergänzte Tasía. „Aber wie soll ich das beweisen?"

Theo dachte nach, dann kam ihm ein Gedanke.

„Moment mal! Es gibt doch DNA-Analysen! Ja, genau. Wir machen eine DNA-Analyse."

„Wie denn? Spiro ist vor zwei Jahren gestorben! Woran, weiß immer noch niemand."

„Was meinst du damit", fragte Theo.

„Nun in unserer Gegend ist die Polizei so was von schlampig, dass man jemanden vergiften könnte und die würden's nicht merken!"

„Du meinst, jemand hat ihn umgebracht?"

„Es wurde jedenfalls keine Obduktion gemacht, obwohl – nach meinem medizinischen Fachwissen – einiges seltsam war."

„Weshalb bist Du nicht zur Polizei gegangen!?"

„Theo! Du lebst schon zu lange nicht mehr in dieser Welt. Wenn hier etwas passiert, dann wird es unter den Teppich gekehrt. Alle sind mit allen verwandt und keiner will dem anderen ans Bein pinkeln. Wenn man hier mit so etwas Wirbel macht, dann kann man sich gleich erschießen. Zudem hat der Polizist, der den Fall bearbeitet hatte, alles versucht, um die Sache so schnell, wie möglich abzuschließen."

„Wieso?"

„Keine Ahnung."

„Und wo ist der jetzt. Ich meine, der Polizist?"

„Der genießt seine Pension."

„Also, Spiro ist erst seit zwei Jahren Tod. Man könnte immer noch eine DNA-Probe von seinen Leichnam nehmen und ihn mit der DNA Deiner Mutter vergleichen."

„Ich werde den Alten doch nicht ausgraben!", sagte Tasía erbost. „Ich bin doch nicht verrückt!" Sie sah ihn verstört an.

„Wir nicht", sagte Theo gelassen. „Aber die Polizei."

Sie runzelte verwirrt die Stirn.

„Ich hab Dir doch von Iota erzählt."

„Deine Ex?!"

„Und Gerichtsmedizinerin."

„Und was, bitte sollte die für ein Interesse haben, sich wegen Dir hier unten in die Nesseln zu setzen?! Zudem wäre sicherlich nicht Athen zuständig sondern Kalamata."

„Wenn es im nationalen Interesse und der Geschichte Griechenlands wäre?"

„Du spinnst, Theo!"

„Vielleicht schon. Aber ein Versuch ist's wert."

„Du würdest in die Höhle des Löwen gehen und diese Iota um einen Gefallen bitten, nach all dem, was Du ihr angetan hast?!"

„Würde ich. Iota ist schon okay", sagte er verschämt. „Ich habe sie natürlich sehr verletzt damals. Aber ich glaube nicht, dass sie so nachtragend ist."

Tasía wurde nachdenklich

„Liebst Du sie noch?", fragte sie unsicher.

„Wenn ich Dir damit helfen kann", grinste er und sie boxte ihm in die Schulter.

„Du Ekel!"

Dann nahmen sie einander in die Arme.

„Ich werde sie anrufen und ihr erklären, dass es um einen ungeklärten Mordfall geht, den man wieder aufrollen müsse. Verdacht auf Vergiftung. Dann werden sie den Leichnam schon exhumieren und untersuchen. In dem Zusammenhang kann dann ein DNA-Vergleich stattfinden. Wir brauchen nur Gewebe Deiner Mutter. Haare oder so."

„Meinst Du wirklich, Theo?"

So unsicher Tasía war, so sehr nahm ihr das Gespräch mit Theo etwas von der Last weg, die sie zu erdrücken drohte.

„Ich werde auf jeden Fall sofort mit Iota Kontakt aufnehmen."

Doch eine weitere Angst kroch in ihr hoch.

Sie hatte ihr Versprechen gebrochen, Theo zu sehen. Was würde passieren, wenn Jorgo es herausfände? Obschon sie wusste, dass ihr Mann nicht gewalttätig war, schauderte sie beim Gedanke.

Theo schien es zu spüren.

„Mach Dir keine Sorgen wegen Jorgo", sagte er ruhig ohne sie anzusehen.

Tasía drehte sich um, nahm Theos Gesicht in ihre Hände und nun küsste sie, wie sie es vor achtzehn Jahren zum letzten Mal getan hatte, und es war ihr, als sei es erst gestern gewesen. Die beiden ertranken in ihren Gefühlen, welche sie so lange Zeit hatten unterdrücken müssen.

Aber Tasía musste wieder zurück, um keinen Verdacht zu erregen und sie verabredeten sich für den nächsten Morgen um Zehn wieder hier.

Kapitel 15

26. Juni 2006

Theo hatte über die Auskunft die Nummer des Gerichtsmedizinischen Instituts in Athen bekommen und tatsächlich beim ersten Versuch Iota am Telefon gehabt.

Er hatte etwas Angst, dass Iota das Gespräch sogleich wieder beenden würde, was sie aber nicht tat.

„Theo? Na, das ist ja ne Überraschung! Du bist in Griechenland?"

Sie hatte die Nummer auf dem Display des Telefons gesehen.

„Hallo Iota. Ja ich bin in Pidasos. Wie geht's Dir?"

„Na ja, man schlägt sich so durch." Iota war kurz angebunden, denn sie war verständlicherweise immer noch etwas sauer auf Theo. „Was willst Du?"

Theo schluckte. Er wusste nur zu gut, dass sie immer noch verletzt war.

„Ich brauch' Deine Hilfe, Iota", sagte er leise.

„Bitte?!?"

Er wiederholte sich.

„Du kannst von Glück reden, dass ich nicht gleich das Telefon aufgelegt habe, Theo!"

„Okay. Ich kann Dich verstehen. Tut mir leid, dass ich Dich gestört habe. Ich wünsch Dir …"

Sie ließ ihn nicht ausreden.

„… Moment mal, Theo. Nicht so schnell. Klar bin ich immer noch etwas sauer auf Dich. Es hat verdammt wehgetan, als Du unsere Beziehung beendet hast. Ich war Dir ja auch nicht mal ne richtige Erklärung wert. Nach all den Jahren hätte ich wenigstens das Recht gehabt, zu wissen, weshalb Du mich fallen lässt, denk ich."

Sie erwartete eine Antwort.

Theo seufzte hörbar.

„Ich weiß, Iota … und es tut mir immer noch leid. Ich war feige."

„Feige?", rief sie in den Hörer. „Was heißt ‚feige'? Du bist einfach weggegangen. Du hast mich sitzen gelassen, mate!"

Theo war klar, dass er Iotas Wut über sich ergehen lassen musste. Sie hatte allen Grund dazu, denn er hatte ihr seine Gründe wirklich nie dargelegt.

Vor allem hatte er ihr nie etwas von Tasía erzählt!

Wie konnte sie wissen, dass diese Frau immer einen wichtigen Platz in seinem Herzen gehabt hatte. Dass sie so viel Raum in seinem Leben hatte, dass er mit Iota keine Familie gründen wollte, weil er wusste, dass er sie niemals so sehr lieben würde wie Tasía. Wie hätte er Iota dies antun können!

Er liebte auch sie, aber eben nicht so sehr wie Tasía und er fühlte sich der Australierin gegenüber verpflichtet.

So war jetzt der Moment gekommen, ihr dies zu sagen und sie um Verzeihung zu bitten.

„Du bist ein Arschloch, Theo Maroulis!", zischte sie.

„Ich weiß, Iota."

„Und weshalb?", fragte sie schnippisch.

Er war erstaunt über die Frage und schwieg.

„Du bist ein Arschloch, weil Du nicht mit mir geredet, sondern Dich einfach aus dem Staub gemacht hast, Theo!"

Er schwieg noch immer. Wie ein geschlagener Hund.

„Theo", sagte sie nun ruhig. „wir waren uns sehr nah. So nah, wie ich noch niemandem zuvor gewesen war. Warum hast Du mir nicht vertraut? Natürlich können einem Menschen solche Gefühle es schwer machen, eine neue Beziehung aufzubauen." Sein Schweigen war unerträglich. „Aber Du hättest mit mir reden sollen."

„Ich wusste nicht, wie ich Dir so was sagen sollte. Und wollte Dich auch nicht verletzen, Iota."

Nach einer kurzen Atempause, in der sie sich sammelte setzte sie nach. Allerdings leise. Traurig.

„Ich hatte keine Chance, nicht?"

„Nein Iota. Wir hatten wegen meinen Gefühlen keine Chance. Das hatte mit Dir nichts zu tun." Sie schwieg. „Du warst mir so nahe, wie es niemand sonst je gewesen war."

Es war seine ehrliche Meinung.

„Außer Tasía", fügte sie traurig bei.

„Außer Tasía, ja." Er schwieg wieder. „Kannst Du mich vielleicht jetzt etwas verstehen?", fragte er zögernd und das Warten auf Iotas Antwort zerriss ihn beinahe.

„Ich denke, ja", sagte sie gedämpft. „Auch wenn's schwer fällt, Theo."

„Ich schätze Dich noch …", begann er wieder und wollte ihr seine Zuneigung zeigen, welche er immer noch für sie verspürte.

„Lass das, Theo! Sonst fang ich noch an zu heulen, Du Mistkerl!"

Theo kannte Iota und wusste, dass sie soeben lächeln musste. Es war ihre Art mit solchen Situationen umzugehen.

„Was kann ich für Dich tun, Theo?"

Sie wollte vom Thema weg. Und sie würde dem Mann, den sie geliebt hatte, zur Seite stehen, wenn er Hilfe brauchte. Trotz allem. Erstaunlicherweise hörte sie zunächst Theo ruhig zu, was er ihr zu erzählen hatte. Dann platze es aber doch aus ihr heraus.

„Sag mal, spinnst Du!?", rief Iota in den Telefonhörer. „Du lässt mich einfach sitzen und rufst mich nach fünf Jahren mir nichts dir nichts an, um mich zu fragen, ob ich für Deine alte Liebe eine Leiche obduzieren kann? Du hast sie wohl nicht mehr alle!!!"

Theo Maroulis war nur bedingt erstaunt über die Reaktion seine Ex-Freundin aus Australien, als er ihr die Situation erklärt hatte. Sie war eine feurige Frau, wenn sie sich aufregte. Aber sonst sehr überlegt.

„Wahrscheinlich ist das wirklich etwas viel verlangt."

„Hm, vielleicht", meinte sie schnippisch. „Wahrscheinlich war's auch nicht immer einfach mit mir, eh?"

„Doch, Iota. Es hatte nichts mit Dir oder Deiner Arbeit zu tun. Ich … ich liebe Dich immer noch … irgendwie. Aber, verzeih mir, meine große Liebe, die ich einfach nicht vergessen kann, lebt auf dem Peloponnes."

„Liebt sie Dich auch so sehr, Deine … wie heißt sie noch?"

„Tasía."

„… Tasía.

„Ja, auch sie liebt mich noch. Aber sie ist verheiratet. Sie … wurde damals verheiratet. Du weißt, wie das hier immer noch ist."

„Ja, ja", seufzte sie. „Die Griechen und ihre Bräuche. Aber sag mal, wenn sie verheiratet ist, dann …"

„… dann gar nichts. Es geht im Moment auch um etwas ganz anderes."

„Und das wäre?"

Er erzählte ihr die ganze Geschichte.

Iota hatte mehrere Zigaretten geraucht, während sie Theo schweigend zugehörte.

„Ist ja ein Hammer. Und das ist wirklich wahr?", fragte sie ungläubig.

„Zumindest ist sich Tasía ziemlich sicher", erwiderte Theo.

„Und wer sagt Dir, dass ich die ganze Story nicht an die Presse weiter verkaufe oder den lieben Verwandten Deiner Tasía erzähle?"

Sie zog ihn auf.

„Das wirst Du nicht", sagte er selbstsicher.

„So? Weshalb?"

Sie triezte ihn. Etwas Rache musste sein.

„Weil ich Dich gut genug kenne und Dir sonst niemals diese verrückte Geschichte erzählt hätte."

„Verrückt ist sie, in der Tat." Nach einem kurzen Augenblick hakte sie nach: „Wie hieß die Frau, die vergewaltigt worden war?"

„Elefteria."

„Nein. Mit Nachnamen."

„Magiros. Wie Du."

„Nun denn, Verwandtschaft kann man ja nicht wirklich im Stich lassen, nicht wahr?"

Iota kicherte.

„Eine der guten griechischen Traditionen", lachte er gequält ins Telefon.

„Hör zu, Theo. Es ist nicht wegen Dir, Du Schmock. Es ist wegen Deiner Freundin Tasía und ihrer Mutter. Ich kann den Gedanken nicht ertragen, dass ein solches Schwein, wie dieser … dieser Spiro oder seine ikujénia" – die Verwandtschaft – „ungeschoren davonkommen. Ich denk mir was aus und ruf Dich morgen an. Hast Du ´ne Handy-Nummer?"

„Leider nicht."

Er gab ihr die Festnetznummer seiner Mutter.

„Okay, Theo. Bis morgen. Ciao."

„See you, babe. Und danke."

Theo setzte sich wieder nach draußen auf die Veranda in Vaters Schaukelstuhl. Er fühlte sich ihm so seltsam nahe. Angespannt blickte er über die riesigen Olivenhaine die sich nach Süden ausstreckten, als er die Kirchenglocke fünf Uhr schlagen hörte. In einer Stunde musste seine Mutter aus Kalamata in Pylos ankommen. Er beschloss, früher hin zu fahren und einen Kaffee zu trinken während er wartete. Die Busse kamen sowieso alle bei der Platía an.

„Theo!"

Athina winkte ihm, als sie aus dem Bus aus Kalamata stieg. Der Bus war pünktlich gewesen. Theo hatte sich zuvor die Zeit vertrieben, indem er auf Entdeckungsreise in Pylos ging.

„Hallo, Mana." Er gab ihr einen Kuss auf beide Wangen. „War's schön bei Tante Katharina?"

„Sehr schön. Sie schickt Dir liebe Grüsse. Onkel Thanassi auch. Sie hoffen, dass Du sie auch mal in Kalamata besuchst."

„Mal sehn, was sich machen lässt", lachte Theo. „Trinken wir noch einen Kaffee zusammen, Mana?"

„Ja, das wäre nett", meinte Athina.

„Wohin möchtest Du?", fragte er.

„Ins Krinos. Da geh ich meist hin, wenn ich mal in Pylos bin und etwas Zeit habe."

„Schön, gehen wir."

Das Krinos ist keine zwanzig Meter von der Busstation entfernt. Sie setzten sich unter die gigantische Platane an einen Tisch auf der Platía, dem zentralen Platz, der laufend von Autos umkurvt wird. Jorgo der Kellner hatte sehr viele Gäste zu bedienen hatte und schlängelte sich zwischen den Autos über die stark befahrene Strasse um zum eigentlichen kafeníon zu gelangen, wo er Bestellungen aufgab oder abholte. Theo sah dem Treiben vergnügt zu.

„Mana, ich habe eine Bitte."

„Ja?"

„Ich bin immer wieder unterwegs und brauchte eigentlich ein, wie sagt ihr, kinitó. Ich hab zwar eins aber mit einer australischen Nummer und das wäre etwas zu teuer. Gibt's bei Euch auch Prepaid-Karten?"

„Pri…was?", fragte Athina.

Sie hatte nie Englisch gelernt.

„Entschuldigung. Ich meine Telefonnummern, bei denen man das Guthaben über gekaufte Karten neu aufladen kann."

„Ach so." Sie überlegte. „Keine Ahnung."

Sie schaute sich um und schien sofort jemanden zu sehen, den man fragen konnte. Zwei Tische weiter saß eine Gruppe älterer Herren.

„Ela, Taki!"

Es drehten sich fünfzehn Köpfe, aber der Mann zwei Tische weiter wusste, dass er gemeint war, als er Athina sah.

„Mein Sohn aus Australien ist hier und will wissen, ob es hier …", sie sah zu Theo, „wie heißt das noch mal?"

„Prepaid-Karten, Mana"

Sie drehte sich wieder zu Taki um.

„ … Priipeed-Karten gibt?"

Sie war laut genug, dass Taki auch am anderen Ende der Platía hätte sitzen können, um sie zu verstehen.

„Ja, vis-à-vis von der Post oberhalb des Fleischers gibt's so einen Laden."

Taki brüllte etwa gleich laut zurück.

„Ewcharistó. Na isse kalá!", bedankte sich Athina lautstark und Theo war das Gebrüll etwas peinlich.

Er war halt doch sehr lange in Australien gewesen und da wird nicht ganz so häufig und laut gebrüllt. Triumphierend grinste die Mutter ihren Sohn an.

„Weißt Du wo das ist?", fragte sie Theo.

„Ich glaube schon. Bleibst Du hier. Ich werde mich mal erkundigen."

Er stand auf. Der Laden war gleich um die Ecke.

Nach zehn Minuten kam er zurück und Athina sah seine Enttäuschung von weitem.

„Was ist?", fragte sie.

„Ich brauche eine afimí, eine Steuernummer und die hab ich nicht. War schon zu lange weg."

Athina überlegte.

„Kannst Du das auch mit einer anderen afimi machen?"

„Ich kann's ja mal versuchen. Du müsstest aber wahrscheinlich mitkommen. Kennst Du Deine   afimi überhaupt?" fragte er.

„Nein."

„Wie?"

„Nein!"

„Wie: Nein?"

„Ich selbst hab auch keine."

Theo verdrehte die Augen.

„Aber Papa hatte eine und mit der sollte es doch gehen,   oder?"

Theo seufzte.

„Hast Du die?"

Athina kramte schon in ihrer Handtasche und zog eine Elektrizitäts-Rechnung heraus.

„Hier steht sie auch drauf."

Sie deutete auf die Nummer.

„OK, dann lass es uns versuchen!", freute sich Theo.

Er legte zwei Euro auf den Tisch und sie verließen das Krinos.

Eine Stunde (!) später hatte Theo eine griechische Handy-Nummer. Der eigentliche Kauf der Nummer hatte lediglich eine Viertelstunde gedauert …

Wieder in Pidasos zurück erklärte Theo, dass er noch kurz ins kafeníon wollte und Athina mahnte ihn, dass sie ihn um Neun zum Essen erwarte.

Auf dem Weg zu Kosta rief Theo Iota in Athen an, deren Handynummer er hatte.

„Hey, Buschmann. Doch noch etwas Zivilisation", lachte sie.

„Tja, muss sein. Ohne Handy bist Du hier ziemlich aufgeschmissen. Weißt Du schon was Neues?"

„Morgen, hab ich Dir gesagt, Sweetie. Und dabei bleibt's. Hey, jetzt kann ich Dich wenigstens überall und jederzeit erreichen." Sie machte eine Pause. „Auch nachts", fügte sie zynisch bei.

Theo wusste, dass es Iotas Art war, mit der Enttäuschung umzugehen, die er ihr zugefügt hatte. Aber sie schien ihm nicht mehr wirklich böse zu sein. Sonst hätte er sie nie eingeweiht und sie auch nicht zugesagt, ihnen zu helfen.

„Okay, dann bis morgen. Danke nochmals, Iota. Es bedeutet mir viel, dass Du uns hilfst. Ich schulde Dir was."

„Du schuldest mir viel, mate. Mehr als Dir vielleicht lieb ist."

Sie benutzte den australischen Ausdruck für Freund: mate.

„Ich weiß. Schlaf gut."

„Du auch, Theo."

Zur frühen Abendstunde sind die meisten Alten im kafeníon. Es wird geschaut, wer durchfährt, gewinkt, gehupt, gerufen und dann wieder über alles und jeden geklatscht.

„Kalispéra sas", Guten Abend zusammen, sagte Theo und wurde von allen begrüßt.

Kosta saß, soweit man dass in einem kafeníon kann, alleine an einem der Tische und schlürfte an einem Ouzo.

„Ela, Theo, setz Dich zu mir."

Theo setzte sich neben den Mann mit der fast vollständigen Glatze.

„Ti na sou kalésso?" Was kann ich Dir gutes tun. Ein anderer Ausdruck für ‚Was kann ich Dir anbieten'.

„Ich nehm' auch einen solchen", sagte Theo und zeigte auf Kostas Ouzo. Kosta neigte den Kopf leicht schräg, was ‚Ja' heißt.

„Spiro, bring Theo einen Ouzo!", rief er ins Lokal.

Sein Sohn saß drinnen an einem Tisch und schwatzte mit einem anderen Mann.

„Améssos!", Sofort, antwortete der, ohne sich von seinem Gegenüber abzuwenden. Einen Augenblick später stand er auf, um den Ouzo zu holen. Kosta wandte sich wieder Theo zu.

„Na, wie geht's? Alles im Lot?"

„So weit, so gut", log Theo.

„Und Deine Mutter? Hab' sie seit Tagen nicht mehr gesehen."

„Sie braucht immer noch etwas Zeit. Sie will im Moment nicht, dass ihr ständig kondoliert wird, deshalb bleibt sie meistens zuhause. Wir reden oft über Papa und Yanni, was uns beiden etwas hilft. Sie hat mir natürlich auch viel zu erzählen, was in den letzten achtzehn Jahren so abgelaufen ist."

„Habt ihr nie geschrieben?", fragte Kosta.

„Doch, doch. Aber da war natürlich viel mehr, als man in einem Brief erzählen kann."

„Das ist sicher so", nickte Kosta.

In der ihnen entfernten Ecke saß ein älterer Mann, der so um die Achtzig sein musste. Er hatte einen ellinikó und ein Glas Wasser vor sich stehen und schaute abwesend in die Gegend. Er musste von durchschnittlicher Größe sein und war relativ schlank. Das spitze Gesicht war gebräunt und der Schädel fast kahl. Eine stark getönte Sonnenbrille thronte auf der ausgeprägten Hakennase. Bei genauerem Hinsehen konnte man eine markante Narbe auf der linken Wange sehen. Sie sah aus wie ein Blitz. Er war unscheinbar aber elegant gekleidet mit Hose und Hemd ohne Krawatte. Seine linke Hand spielte mit seinem kombolói, dem Rosenkranz, den man bei so vielen Griechen sieht. Seine rechte trommelte lautlos auf dem Tisch.

Er war Theo gleich aufgefallen, weil er ihn nicht im Entferntesten kannte.

„Kennst Du den da drüben, Kosta?", fragte Theo leise und nickte leicht in Richtung des alten Mannes.

Kosta drehte sich nicht einmal um.

„Du meinst den bárbas, der da alleine in der Ecke sitzt."

Bárbas ist der Ausdruck für einen alten Mann und es war keine Frage sondern eine Feststellung. Theo nickte. Die beiden Männer saßen weit genug entfernt, dass man sie nicht hören konnte. Vor allem weil die anderen Männer ja auch lauthals über Politik debattierten.

„Das ist der alte Manos Kapiotis aus Mesochori. Der kommt ab und zu ins kafeníon mit seinem schicken, neuen Auto. Keine Ahnung, weshalb der immer hierher kommt. Mesochori wäre doch näher und hat zwei kafeníons. Na ja, mir soll's Recht sein."

Theo lächelte.

„Tja, alte Leute sind schon manchmal merkwürdig. Aber hier in Griechenland, dünkt mich, ganz besonders."

„Meinst Du?", fragte Kosta etwas erstaunt. Für ihn, der Griechenland noch nie verlassen hatte, war es das Normalste der Welt. „Sind die Alten denn in Australien anders?"

„Nun ja. Natürlich haben die auch ihre Macken, aber eben ein bisschen anders. Ich kann's nicht genau erklären."

Sie schwiegen einen Augenblick.

„Der war übrigens ein bátsos", meinte Kosta beiläufig.

„Ein Bulle? Aus Pylos?", fragte Theo.

„Mhm", nickte Kosta. „Kam ursprünglich aus Chomatada. Hat dann eine Frau aus Mesochori geheiratet. Er war astinómos – Polizist – in Pylos. Nicht sehr beliebt, weil er sich überall aufspielte. Er bewarb sich dann auch Ende der fünfziger Jahre, glaube ich, auf eine Stelle in Athen. Er bekam sie und sie blieben da bis zu seiner Pensionierung vor fünfzehn Jahren. Dann kamen sie zurück nach Mesochori, wo seine Alte ein Haus hat. Sind wahrscheinlich vor der Hektik der Grosstadt geflüchtet."

„Interessant", meinte Theo, obwohl es ihn im Grunde nicht wirklich kümmerte.

„Der alte Kapiotis soll übrigens gut befreundet gewesen sein mit dem Großvater des Mannes von Tasía, dem alten Spiro Safaridis."

Er bemerkte sofort, dass er in seiner Erzählwut einen Wunden Punkt in Theos Leben berührt hatte.

„Entschuldige, Theo. Das interessiert Dich natürlich sicher nicht", stammelte Kosta.

Der Name Safaridis ließ Theo aufhorchen. Natürlich interessierte das Theo, er ließ sich aber nichts anmerken.

„Schon gut, Kosta. Es ist lange her", winkte Theo ab und hob sein Glas.

„Jiámas, phíle mou!" Zum Wohl, mein Freund.

„Jiámas!" sagte Kosta und war erleichtert, dass ihm Theo den verbalen Misstritt nicht übel nahm. Theo schaute auf seine Uhr.

„Oh, schon kurz vor Neun. Ich hab meiner Mutter versprochen, zum Essen da zu sein. Was macht das?"

Kosta warf entrüstet seine Arme nach oben.

„Típota! Típota!" Nichts. „Der geht natürlich aufs Haus", ergänzte er.

Theo war schon aufgestanden.

„Ewcharistó, phíle mou", Danke mein Freund. „Wir sehen uns."

Beim Verlassen der Veranda des kafeníons winkte er allen zu. „Jiássas. Kálo wrádi." Tschüss und einen schönen Abend zusammen.

Auf dem Rückweg zu seinem Elternhaus ging ihm der alte Mann nicht aus dem Kopf. Manos Kapiotis. Ein Freund des alten Spiro Safridis. Soso.

Kapitel 16

27. Juni 2006

Der Wecker von Theos Handy schnarrte mit einem unangenehmen Ton. Schlaftrunken griff er es vom Nachttisch und schaltete es aus. Er schaute auf die Anzeige des Telefons und ließ sich mit einem Stöhnen wieder ins Kissen sinken. Sieben Uhr.

Trotz all der Sorgen, die Theo hatte, war es doch eine Nacht mit gesegnetem Schlaf gewesen. Er hatte sich am Abend zuvor nach dem Essen noch mit seinem Handy beschäftigt. Er wusste danach auch, wie er damit einen Weckruf programmieren konnte. Er hatte ihn auf sieben Uhr eingestellt, damit er sich ja nicht verschlafen würde. Er brauchte morgens einen Moment, um wirklich wach zu werden. Und um Zehn wollte er sich ja mit Tasía an ihrem geheimen Ort treffen. Hoffentlich kam nichts dazwischen, wünschte er sich.

Nachdem er in seine Blue Jeans und ein weißes T-Shirt geschlüpft war, zog er sich die schweren gelben Lederschuhe an, wie er es gewohnt und schlurfte in die Küche. Seine Mutter Athina war schon auf.

„Schon wach, Mana?", fragte er sie gähnend.

„Natürlich, seit zwei Stunden. Senile Bettflucht. Ich bin eine alte Frau, mein Sohn." Sie lachte.   „Aber Du? Schon so früh auf?"

„Ach, ich hab gestern mit dem Handy gespielt und vergessen einen Weckruf auszuschalten", log er. Theo wollte seine Mutter nicht in die Geschichte reinziehen. Wenn es nicht unbedingt sein musste. „Nun bin ich halt wach", ergänzte er.

„Setz Dich auf die Veranda. Ich mach Dir einen ellinikó glikó. Du magst ihn doch süß, nicht wahr?"

„Immer noch, Mana. Danke."

Er schlenderte auf die Veranda und setzte sich in Vaters Schaukelstuhl. Daneben standen ein winziges Beistelltischchen und immer noch der Hocker mit geflochtener Sitzfläche.

Nach fünf Minuten erschien seine Mutter mit dem Kaffe und stellte ihn neben Theo auf das Tischchen. „Oríste." Bitte.

„Ah, das brauch ich jetzt, um wach zu werden. Danke."

Athina setzte sich auf den Hocker. Theo wartete, bis sich der Kaffeesatz gesenkt hatte.

„Ein schöner Morgen", brach Theo das Schweigen.

„Er ist besonders schön, weil Du da bist, mein Sohn."

„Ach, Mana. Ich bin auch froh, hier zu sein."

War er das wirklich?

„Wirklich?", fragte sie etwas ungläubig.

Theo dachte kurz nach.

„Ich glaube schon." Klang nicht eben überzeugend. „Weißt Du, ich bin auf jeden Fall froh, dass ich in dieser schweren Zeit für Dich da sein kann."

„K'egó", Ich auch, sagte sie leise und nach einer Weile: „Hast Du Dir Gedanken über Tasía gemacht, Theo?"

Sie hatte ihn auf dem falschen Fuß erwischt.

„Eh, ja. Natürlich geht mir das immer durch den Kopf. Die ganze Situation ist verwirrend für mich."

„Kann ich mir vorstellen. Aber denk an die Worte, die ich Dir vor ein paar Tagen gesagt habe."

Er hatte sie nicht vergessen.

„Ich weiß", meinte er traurig und man sah es ihm an.

Athina wusste um den Zwiespalt ihres Sohnes, aber sie konnte ihm nicht helfen. Er war alt genug, um dies selbst zu tun. Er nahm die Gelegenheit wahr, um sich davon stehlen zu können und trank den Kaffee in einem Zug.

„Weißt Du, ich glaube ich geh etwas spazieren, um meine Gedanken zu ordnen, Mana. Jetzt ist es auch noch angenehm."

„Tu das, Theo. Es ist wichtig für Dich."

Ahnte sie etwas?

„Und Tasía", ergänzte sie.

Ahnte sie wirklich nichts?

„Ich bin gegen Mittag wieder zuhause, endáxi?"

Die Mutter wunderte sich, dass ihr Sohn schon um Acht aus dem Hause ging und erst gegen Mittag wieder zurück sein wollte. Vier Stunden für einen Spaziergang? Ihr war nicht wohl beim Gedanken.

Theo ließ sich viel Zeit, um zum kleinen Wald hinter dem Olivenhain zu kommen. Er stapfte eigentlich planlos querfeldein. Da er die Gegend   aber immer noch bestens kannte, verlor er nie die allgemeine Richtung. Trotzdem dauerte es nur   eine knappe Stunde, bis er da war. Es war erst neun Uhr. Ein Stunde zu früh. Er war froh darüber, niemandem unterwegs begegnet zu sein und auch niemanden gesehen zu haben. Zu dieser Jahreszeit und am frühen Morgen war auch praktisch niemand unterwegs, denn hier waren nur Olivenhaine, die erst frühestens Ende November wieder bearbeitet würden, wenn die Erntezeit begann. Er stapfte durch das hohe Gras des Hains und erreichte den oberen Teil, der ihm den Blick auf Methoni und die Bucht bot. Die Luft war heute etwas trockener, weshalb das Meer auch in einem satten Dunkelblau schimmerte, das es nur in Griechenland gibt. Er hätte früher an diesem Flecken gerne ein Haus gebaut, aber es gab und gibt kein Wasser hier. Der Anschluss an das öffentliche Wasser war zu weit weg und eine Leitung ziehen zu lassen wäre zu teuer. Für einen Brunnen gab es nicht genug Grundwasser und eine elektrische Leitung hätte auch noch gezogen werden müssen. Er seufzte beim Gedanken und bahnte sich den Weg hinunter in die Schlucht mit dem kleinen Wald, nachdem er sich versichert hatte, dass niemand ihn gesehen hatte.

Die nächste Stunde kam ihm wie eine Ewigkeit vor und er begann, mit seinem Handy, pardon   kinitó, zu spielen. Als seine Uhr schon Zehn nach Zehn zeigte, wurde er nervös. Er fragte sich, wo Tasía blieb und ob etwas dazwischen gekommen war.

Jorgo?

Und sie wusste ja auch nicht, dass sie ihn auf seinem kinitó erreichen konnte. Dann raschelte es   oben im Gebüsch und einen Augenblick später sah er, wie Tasía sich durch das Dickicht drängte.

„Theo?", rief sie leise.

„Ich bin hier."

Er atmete erleichtert auf, als er die Stimme hörte, die ihn im Geist sein Leben lang begleitet hatte.

„Tut mir leid, dass ich so spät bin, Theo", keuchte sie. „Jorgo ist etwas später als sonst aufs Feld gefahren. Ich musste warten, um keinen Verdacht zu erregen und telefonisch erreichen konnte ich Dich ja nicht."

Sie setzte sich schwer atmend neben ihn auf den Baumstamm. Er schaute sie von der Seite an und legte seine Hand auf die ihre und tätschelte sie väterlich.

„Wir sind auch nicht mehr so frisch, nicht wahr?", grinste er.

Sie lachte und stieß ihn mit ihrer Schulter.

„Auch Du warst schon mal jünger, wenn ich nicht irre, barbé", frotzelte sie zurück und legte ihren Kopf auf seine Schulter.

Zögernd strich Theo über ihr Haar Aber sie ließ es zu und das beruhigte ihn.

„Übrigens", er zückte sein Handy aus der Hosentasche und hielt es triumphierend in die Höhe. „Wir können nun miteinander telefonieren."

„Oh. Du hast ein kinitó! Wie hast Du denn das bewerkstelligt. Dazu brauchst Du doch eine afimi. Hast Du eine?"

„Nein. Ich meine, ich weiß die Steuernummer nicht mehr und ich hatte keine Zeit, das ausfindig zu machen. Es läuft über meine Mutter beziehungsweise meinen Vater."

„Sehr gut. Gib mir Deine Nummer."

„Wenn Du mich ganz lieb darum bittest", lachte er.

Sie knurrte.

„Bitte!", flehte sie dann theatralisch.

„Das war nicht nett genug."

Sie drehte sich um, küsste ihn auf die Wange und schaute ihn erwartungsvoll an.

„Na ja. Du warst auch schon netter", stichelte er weiter.

Tasía nahm sein Gesicht in ihre Hände und küsste ihn leidenschaftlich. Es war auch viel Erleichterung und Verzweiflung in ihrer Zärtlichkeit.

„Das sollte wohl reichen, mátia mou!", meinte sie.

„Ich werd mir gleich noch ein paar Nummern besorgen", lachte er.

„Nun gib schon her", sagte sie ungeduldig und tippte seine Nummer unter einem Pseudonym ein.

„Und wie ist's mit Deiner?", fragte er.

„Wenn Du nett zu mir bist."

„Wie nett?"

„So nett wie ich."

„Kann ich gar nicht."

„Kannst Du wohl!"

Er küsste sie mit derselben Leidenschaft.

„Das war nett", sagte sie als sie sich getrennt hatten.

„Nett?", meinte er beleidigt.

„Sehr nett", verbesserte sie.

Er umarmte ihre Schulter.

„Hast Du noch was herausgefunden?"

„Nein. Ich weiß auch nicht, was ich tun soll."

Tasía klang verzweifelt.

„Aber ich hab noch eine Spur", sagte er wie beiläufig.

„Ja?!"

Er erzählte ihr von dem alten Manos Kapiotis und seiner Freundschaft zu Jorgos Großvater Spiro.

„Vielleicht weiß der etwas?", meinte Tasía.

„Irgendwie hab ich ein komisches Gefühl bei dem Mann. Ich kann's nicht beschreiben", fuhr er fort.

„Was meinst Du?"

„Mag verrückt tönen, aber der Alte ist mir nicht ganz koscher."

„Wie kommst Du drauf", fragte sie verwundert.

„Ich weiß nicht. Der Kerl kannte den alten Safaridis offenbar. War angeblich sogar befreundet mit ihm. Dann haut er plötzlich nach Athen ab."

Aus heiterem Himmel kam Tasía ein Gedanke, der eigentlich völlig aus der Luft gegriffen war.

„Vielleicht war der auch bei der ELAS?"

Theo schaute sie wie vom Blitz getroffen an.

„Das ist's!", rief er „Ich meine, das könnte es sein."

„Was meinst Du?" Sie sah ihn fragend an.

„Also. Kapiotis verschwindet nicht lange nachdem Safaridis in Pylien auftaucht. Wann kam Jorgos Großvater nach Pylien?"

„Ich glaube 1952", meinte Tasía

„Okay. Vielleicht wusste Kapiotis etwas über Safaridis Vergangenheit?"

„Und dann?"

„Nun, selbst ich weiß, dass die Familie Safaridis in der Gegend sehr viel Einfluss hat." Er grinste sie an aber sie blickte nur ernst zurück. „Vielleicht hat Safaridis dazumal Kapiotis, sagen wir mal, ‚ermuntert', Pylien zu verlassen, um nicht in Verruf zu geraten. Du kennst ja die griechischen Plappermäuler."

„Leider nur zu gut", meinte Tasía schnippisch.

„Sag mal", ergänzte Theo. „Es fällt mir gerade ein, dass Kapiotis auf der linken Wange eine markante Narbe hat. Wie ein Blitz. Hast Du die Kopien des Photos noch? Vielleicht …"

Tasía griff wortlos in ihren Ausschnitt, zog eine Kopie des Fotos heraus und hielt es Theo hin.

Er sah sie wortlos an, aber sein Blick verriet alles. Er nahm das Papier und betrachtete das Photo.

Tasía zeigte mit dem Finger auf den Mann rechts.

„Spiro?", fragte er.

Sie nickte nur.

„Wie ich Dich kenne, hast Du auch noch eine Lupe dabei", schmunzelte Theo.

Sie hatte das Vergrößerungsglas schon aus der Tasche gezogen, als Theo das Bild anschaute.

„S'agapó!", sagte er leise und nahm die Lupe, welche sie ihm schon hingestreckt hatte.

Er fuhr mit dem Glas über das Bild. Er wusste ja, wie der Kapiotis jetzt aussah und damit, wie er ungefähr hatte aussehen müssen.

Beim sechsten Mann schaute er genauer hin. Er reichte Tasía das Glas.

„Nummer sechs von links. Das ist er", sagte er trocken und reichte Tasía die Lupe. „Dünn, mittelgroß und eine Hakennase wie ein Falke."

Sie schaute auch.

„Aber wo ist die Narbe?"

„Die sieht man leider nicht. Er hat wohl bei Fotos immer die bessere Seite hingehalten."

„Bist Du sicher, dass es Kapiotis ist?" Sie zögerte.

„99,9 Prozent", sagte er fest.

Sie sahen einander an und schwiegen. Dann kam Theo eine weitere Idee.

„Kannst Du diesen Professor in Tripoli nochmals anrufen und ihn nach diesem Manos Kapiotis fragen?"

Tasías Augen leuchteten auf.

„Ich probier's gleich."

Sie wählte die Nummer von Spiro Tsapis. Der nahm sofort ab und war sehr erfreut über den erneuten Anruf der sympathischen Stimme. Theo konnte mithören.

„Ah, kiría Kiriakos!", rief er erfreut. „Was für eine schöne Überraschung. Was kann ich für sie tun?"

Er klang etwas zu interessiert.

‚Kiriakos?' dachte Theo und musste sofort grinsen. Natürlich hatte Tasía sich nicht mit Safaridis gemeldet. Was für eine kluge Frau!

„Hallo, Spiro. Wie geht es ihnen. Schön, dass ich Sie gleich am Telefon habe. Ich möchte mich nochmals herzlich für ihre Hilfe bedanken", säuselte Tasía und Tsapis fühlte sich offensichtlich geschmeichelt.

„Típota, Típota, meine Liebe. Vielleicht sehen wir uns ja mal in Tripoli für einen Kaffee."

Er baggerte gewaltig.

„Das wäre nett, wenn wir uns einmal treffen könnten. Leider bin ich seit Jahren nicht mehr in Tripoli gewesen.

„Haben Sie hier studiert?", fragte er verwundert.

Sie lachte kurz auf.

„Nein. Ich habe eine Ausbildung als Krankenschwester in Kalamata gemacht. Von 1992 bis 1995."

Tsapis schluckte am anderen Ende, denn er hatte kurz berechnet, dass Tasía ein Stück älter als er sein musste. Er war auch mit seinen zweiunddreißig Jahren ein ziemlich junger Professor.

„Aber ich habe eine gute Freundin, deren Vater Professor für Geschichte in Tripolis war. Sie müssten ihn kennen. Professor Bardoulas."

„Der Aris Bardoulas? Sie kennen Aris Bardoulas?"

Er fiel beinahe vom Stuhl.

„Ja", sagte Tasía kurz. „Ich habe mit seiner Tochter Anna die Ausbildung gemacht und war ab und zu in Tripolis, um sie zu besuchen. Dabei habe ich auch ihren Vater kennen gelernt. Ein sehr netter Mann. Ein kírios. Ein Herr." Sie wartete. „Spiro?"

Der junge Professor war ruhig geworden und schluckte hörbar.

„Professor Bardoulas war mein Lehrer als Student. Ich habe ihn verehrt wie einen Gott." Er zögerte. „Leider … leider wurde Professor Bardoulas vor ein paar Jahren in … eh … Rente geschickt.

„Wurde er zwangspensioniert?", fragte Tasía unverblümt.

„Eh … quasi", stotterte Tsapis.

„Was nun?" Sie bohrte weiter.

„Nun… „, man merkte Tsapis an, wie unangenehm ihm das war. „Professor Bardoulas stand im Verdacht, zu einem Geheimbund zu gehören … der … ehemalige andártes sucht und … eh … ihrer Strafe zuführt."

„Und?"

„Man konnte ihm nichts nachweisen, aber der Ruf der Universität war in Gefahr und man legte ihm nahe, sich selbst zu pensionieren."

Tsapis klang völlig erschöpft. Das Gespräch schien ihm an die Nieren zu gehen.

„Aber Bardoulas ist doch erst…", Tasía rechnete, „erst etwa Fünfundsechzig."

„Sechsundsechzig, um genau zu sein. Er ging vor zwei Jahren in Rente. Ich … ich bin sein Nachfolger."

Es war ihm scheinbar peinlich.

Tasía war baff. Sie musste bei Gelegenheit ihre Freundin Anna anrufen. Sie hatten seit drei Jahren nicht mehr miteinander telefoniert. Als sie sich wieder gefasst hatte, ging sie zum eigentlichen Thema über.

„Nun, Spiro, ich wäre ihnen nochmals äußerst verbunden für eine Auskunft, die diese Geschichte in Valira und Meligalá betrifft", setzte sie wieder ein.

„Tja, warum geht es. Tasía?"

Er hatte sich wieder etwas gefasst und Tasías weiche Stimme brachte ihn sogleich wieder auf andere Gedanken.

„Könnten Sie mir ausfindig machen, ob in der Einheit von Spiro Safaridis auch ein Mann namens Manos Kapiotis war?"

„Wir spielen Detektiv, nicht war?"

Er fing wieder an zu flirten. Eine ewige Leidenschaft griechischer Männer. Aber Tasía war ja selbst Griechin und wusste sehr wohl, wie man damit umging.

„So ähnlich", sagte sie knapp und Tsapis wusste sogleich, dass er es nicht weiter probieren sollte.

„Wie war der Name nochmals?", fragte er und nahm sich einen Zettel und Bleistift.

„Manos Kapiotis", wiederholte Tasía.

Er schrieb den Namen auf.

„Bleiben Sie dran. Tasía. Ich hab die Akte noch nicht ins Archiv gebracht. Dauert nur einen Augenblick."

Er legte den Hörer aufs Pult, stapfte durch sein Büro und nahm ein Bündel Papier aus einem der Aktenschränke. Beim Zurücklaufen blätterte er schon in den Notizen.

Tasía und Theo hörten ein „Ah, da ist's ja." und schauten einander an.

„Was für ein Schleimer!", zischte Theo, der das Gespräch mitgehört hatte.

Tasía zischte ihm ihrerseits ein ‚Psst' zu und hielt die Hand auf das Handy.

„Ein Grieche eben", frotzelte sie flüsternd. Er warf ihr einen bösen Blick zu, als beide den jungen Professor wieder hörten.

„Tasía, sind sie noch da?"

Sie nahm das Handy wieder ans Ohr.

„Ja."

„Okay. Ich habe eine Mannschaftsliste der ELAS in Valira gefunden. Da gibt's tatsächlich einen Mann namens Kapiotis. Aber der heißt mit Vornamen Christos. Ich kann ihnen die Liste schicken, wenn Sie wollen."

Tasía sah Theo an und überlegte kurz.

„Das wäre äußerst liebenswürdig von ihnen. Könnten Sie mir die auch faxen?"

Sie hatte zuhause ein Telefon mit Faxfunktion.

„Natürlich. Mach ich gleich."

Tasía unterbrach ihn.

„Ich bin im Moment unterwegs. Könnten Sie mir die Liste in einer halben Stunde faxen?", säuselte sie.

Jorgo würde erst um zwölf Uhr nach hause kommen. Also genug Zeit.

„Natürlich. In einer halben Stunde", meinte Tsapis.

„Sie sind ein Engel, Spiro. Ich werde mich ganz sicher bei ihnen melden, wenn ich wieder einmal in Tripoli bin!" ‚Das kann dauern', dachte sie schelmisch.

„Ich würde mich sehr freuen, Sie persönlich kennen zu lernen, Tasía", säuselte er, obschon er nicht wusste, ob dem auch so war.

„Bis dann, Spiro."

„Adío, Tasía."

Sie hatten aufgelegt.

„Mann, kannst Du einem Honig um den Bart schmieren!", sagte Theo beinahe etwas knurrig.

„Eifersüchtig?", schmunzelte Tasía.

„Hab' ich Grund dazu?", meinte er bissig und grinste.

„Wie könntest Du auch. Ich bin, wie Du weißt, verheiratet."

Der saß.

„Leider", seufzte er.

„Theo!" Sie sah ihn ernst an. „Es war nur ein Scherz!"

„Leider nicht", kommentierte er resigniert.

„Es ist nicht der Zeitpunkt …", begann sie, als er nun seinen Zeigefinger auf ihre Lippen legte.

„Pst. Lass uns nicht darüber reden. Hier ist unsere kleine Welt und da gehört niemand hin außer wir zwei, okay."

Sie sah ihn traurig an.

„Okay.", sagte sie auf Englisch und nicht Endáxi.

„Du sprichst Englisch?", fragte er verwundert.

„Ein bisschen. Wir hatten Englisch während der Ausbildung in Kalamata. Ohne Englisch kommt man ja wirklich nicht weit in der Welt."

„Étsi íne", So ist es, sagte er auf Griechisch und beide fingen an zu lachen.

„Ich muss zurück, Theo. Wegen dem Fax."

„Ja ich weiß. Wo hast Du Dein Auto geparkt?"

„Ich bin hier hochgefahren. Da sieht den Wagen niemand", antwortete sie.

„Gut. Ich werde aber zu Fuß zurückgehen. Ruf mich bitte an, wenn Du was weißt."

„Natürlich!", sie sah ihn fragend an.

„Ich liebe Dich, Tasía."

„Ich liebe Dich auch, Theo."

Er strich ihr zärtlich über die Wange. „Beeil Dich, mátia mou."

Sie lächelte, gab ihm einen langen Kuss, drehte sich um und verschwand im Gebüsch.

Theo hörte das Auto starten und wegfahren. Er wartete noch fünf Minuten und lief dann zügig zurück zum Haus seiner Mutter, das ja eigentlich auch sein Haus war.

Tasía war kurz vor halb Zwölf wieder in ihrem Haus in Perivolakia angekommen und erschrocken, als sie Jorgos Traktor schon im Hof sah.

„Mist", zischte sie leise vor sich hin und überlegte, wie sie nun ihren Mann vom Faxgerät fernhalten konnte. Jorgo war glücklicherweise in der   apothiki und reparierte irgendetwas.

„Jorgo?"

Er drehte sich um.

„Ah, da bist Du ja. Wo hast Du gesteckt. Der Wagen war nicht da und Du hast ja nicht gesagt, dass Du weg wolltest."

‚Schnell! Eine Antwort!', dachte Tasía.

„Ich hab beim letzten Besuch bei Mana meine Sonnenbrille vergessen und sie schnell geholt."

So eine blöde Notlüge! Aber er ging nicht weiter darauf ein und meinte nur:

„Aha."

„Warst Du schon oben, Jorgo?"

War die Frage verfänglich?

„Nein. Ich bin erst vor zwei Minuten vom Feld gekommen", brummte er.

‚Gott sei Dank', dachte sie.

„Möchtest Du etwas essen?", lenkte sie ab.

„Ja, aber erst etwas später. Ich muss noch den Zaun hinten reparieren. In einer halben Stunde vielleicht, ja?"

Sehr gut!

„In einer halben Stunde, endáxi", sagte sie erleichtert und eilte nach oben ins Haus wo sie sogleich ins Büro stürzte und das Faxgerät überprüfte. Es war noch nichts da. Gott sei Dank. Sie schaute verzweifelt auf die Uhr, die fünf nach halb Zwölf anzeigte.

„Komm schon!", zischte sie leise und versuchte dabei das Gerät zu hypnotisieren.

Nichts. Dann fiel ihr ein, dass sie ihrem Mann Essen kochen sollte. „Essen!", stöhnte sie und schlug sich mit der flachen Hand auf die Stirn. Dann fiel ihr ein, dass sie ja noch Reste von Spaghetti im Kühlschrank hatte. Sie raste in die Küche und begann Teigwaren und Tomatensauce zu mischen und aufzuwärmen. Ein kurzes Schellen des Telefons schreckte sie auf. Zwei mal. Drei mal. Vier mal. Dann übernahm das Faxgerät. Sie spurtete zurück ins Büro und sah wie sich ein Blatt Papier leise knatternd aus dem Gerät zwängte.

„Komm schon!", zischte sie erneut nervös und sie konnte das Blatt gerade noch auffangen, bevor es zu Boden fiel. Es war von Tsapis. Sie überflog die Liste und steckte sie schnell in die Tasche ihres Rocks. Sie musste noch auf die Übermittlungsbestätigung warten, die sie eilig wegnahm und zusammenknüllte. Dann lief sie zurück in die Küche, wo die Spaghetti schon beinahe angebrannt waren.

Aber nur beinahe.

Sie atmete tief durch um sich zu sammeln, als sie die schweren Schritte von Jorgo hörte. Er fragte sie schon während er ins Haus trat laut, ob sie das Telefon nicht gehört hätte.

„Ich war in der Küche und hab's erst zu spät gehört. War niemand dran. Muss sich wohl verwählt haben."

Uff.

Jorgo trat in die Küche und schnupperte. „

Ah, Spaghetti. Genau was ich jetzt brauche!"

Er leckte sich die Lippen.

„Ich hatte noch was im Kühlschrank. Ich hoffe, es ist Dir recht", flötete Tasía.

„Natürlich." Er strahlte sie an. „Du bist eine wunderbare Köchin, meine Liebe. Und aufgewärmtes Essen von Dir ist immer noch zehnmal besser als frisches anderswo."

Sie lächelte, doch er merkte nicht, wie gequält es war.

Er setzte sich an den Tisch und Tasía brachte zwei Teller und Besteck.

„Es ist gleich fertig", mahnte sie.

Er betrachtete seine Frau, die sich dem Herd zugewandt hatte und dachte: ‚Was für eine schöne Frau Du doch bist, Tasía. Und Du bist mein. Und wirst es auch bleiben!'

Sie nahm die Pfanne vom Herd, stellte sie auf eine hölzerne Platte auf dem Tisch und setzte sich zu ihrem Mann. Tasía bemerkte sehr wohl, dass er sie gerade jetzt anhimmelte und spürte auch eine gewisse Wollust in seinen Augen.

‚Nein!' dachte sie. ‚Nicht jetzt!'

„Kaliórexi", sagte sie wie beiläufig und Jorgo bemerkte die Kühle in ihrer Stimme.

„Kaliórexi, mátia mou", sagte er immer noch hoffend. Tasía ignorierte es. Jedes Zeichen von Zustimmung hätte ihn weiter ermuntert zu versuchen, mit ihr zu schlafen. Sie konnte nicht. Und sie wollte nicht.

So aßen sie und redeten über Belangloses.

Jorgo hatte noch nicht aufgegeben. Er wollte einen Beweis für ihre Liebe.

„Ich möchte mit Dir schlafen", sagte er plötzlich.

Tasía kannte ihren Mann und wusste, dass er dies sagen würde.

„Sei mir nicht böse, Jorgo, aber ich mag nicht."

Sie hatte ein etwas weinerliches Gesicht aufgesetzt, wie zur Entschuldigung.

„Wieso denn nicht?"

Er war enttäuscht und etwas ärgerlich. Sie war seine Frau und Ehepaare tun das.

„Kannst Du Dir vorstellen, dass ich keine Lust auf Sex haben könnte?"

Sie war nun auch leicht gereizt.

„Nie oder mit mir?"

„Jorgo, jetzt nicht!"

Sie hatte die doppelte Frage elegant umgangen.

Jorgo senkte seinen Blick.

„Schade."

Er war immer Manns genug gewesen, die Bedürfnisse seiner Frau zu respektieren. Aber im Moment fiel es ihm schwer. Sehr schwer. ‚Dieser Theo!' dachte er.

„Sei nicht böse, Jorgo."

„Ich bin Dir nicht böse. Nur enttäuscht. Ich werde nun mesiméri machen."

„Tu das. Ich räume noch die Küche auf."

„Endáxi."

„Kálo ípno, mátia mou", sagte sie leise und gab ihm einen Kuss auf die Stirn.

Sie hatte es tatsächlich über sich gebracht, ihn so zu nennen. Das schien die Wogen zu glätten.

Er stand auf und ging schlafen.

Tasía atmete tief durch. Sie wartete eine Viertelstunde bis sie ihren Mann schnarchen hörte. Dann zog sie das Fax aus ihrer Rocktasche und las die Liste durch.

Da war er, las sie etwas enttäuscht. Christos Kapiotis. Nicht Manos.

Und eben Spiro Safaridis.

Ihr Mann durfte dieses Fax niemals zu Gesicht bekommen. Sie würde es Theo beim nächsten Treffen geben. Zur Sicherheit. Aber wohin damit jetzt? Sie schaute sich in der Küche um. Die Küche war ihr Reich und Jorgo war nur hier, wenn es etwas zu essen gab. Sie öffnete die alte Kommode, die sie von ihren Eltern zur Hochzeit geschenkt bekommen hatte. Die Tablare waren zum Schutz mit Einbandpapier belegt. Sie nahm das Fax, faltete es einmal zusammen und schob es unter das Papier. Darauf stellte sie die Teller, welche sie zuvor weggenommen hatte.

Hier war es sicher.

Kapitel 17

27. Juni 2006

Theo hatte auch mesiméri gemacht ohne zuvor etwas zu essen. Er hätte keinen Hunger, hatte er seiner Mutter gesagt und war zu Bett gegangen. Er erwachte um fünf Uhr, als sein Handy klingelte und ihn aus einem tiefen, traumlosen Schlaf riss. Theo schaute auf den Display. Eine Nummer aus Athen. Nur Iota und Tasía kannten bisher seine Nummer. Es musste also Iota sein.

„Hallo Iota. Wie geht's?"

„Diese verdammte Hitze hier in Athen und der Smog bringen einen um den Verstand, Theo."

„Dann komm doch ins schöne Messinien. Da wird nur gemordet", grinste er noch etwas schlaftrunken.

„Blödmann", krächzte sie. „Aber vielleicht könnte ich so meine härteste Konkurrentin kennen lernen."

Sie stichelte wieder.

„Iota!", sagte er eindringlich.

„Okay, okay. Ist ja schon gut. Ist mir ja auch klar, dass ich gegen Tasía nie eine Chance hatte. Eigentlich schade."

„Iota. Du weißt, dass ich Dich geliebt habe. Und als Menschen liebe ich Dich immer noch."

„Aber nicht als Frau, ich weiß."

„Sind wir nicht etwas zu alt für solche Spielchen, Iota. Was vorbei ist, ist vorbei. Können wir nicht aufhören, uns die Vergangenheit gegenseitig vorzuwerfen?"

„Wenn jemand irgendwem was vorzuwerfen hat, dann doch ich!", meckerte sie. „Aber Du hast recht. Ich muss mich damit abfinden, bei Dir nur zweite Wahl zu sein."

„Iota!"

„Okay. Hier die Fakten. Für eine offizielle Exhumierung braucht es die Einwilligung der Angehörigen und die werdet ihr kaum bekommen."

„Scheiße!", zischte Theo.

„Es sei denn ..." Er wurde hellhörig. „... es sei denn, die Vermutung liegt nahe, dass dieser Spiro einem Gewaltverbrechen zum Opfer gefallen wäre."

„Und wie, bitte, soll man das erklären?", fragte Theo etwas ungläubig.

„Ich hab da ´ne Idee. Etwas gewagt, vielleicht. Es könnte aber funktionieren, wenn die Behörden in Kalamata mitspielen, beziehungsweise zu blöd sind, hinter die Fassade zu gucken."

„Mach's nicht so spannend."

„Wir könnten behaupten, ein Gefangener, der nun leider verstorben ist, hätte vor seinem Ableben gestanden, 2000 ... wann war das? ..."

„2004, glaube ich."

„... also 2004 einen Mann in Perivolakia vergiftet zu haben. Da der Tod des Mannes ja allgemein als etwas dubios angesehen wurde, könnte man den Fall nochmals aufrollen. Mord verjährt ja bekanntlich nicht."

„Du bist genial", rief Theo.

„Tja, das hast Du ja schon früher gewusst."

Sie konnte es nicht lassen, aber Theo ging diesmal nicht darauf ein.

„Und Du meinst, das könnte klappen?"

„Wieso nicht. Hat – bis auf ein winziges Detail – alles seine Richtigkeit."

„Welches Detail?"

„Den Gefangenen gab's gar nie!"

Theo blieb die Luft weg. Iota war wirklich genial.

„Und wie soll das mit dem ganzen Papierkram gehen?", fragte er immer noch etwas skeptisch.

„Hey, ich maloche jetzt schon so viele Jahre für diesen Laden. Du hast ja keine Ahnung, wie schludrig hier manchmal gearbeitet wird.

Und sobald die Polizei in Kalamata etwas aus Athen bekommen, machen sie Männchen, auch wenn es ihnen nicht schmeckt. Ich habe einen sehr, sehr guten Freund bei der Kriminalpolizei. Und der schuldet mir noch was. Wir müssten ihn aber in den Plan einweihen."

„Ist das nicht alles illegal?", fragte Theo.

„Theo! Junge! Wir sind hier in Griechenland. Gesetzte sind da um umgangen zu werden. Das ist hier Volkssport. Schau doch das Land an? Du willst nicht wirklich wissen, wie viel Korruption es gibt und wie viele Gesetzesübertretungen schlichtweg im Bürokratie-Dschungel untergehen. Man kann diese Tatsache ja auch mal für einen guten Zweck – sagen wir – einsetzen, meinst Du nicht?"

Theo traute seinen Ohren nicht. Er war wohl zu lange in Australien ein – einigermaßen – gesetzestreuer Bürger gewesen und hatte die Missstände in Griechenland vergessen.

„Sag mal, arbeitest Du wirklich für die Polizei?", fragte er etwas scherzhaft.

„Ich arbeite für die Staatsanwaltschaft, Theo. Die ordnen Obduktionen an. Aber Du hast Recht. Manchmal bin ich mir nicht so sicher", kicherte sie.

„Ich möchte zuerst mit Tassía sprechen. Ich will, dass sie damit einverstanden ist, okay."

„Tu das, Süßer. Und grüss' Tasía von mir."

„Mach ich, Iota. Und danke. … Ach, Iota?"

„Ja?"

„Kannst Du noch was anderes für mich ausfindig machen?"

„Kommt drauf an, was es ist."

„Find bitte alles über einen Mann namens Manos Kapiotis heraus. Er hat seit Ende der Fünfzigerjahre in Athen als Polizist gearbeitet, ist aber schon seit fünfzehn Jahren pensioniert. Stammt aus Mesochori. Ein Dorf weiter von Pidasos. Er soll ein Freund dieses Spiro Safaridis gewesen sein."

„Tja, ich hab ja sonst nichts Gescheites zu tun", lachte sie. „Wie soll der Mann geheißen haben, sagst Du?"

„Manos Kapiotis."

„Okay, mal schauen, was sich machen lässt."

„Danke Iota."

„Schon gut. Bye", sagte sie und legte auf.

Jorgo war am Abend nochmals auf ein Melonenfeld gefahren, um zu wässern. Tasía wusste, dass Theo von dieser ehemaligen Freundin in Athen ein Gespräch erhalten würde. Da die Luft im Moment rein war, sendete sie ihm eine SMS. Er reagierte sofort und versprach in fünf Minuten zurück zu rufen. Er hüpfte aus dem Bett, zog sich an und verließ das Haus. Seine Mutter war noch am Schlafen.

Er lief über die Olivenhaine bevor er sie anrief.

„Tasía?"

„Ja."

„Kannst Du ungestört sprechen?"

„Ja."

„Dann hör gut zu."

Er erklärte ihr Iotas Plan.

„Bis Du sicher, dass das geht?", fragte sie.

„Klar! Iota ist schon lange genug in der Forensik tätig. Die weiß, was sie tut. Wir brauchen jetzt nur Haare von Jorgo und von Dir."

„Jorgo verwendet weder Bürste noch Kamm, Theo", sagte sie besorgt.

„Dann musst Du ihm halt welche abschneiden."

„Ich werd's versuchen müssen."

Sie hatte Angst.

„Tasía, Du wirst schon einen Weg finden", ermutigte er sie.

„Ich habe Angst, Theo. Angst, dass etwas Schlimmes passiert."

„Die Wahrheit ist manchmal schlimm genug, mátia mou. Aber Du bist es Deiner Mutter schuldig, das Verbrechen aufzudecken. Und Dir selbst." Sie hörte einfach zu. „Sollte alles zutreffen, Tasía, dann hast Du einen Mann geheiratet, den Du gar nie hättest heiraten dürfen. Ihr seid vom selben Blut, so schlimm das auch ist."

„Aber Jorgo kann doch nichts dafür!“

„Sagt ja auch niemand. Vielleicht wusste er aber vom Vorleben seines Großvaters. Aber er wusste nicht, dass Deine Mutter das – Verzeihung – Produkt dessen Tat ist, verstehst Du?“

„Ja. Aber die Safaridis Familie hat viel Macht in der Gegend. Sie könnten mich und Dich zerstören! Vor allem weil Jorgo ja nun Angst hat, mich an Dich zu verlieren.“

Theo staunte.

„Glaubst Du?“

„Natürlich!“

„Nein, ich meine: Könnte er Dich an mich verlieren?“

Er wagte kaum, seinen Traum auszusprechen. Tasía hielt inne.

„Ja, Theo. Es könnte geschehen, dass ich Jorgo verlasse“, sagte sie leise und doch bestimmt.

Sein Herz hüpfte, aber er sagte nichts dazu.

„Wir müssen diese Geschichte zu Ende bringen, Tasía.“

„Du hast Recht. Sag Deiner Freundin in Athen, dass ich einverstanden bin“, sagte sie leise. „Und sag ihr Danke von mir.“

„Es wird sie freuen, mátia mou. Ich werde sie später anrufen und es ihr sagen. Bis morgen überlege ich mir weitere Schritte. Schau Du, dass Jorgo nichts mitbekommt. Sei wie immer.“

„Das fällt mir eben schwer, Theo. Und er spürt es.“ Sie zögerte. „Er wollte heute mit mir schlafen und ich habe ihn abblitzen lassen. Das ist nur ganz selten passiert, weißt Du. Nicht dass ich immer wollte, aber ich hab's dann ihm zuliebe getan. Aber jetzt…“

Theo lief es kalt den Rücken hinunter.

„Dann schlaf mit ihm, wenn es sich nicht vermeiden lässt“, sagte er und wäre an diesen Worten beinahe erstickt. Die Vorstellung machte ihn verrückt. Tasía traute ihren Ohren nicht.

„Du sagst mir, ich solle mit ihm schlafen!?!?“

„Ja. Er ist Dein Mann und darf unter keinen Umständen Verdacht schöpfen. Es wäre äußerst gefährlich für Dich! Meinst Du mir gefällt der Gedanke?!“

„Ich verstehe", sagte sie kleinlaut, denn sie verstand, dass ihn diese Aussage viel gekostet haben musste. Er hatte Angst um sie und nahm es eher in Kauf, sich mit der Vorstellung quälen zu müssen, dass Tasía mit ihrem angetrauten Mann schlief, als dass jener ihr vielleicht Übleres antat.

„Ich muss Schluss machen, Theo. Ich kann Dich erst übermorgen wieder sehen. Morgen ist Jorgo den ganzen Tag zuhause. Wenn ich kann, rufe ich Dich an. Ich liebe Dich!"

„Ich liebe Dich auch. Übermorgen zur selben Zeit am gleichen Ort. Schlaf gut, mein Engel."

„Du auch."

„Ach und Tasía?"

„Ja. Lösche alle Anrufe, die auf meine Nummer verweisen."

„Ja", sagte sie traurig.

An jenem Abend schlief Tasía mit ihrem Mann.

Aber sie dachte dabei an Theo und hoffte, dass Jorgo dies nicht merken würde. Sie wartete, bis er danach in einen befriedigten Schlaf gefallen war und holte die kleine Nagelschere aus ihrer Nachttischschublade. Jorgo bewegte sich keinen Moment, als sie ihm eine Locke abschnitt und damit leise das Schlafzimmer verließ. Den Umschlag mit ihren und seinen Haaren sauber in einer kleinen Plastiktüte getrennt und beschriftet versteckte sie wieder, wo sie auch die anderen Dinge untergebracht hatte. In der Küchenkommode.

Sie würde es Theo morgen unter einem Vorwand bringen.

Theo rief noch am selben Abend Iota an und sagte ihr, dass Tasía einverstanden sei und das Material besorgen und ihm bringen werde. Und dass sie sich bei ihr bedanken würde.

Iota erzählte ihm, dass es nie einen Manos Kapiotis bei der Polizei in Athen gegeben habe. Auch vor dem Krieg nicht. Den einzigen Kapiotis, den sie ausfindig machen konnte, sein ein Christos Kapiotis. Der sei zwar aber aus Messinien gewesen und habe zwischen 1958 und 1991 in Athen bei der Polizei gearbeitet, aber nicht als Polizist, sondern als Archivar!

Theo staunte nicht schlecht. Die Griechen lieben es einfach zu übertreiben. Da erzählt dieser Kapiotis einfach, er habe bei der Polizei gearbeitet. Was er wirklich getan hat, verschweigt er einfach. So entstehen neue Bilder. Schau, schau.

„Bestell Tasía meine Grüsse, Theo. Es muss eine besondere Frau sein, für die Du Dich so sehr einsetzt."

Es war so. Aber es tat ihr weh.

„Sie ist eine besondere Frau."

„Liebst Du mich noch ein klein wenig, Theo?"

Sie konnte es nicht lassen.

„Ja, Iota. Sogar sehr."

Sie würden nun den Ball ins Rollen bringen und hofften, dass er sie nicht alle überrollte.

Theo überlegte, nachdem er aufgelegt hatte.

Nur ein Christos Kapiotis. Aber der Mann auf der Liste, die dieser Professor gefaxt hatte, war doch auch ein Christos Kapiotis.

Aber keine Spur eines Manos Kapiotis.

Seltsam. Wer war dann dieser Typ aus Mesochori? Vielleicht würde er ihn irgendwie aufsuchen müssen.

Kapitel 18

28. Juni 2006

Tasía hatte abermals beinahe kein Auge zugetan.

Der Sex mit ihrem Mann hatte sie erstmals unglaubliche Überwindung gekostet, aber sie war Frau genug, um Jorgo dies nicht merken zu lassen. Die gewohnten Patientenbesuche gaben ihr nicht nur die Gelegenheit, mit ihren Gefühlen alleine zu sein, sondern auch die Haarproben Theo zu übergeben.

Da sie sich nicht sehen konnten, hatten sie verabredet, dass sie den Umschlag bei ihrer ersten Fahrt Richtung Pylos in ihrem Versteck deponieren würde.

Theo fand den Umschlag gegen zehn Uhr und fuhr sogleich nach Pylos, um ihn per Kurier nach Athen bringen zu lassen.

Vier Stunden später hielt Iota Magiros das Beweismaterial in ihren Händen und konnte in Aktion treten.

Das Gerichtsmedizinische Institut in Athen sieht von innen wahrscheinlich aus, wie jedes andere. Gekachelte Wände, Schubladen für die Leichen, Präparationsräume, Labore und Büros.

Die Gerichtsmedizinerin Iota Magiros hockte auf ihrem Ledersessel in ihrem Büro und kaute genüsslich an einer Karotte. Sie wartete, dass Dimitri, genannt Mitso, Nikopoulos, zurückrief, denn er war nicht da, als sie versuchte, ihn zu erreichen. Sie langte nach einer Fachzeitschrift für Medizin, als das Telefon klingelte.

„Né", Ja, sagte sie kurz.

„Éla, Iota. Ich bin's, Mitso. Wo brennt's?"

„Éla, phíle mou. Ich wollte Dich fragen, ob Du heut Abend Zeit hast, eine alte Frau zum Dinner einzuladen?"

Raffiniert.

„Also meine Mutter ist schon besetzt", lachte er.

Auch Iota konnte sich ein Grinsen nicht verkneifen, obschon sie meistens die besseren Sprüche auf Lager hatte. Der war jedoch gut.

„Nun ja, vielleicht geht's auch mit was Jüngerem?", meinte sie.

„Wen meinst Du?"

Er wusste, wen sie meinte.

„Och. Zum Beispiel mich?"

Er grinste.

„Kiría, Sie haben soeben ein Dinner bei Nikopoulos gewonnen. Gratulation!"

„Das tönt doch verlockend. Um Sieben bei Dir?", fragte Iota.

„Mach Acht daraus. Ich muss doch noch was einkaufen. Kaviar, Hummer und so."

Er kicherte.

„Nur keine Umstände, Mitso. Ich muss mit Dir was bereden. Und wir werden Wein brauchen. Viel Wein!"

„Kollektives Besäufnis zu zweit. Und das mitten in der Woche, eh?"

Sie lachte.

„Nicht ganz. Aber das, was ich Dir zu erzählen habe, wirst Du mit ein paar Gläsern herunterspülen müssen."

„Das klingt ja spannend. Irgendein Tipp?", fragte er neugierig.

„Nicht am Telefon und nicht jetzt. Ich freu mich. Ciao."

„Ciao Bella."

Iota lehnte nahm sich eine Zigarette aus der Karelia-Schachtel und zündete sie an. Sie nahm einen tiefen Zug, lehnte sich im Sessel zurück und blies den Rauch in einem Mal aus, wobei sie sich beinahe verschluckte.

„Armer Mitso", sagte sie leise vor sich hin. „Deine kleine Polizistenwelt wird bald Kopf stehen."

Sie musste leise lachen bei dem Gedanken, wie entgeistert er sie wohl anschauen würde, wenn sie ihm ihren Plan erzählen würde. Aber außer der Tatsache, dass er seit vielen Jahren ein guter Freund – und nur ein Freund – gewesen war, hatte sie ihm bei einem Mordfall den Hintern gerettet, als sie herausfand, dass der Tote gar nicht ermordet worden war, sondern einfach einen Unfall gehabt hatte. Mitso hatte sich in eine Mord-Theorie verbissen, was ihn beinahe den Job gekostet hatte. Iotas Untersuchungen hatten ihn gerettet. Und dafür war er ihr in Ewigkeit dankbar, denn er war mit Leib und Seele Kriminalbeamter und das schon seit beinahe zwanzig Jahren. Und sie konnte auf seine Verschwiegenheit zählen.

Mitso's Appartement war in der Nähe der Plaka, die nicht mehr dieselbe war, wie zu seiner Jugendzeit. Das Gemütliche war dem Nützlichen gewichen und der Charme im Herzen der Hauptstadt Athen hatte aufgehört zu existieren. Die enormen Anstrengungen, die man für die Olympischen Spiele unternommen hatte waren so oberflächlich wie teuer. Wie viele Städte, so hatte sich auch   Athen mit den Spielen kolossal in die roten Zahlen geritten. Noch roter, als sie schon gewesen waren. Aber das Appartement im dritten Stock war gemütlich und hatte eine Klimaanlage, was in Athen zur Sommerzeit ein Muss ist. Um punkt Acht Uhr klingelte es an seiner Haustüre. Er öffnete und im Flur stand eine leicht keuchende Iota.

„Verdammt Mitso, wann legst Du Dir mal ein Appartement in einem Haus mit Lift zu. Das ist ja eine Zumutung!"

„Éla, Iota. Schön, dass Du da bist. Wo ist Deine Ausrüstung?"

Sie keuchte immer noch.

„Welche Ausrüstung?"

„Na die zum Bergsteigen."

Er lachte und sie funkelte ihn an.

„Armleuchter!"

Sie versuchte, Atem zu holen und musste husten.

„Ich würd's mal mit Menthol versuchen", grinste er.

„Hä?", Sie hustete immer noch.

„Menthoooool", sang er. „Menthol-Glimmstängel, Iota."

„Ach leck mich doch … Kann ich jetzt rein?"

„Bitte sehr."

Er machte einen Diener nach und sie trat ein. Im Flur nahm sie einen tiefen Atemzug und der Hustenanfall stoppte.

Mitso nahm sie in die Arme und herzte sie.

„Schön, dass Du da bist."

„Hast Du schon gesagt, Mitso."

„Oh, beginnender Alzheimer. Na ja. Komm ins Wohnzimmer."

Er lief voraus in einen großen Raum der voll gestopft war mit Erinnerungen von seinen vielen Reisen. Mitso war einer der wenigen Griechen, welche wirklich ins Ausland reisten, um andere Länder und Kulturen zu sehen. Den meisten Griechen ist das egal. Sie sind der Meinung, dass ein paar Tausend Jahre Kultur im eigenen Lande längst reichen. Nicht so Mitso.

„Setz Dich. Was möchtest Du trinken?"

Iota ließ sich ins riesige Ledersofa aus braunem Nappa fallen.

„Was immer Du mir bringst", sagte sie erschöpft.

„Okay. Fangen wir mal mit einem Ouzo an. Ja?"

„Okay, okay", seufzte sie und schloss die Augen.

Aus der angrenzenden Küche rief Mitso:

„Mit Eis, wie immer?"

„Ja, ja", stöhnte sie.

Er brachte eine neue Flasche 12er Ouzo, zwei Gläser, einen Becher Eiswürfel und eine Karaffe mit Wasser, stellte alles auf den Clubtisch und ließ sich in den Sessel fallen.

„So."

Er schaute sie an. Eigentlich war er immer ein bisschen verliebt gewesen in dieses verrückte australische Huhn, das zwar griechisch und doch so anders war. Aber Iota hatte ihm schon früh klar gemacht, dass zwischen ihnen nichts laufen würde und so entwickelte sich eine tiefe Freundschaft, ja fast sogar Seelenverwandtschaft. Was ja auch nicht zu verachten war.

Mitso hatte die Ouzos zubereitet und streckte nun Iota sein Glas entgegen.

„Jiámas!", sagte er immer noch belustigt von Iotas Bergbesteigung.

„Jiámas, Mitso, Jiámas."

Sie nahmen einen Schluck.

„So, nun erzähl mal von Deinem Geheimnis, Kleines."

Iota atmete tief durch.

„Was ich Dir hier und heute erzähle, mein Freund, muss unter allen Umständen unter uns bleiben, klar?"

Sie betonte ‚unter allen Umständen'.

„Welche Bank willst Du überfallen, Iota", scherzte er.

„Im Ernst, Mitso. Es geht um etwas sehr Delikates."

„Hey, Iota. Du kennst mich. Grosse Schnauze, aber wenn's drauf ankommt bin ich verschwiegen, wie ein Grab."

Er lachte.

„Genau darum geht's."

„Um meine Verschwiegenheit?"

„Nein, um ein Grab."

„Ein Grab? Was für ein Grab?"

Er wurde neugieriger.

„Eigentlich geht es um den Inhalt."

„Eine Leiche?"

„Eine Leiche. Ja. Ich bitte Dich darum, mir zu helfen, eine Obduktion zu veranlassen."

„Gab's die nicht schon von Amtes wegen?"

„Nein. Und der Mann ist auch schon zwei Jahre tot."

„Was hast Du denn für einen Anlass, die Leiche obduzieren zu wollen?"

Pass auf …", begann sie die Geschichte von Tasía zu erzählen.

Eine Stunde und drei Ouzo später ließ sich Mitso in den Sessel zurückfallen und seine Arme baumelten hilflos über den Armlehnen.

„Opopo!" rief er aus. „Das ist wohl das verrückteste, was ich in meinem Leben je gehört habe! Du bist Dir bewusst, dass wir mindestens unseren Job an den Nagel hängen können, wenn wir auffliegen. Wenn sie uns nicht gar ein paar Jahre gesiebte Luft atmen lassen."

„Bin ich mir, mein Freund, bin ich mir. Und trotzdem glaube ich, dass mein Plan keine große Sache ist."

„Du glaubst?", fragte er ungläubig.

„Ich bin mir sicher", korrigierte sie. „Ich habe schon einiges geprüft und es sollte nicht schwierig sein."

„Na ja. Deine Ausführungen klingen sehr logisch."

„Ich werde alles tun, um Spuren, die zu Dir führen könnten zu vermeiden oder zu verwischen. Das verspreche ich Dir, Mitso."

„Du vergisst, dass ich Kriminalbeamter bin, meine Liebe. Ich weiß sehr wohl, wie und wo man Spuren sucht. Wenn man was finden will. Und da ist der Punkt."

„Welcher Punkt?", fragte Iota.

„Oftmals will man nicht!"

Sie sahen einander an und begannen schallend zu lachen. Natürlich kannte auch Mitso den Schlendrian in der Verwaltung. Wie oft hatte er bei Ermittlungen damit zu kämpfen gehabt. Aber eben diese Desorganisation war ihre große Chance.

„Gib mir Zeit bis morgen früh, Iota. Okay? Ich muss mir ein paar Dinge überlegen."

„Natürlich. Du weißt, wie Du mich erreichen kannst."

Mitso klatsche in die Hände und stand auf.

„So, nun geht's aber ans Essen. Du musst vor Hunger sterben nach Deiner Himalaya-Tour."

Er lachte wieder über das ganze Gesicht.

„Darauf kannst Du wetten, mein Freund", nickte Iota.

„Ich hab Hühnchen im Ofen. Magst Du?"

„Noch eine solche Frage und Du bist Geschichte", lachte sie.

Kapitel 19

29. Juni 2006

Iota musste am nächsten Tag nicht lange auf Mitsos Anruf warten. Um zehn Uhr rief er sie an und erzählte ihr, dass er bereits Abklärungen getroffen habe.

„Das heißt, Du sagst zu!", rief Iota in den Hörer.

„Hast Du je daran gezweifelt?"

„Ich hätte es Dir nicht übel genommen, wenn Du mich gleich gestern verhaftet hättest", lachte sie.

„Kann ich ja immer noch. Wenn wir fertig sind", meinte er lakonisch.

„Auch wahr." Nach einer Pause fügte sie hinzu: „Ich denke, es ist für Dich besser, wenn Du Theo und Tasía nicht triffst. So kennst Du sie nicht und könntest später behaupten, sie nie gesehen zu haben."

„Komm schon, Iota. Ich bin ein bátsos, ein Bulle. Ich weiß genau, was ich tue. Darüber hinaus begehen wir kein Kapitalverbrechen, sondern täuschen nur eins vor, was zwar auch strafbar ist, aber nicht ganz so wild.

„Okay. Dein Wort in Justitias Ohr."

Mitso fuhr fort:

„Ich hab' die notwendigen Dokumente zusammengestellt, damit Du die DNA-Analyse durchführen lassen kannst. Ich bringe sie Dir gleich rüber. Es wird Aufregung geben, da unten. Mächtig viel Aufregung und eine Menge Gequatsche. Es muss so schnell, wie möglich über die Bühne, damit keiner auf die Idee kommt, hier in Athen genauer nachzufragen. Ich werde so viel wie möglich abfangen, um Dir Zeit zu geben."

„Großartig! Also bis gleich."

Eine halbe Stunde später klopfte es an Iotas Türe in der Gerichtsmedizin.

„Herein."

142

Mitso trat ein und grinste als er auf Iotas zuging.

„So, Frau Doktor. Hier die Papiere."

Er legte ihr einen gelben A4 Umschlag aufs Pult.

„Fantastisch. Danke Mitso. Sag mal, hast Du ausländische Wurzeln?"

„Ich? Wieso? Nicht dass ich wüsste."

„Na so schnell arbeitet doch kein Grieche", frotzelte sie.

„Ich werd Dich gleich verhaften!"

„Bitte", grinste Iota und hielt ihm die Arme mit einem breiten Grinsen hin.

‚Was für wunderschöne Augen!' dachte Mitso und einen Moment lang sahen sie einander schweigend an. In Iota regte sich plötzlich etwas, was sie nicht vermutet hätte. Sie verspürte für ihren Freund unerwartete Gefühle. Hatte sie sich von einem Moment auf den anderen doch in Dimitri verliebt? Verunsichert wischte sie den Gedanken beiseite und ließ die Arme sinken.

„Danke, Mitso", sagte sie beinahe kleinlaut und schlug verlegen die Augen nieder.

Mitso versuchte sein Erstaunen über Iotas Reaktion zu verbergen aber er fühlte, dass sich bei ihr etwas geregt hatte. War aus Freundschaft doch auf einmal Liebe geworden? Er war verwirrt und wechselte das Thema.

„Ehm… Übrigens gibt's da unten einen alten Bekannten von mir. Er wohnt glaube ich in … wie hieß es noch gleich … Misochora … Misochori … ja, Mesochori. Ein Kaff bei Pylos. Er war jahrzehntelang hier in Athen bei der Polizei im Archiv tätig."

Iota wusste nicht, ob sie über die Ablenkung froh sein sollte. Auch sie war durcheinander, aber es gab jetzt wichtigeres zu tun, als ihre Gefühle zu analysieren.

„Christos Kapiotis?", fragte sie.

„Ja, so hieß er wirklich. Christos Kapiotis. Aber genannt hat er sich Manos Kapiotis. Ich hab ihn mal bei ein paar Ouzos gefragt, woher der Name ‚Manos' denn käme und er erzählte mir, schon ziemlich betrunken, dass das sein Kampfname bei der ELAS gewesen sein. Hab ihm natürlich kein Wort geglaubt."

Iota überlegte.

„Du glaubst es besser, Mitso", sagte Iota bitter.

„Wie?"

„Manos Kapiotis war ziemlich sicher ein Kampfgefährte von Aris Velouchiotis und Spiro Safaridis, welcher die Großmutter von Tasía beim Massaker von Meligalá vergewaltigt hat. Nur, was für eine Rolle er gespielt hat, weiß ich noch nicht."

„Das glaub ich ja nicht. Manos ein ELAS Kämpfer in Meligalá?!"

Mitso war sichtlich erschüttert.

„Weißt Du jetzt, weshalb ich meinem Freund Theo helfe?", fragte Iota.

„Natürlich."

„Nein, weißt Du nicht! Denn meine Grosseltern stammen auch aus Meligalá. Sie haben das Massaker lediglich überlebt, weil sie gerade bei Verwandten in Kiparissia an der Westküste Messiniens waren. Viele meiner Verwandten wurden aber in Meligalá ebenfalls umgebracht! Deshalb!"

Mitso verstummte und sagte nach einer Weile:

„Ich beeile mich Iota. Und es tut mir leid."

„Schon gut, mein Freund. Du bist der einzige Mensch, dem ich es je erzählt habe. Nicht einmal Theo weiß davon. Und das heißt was."

Mitso schluckte ob dem Vertrauen, das sie ihm entgegenbrachte und er schaute sie vielsagend an.

„Iota … ich …"

Sie ließ ihn nicht ausreden. Sie war aufgestanden und ganz nahe zu ihm hingetreten. Nun legte sie ihm den Zeigefinger auf den Mund.

„Pst. Nicht jetzt, Mitso."

Er war wie erstarrt als sie den Finger wegnahm und ihn küsste. Es schien eine Unendlichkeit zu dauern bis sie sich wieder von ihm löste.

„Lass uns dies hier zuerst zu Ende bringen. Dann werden wir miteinander … reden, okay?", hauchte sie.

Er war noch immer wie vom Donner gerührt und stammelte „Endáxi".

Sie schenkte ihm ein Lächeln, wie sie es nie zuvor getan hatte und es war mehr als ein freundschaftliches.

„Ich muss mich beeilen, Mitso, wenn ich die Ergebnisse morgen haben will."

Es fiel auch ihr nicht leicht.

„Klar doch. Ruf mich an, wenn Du was weißt, ja?"

„Ich ruf Dich auf jeden Fall an", antwortete sie zweideutig und zwinkerte ihm zu, was ihn beinahe umhaute.

„In Ordnung. Ich warte darauf, Iota", er hatte sich etwas gefasst und drehte sich wie im Traum um und verließ wie trunken das Büro seiner Freundin. Seiner Freundin?

Iota Magiros schaute dem Mann nach, den sie über so viele Jahre zu schätzen gelernt hatte und seufzte, als er die Türe hinter sich zuzog ohne sich umzudrehen. Ein leises Lächeln huschte über ihr Gesicht bevor sie sich umdrehte und sich wieder an ihren Schreibtisch setzte.

„Los geht's!", sagte Iota leise vor sich hin.

Meligalá.

Nur ein Punkt auf der Landkarte aber ein Blutfleck in der Geschichte ihrer Familie. Auch Iota Magiros hatte ihre Gründe, dem verflossenen Spiro Safaridis auf die Spur zu kommen.

Zurück in ihrem Büro nahm Iota Magiros erneut das Telefon zur Hand und rief einen Mann im tiefen Süden des Peloponnes an. Theo Maroulis.

„Hallo Iota. Neuigkeiten?"

„Hallo Theo. Ja und zwar gute."

Sie klang trockener als sonst. Kein Witz auf den Lippen, keine kleinen Sticheleien, nichts. Er konnte jedoch nicht wissen, was Dimitri Nikopoulos, der Kommissar aus Athen, wusste. Nämlich, dass sich die Geschichte der zwei Frauen in seinem Leben – Tasía und Iota – kreuzen würde. Tasías Großmutter war eine geborene Magiros ebenso wie Iotas Großvater und Vater.

„Geht's Dir gut, Iota. Du klingst müde", fragte Theo etwas besorgt.

„Schon okay. Bin ich auch. Hab' sehr schlecht geschlafen letzte Nacht." Sie wartete, dann fuhr sie fort. „Mitso ist dabei. Ich habe absolutes Vertrauen in ihn." Sie betonte ‚absolutes', und das hieß etwas bei Iota. „Ich hab' die Papiere. Mitso hat alles besorgt."

„Guter Mann!"

„In der Tat, Theo. Anders als viele hier."

Hörte er da etwas Besonderes heraus? Er kannte ja ‚seine' Iota gut genug, um Stimmungen herauszuhören.

„Du magst ihn, richtig?", fragte er leise und ohne Ironie.

Iota schien zu überlegen. „Ja, ich mag ihn … und … ich … ich glaube mehr, als ich bisher gedacht habe."

Weshalb erzählte sie ihm das?

„Das ist schön, Iota."

Er freute sich ehrlich darüber, dass seine Verflossene sich offenbar wieder verliebt hatte aber Iota wollte im Moment nicht darüber sprechen und flüchtete sich in ihre ironische Art, mit einer unangenehmen Situation umzugehen.

„Lass das Gesäusel, Theo! Ich hab mir ein paar Tage frei genommen und werde übermorgen nach Pylos kommen. Dann können wir die Exhumierung durchführen lassen."

Theo war immer noch nicht wohl, dass er Iota und den Kommissar in die ganze Geschichte hineinziehen würde. Schließlich war es ja nicht deren Problem aber Iota fuhr fort.

„Zudem will ich die Frau kennen lernen, die mir mein halbes Leben versaut hat."

Sie musste lachen.

„Ich finde das keine gute Idee!", meinte er etwas verärgert.

„Komm schon, Theo. War nur Spaß. Ich möchte Dich wiedersehen und Tasía kennen lernen. Das bist Du mir wohl schuldig, meinst Du nicht?", sagte sie trotzig.

„Wenn Du meinst", seufzte er

„Ja, mein' ich!", antwortete sie bestimmt. „Kannst Du mir in Pylos ne Bleibe organisieren?"

„Klar. Das Hotel Karális ist ne gute Adresse. Es liegt etwa 100 Meter von der Platía auf der Strasse Richtung Gialova, gleich über dem Yachthafen. Hat ne traumhafte Sicht auf die Bucht von Navarino. Und der Polizeiposten ist auch gleich um die Ecke", scherzte er.

Aber Iota überhörte es. Für sie wurde nun aus Spaß bitterer Ernst. Was sie zu tun beabsichtigte, konnte ihre gesamte Existenz ruinieren.

„Schön. Also, dann treffen wir uns übermorgen um zwanzig Uhr in der Lobby treffen, okay?"

„Okay. Übermorgen um zwanzig Uhr in der Lobby."

„Ach Theo. Noch etwas."

„Ja?"

„Dieser Manos Kapiotis heißt eigentlich Christos Kapiotis. Und er war bei der ELAS. Manos war lediglich sein Kampfname." Theo blieb stumm. „Also bis übermorgen dann, Theo."

Sie hatte schon aufgehängt, bevor er noch etwas sagen konnte.

„Ein weiteres Puzzleteil", sagte Theo leise.

Was wusste der alte Kapiotis über die Vorfälle in Meligalá?

War er sogar daran beteiligt?

Theo wollte es Tasía sagen, wenn er sie übermorgen traf.

Kapitel 20

30. Juni 2006

Tasía wachte an jenem Morgen sehr früh auf. Es musste gegen sechs Uhr gewesen sein und schon hell. Sie drehte sich um und sah Jorgo leise schnarchend auf dem Rücken liegen. Dass sie vorgestern mit ihm geschlafen hatte, stimmte ihn milder und zuversichtlicher. Sie hatte sich alle Mühe gegeben, ihn zu befriedigen und es war ihr gelungen.

Als er dann eingeschlafen war, hatte sie sich ins Bad geschlichen und eine Viertelstunde lang geduscht. Sie hatte gewusst, dass er nicht mehr aufwachen würde und während der ganzen Zeit unter der Brause geweint, wie sie es schon lange nicht mehr getan hatte. Das letzte Mal vor achtzehn Jahren.

Nun sah sie auf den Mann, der sie all die Jahre begleitet hatte. Mit dem sie gelacht und geweint hatte und das Bett geteilt.

Er war ein Fremder. Und dieses Gefühl tat ihr leid. Er tat ihr leid.

Sie wusste in diesem Augenblick, dass sie ihn früher oder später verlassen würde, um zu Theo zu gehen. Es war kein Entschluss. Sie wusste es einfach.

Leise stand sie auf und nahm ihre Kleider mit aus dem Schlafzimmer. Sie kleidete sich im Gästezimmer nebenan an und lief in die Küche, um sich einen ellinikó zu brauen.

Sie wollte heute ihre Mutter besuchen. Jorgo war immer noch nicht mit dem Zaun fertig und so konnte sie unangenehmen Situationen aus dem Weg gehen.

Um sieben Uhr hörte sie Jorgo aufstehen und zur Toilette gehen. Ohne in die Küche zu schauen lief er zurück ins Schlafzimmer und zog sich an. Kurze Zeit später trat er fröhlich pfeifend in die Küche.

„Gut geschlafen, mátia mou?"

Sie saß am Tisch.

„Ja, danke. Und Du?"

Er trat auf sie zu und küsste sie aufs Haar.

„Blendend. Machst Du mir auch einen ellinikó?"

Tasía stand wortlos auf und bereitete einen griechischen Kaffee zu.

„Du arbeitest heute wieder am Zaun?", fragte sie beiläufig.

„Ja. Wird wohl den ganzen Tag dauern, denke ich", antwortete er.

„Macht es Dir etwas aus, wenn ich heute Morgen zu meiner Mutter fahre? Es geht ihr nicht so gut."

„Ist sie krank?"

„Ich glaube nicht. Aber etwas schlapp. Vielleicht kann ich ihr etwas im Haushalt helfen."

„Gute Idee. Sie wird sich sicher freuen. Grüss Sie von mir."

„Mach ich."

„Ach, Tasía, bist Du Mittags wieder da? Ich meine wegen dem Essen. Sonst geh ich zu meiner Mutter. Die hat immer was auf dem Herd."

Er schien bester Laune zu sein.

„Also. Wenn ich mich entschließen sollte, bei Mana zu bleiben, dann ruf ich Dich vorher an. Nimm doch dein kinitó mit zur Arbeit, ja?"

„Endáxi."

Es war mittlerweile schon gegen acht Uhr und Tasía schickte sich an zu gehen. Sie gab ihm einen Kuss auf die Wange und entschwand.

Eine Viertelstunde später erreichte sie Pidasos und ihr Elternhaus. Ihre Mutter war nicht im Garten und so ging sie die Treppe hoch in den Wohntrakt.

„Mana!", rief sie.

Keine Antwort.

Sie trat in den Flur und rief ihre Mutter erneut. Keine Antwort. Sie wurde unruhig. Das Haus offen und keine Mutter da?

„Hallo, jemand da?", rief sie nochmals.

Dann hörte sie ein Geräusch, das aus dem Schlafzimmer kommen musste. Die Tür war nur angelehnt. Vorsichtig öffnete sie sie und sagte leise nochmals den Namen der Mutter. Als die Türe offen war, erstarrte sie. Das Zimmer war ziemlich dunkel. Am Boden neben dem Ehebett kniete ihr Vater nur in einer Pyjamahose bekleidet und weinte lautlos. Es schüttelte den ganzen Oberkörper der über dem Bett lag. Tasía war verwirrt und trat leise ein.

„Papa? Was ist los?", fragte sie leise. „Wo ist Mana?"

Mit Tränen erstickter Stimme antwortete der alte Kiriakos.

„Sie ist hier, Tasía."

„Was ist los, Papa?"

„Deine Mutter ... ist tot, Tasía."

Er schluchzte. Sie war fassungslos und trat ans Bett. Sie sah ihre Mutter, wie wenn sie schlafen würde. Dann erkannte sie, dass sich die Bettdecke nicht mehr vom Atmen hob. Tasías Augen weiteten sich.

„MAAANA!", heulte sie auf und stürzte aufs Bett und umarmte den leblosen Körper ihrer Mutter. Tasía schluchzte hemmungslos und Ihr Vater legte den Arm um sie.

Das erste Mal seit vielen, vielen Jahren.

„Das kann doch nicht sein!!!", sie schaute zur Decke hoch, flehend.

„Es ist so, Tasía", sagte Panaiotis leise zu seiner Tochter.

Auf einmal schoss Tasía der Brief von iatrós Pavlopoulos durch den Kopf. Sie stürzte in den Flur und sah den Umschlag noch auf dem Tisch liegen. Hastig nahm sie den Inhalt aus dem geöffneten Brief. Es waren Resultate eines Labors in Athen.

Ihre Mutter hatte Krebs gehabt. Bauchspeicheldrüsen-Krebs. Deshalb hatte sie ihr die Geschichte von Großmutter aus Meligalá erzählt.

Sie wusste, dass sie bald sterben würde!

Sie ließ den Brief sinken und begann zu schluchzen. Ihr Vater kam aus dem Schlafzimmer und sie hielt ihm nur wortlos den Fetzen Papier hin.

Er nahm ihn aber verstand absolut nichts.

„Mana hatte Krebs", sagte sie leise.

„Wie?"

„Krebs! Krebs! Verstehst Du! Sie hatte Krebs! Und ich hab's nicht gewusst. Nicht gemerkt, wie weit es schon war! Was nützt mir die ganze Scheißausbildung als Krankenschwester, wenn ich nicht einmal …"

Sie tobte in ihrem Schmerz. Irrational.

„Tasía, ich verstehe nicht?", unterbrach sie Taki.

„Scheiße. Gar nichts verstehst Du! Du hast noch nie was verstanden!"

Sie war außer sich und brüllte ihren Vater hemmungslos an. Er sah sie entgeistert an. Dann – und das hatte er ein einziges Mal in ihrem Leben getan – gab er ihr eine Ohrfeige. Tasía verstummte sofort und sah ihren Vater entsetzt an. Sie begann erneut zu weinen und fiel in seine Arme.

„Deine Mutter hat mir gar nie etwas davon erzählt", sagte er leise.

„Sie … sie musste es auch erst seit kurzem gewusst haben. Der Brief lag vor ein paar Tagen schon hier, als ich sie besuchte. Du warst damals in Athen."

„Aber das kann doch nicht so schnell gehen?"

Er fasste es nicht.

„Hast Du nie gesehen, dass Mana dünner wurde, Papa?"

„Eh. Ja. Etwas abgenommen hatte sie schon, aber ich …".

Sie unterbrach ihn.

„Es war Bauchspeicheldrüsen-Krebs. Einer der aggressivsten Arten, die es gibt."

Der alte Kiriakos schwieg. Er starrte ins Leere. Der Brief glitt aus seiner Hand und flatterte auf den Boden. Dann lief Taki langsam Richtung Küche. Er setzte sich an den Esstisch und verbarg das Gesicht in seinen Händen. Ein weiterer Weinkrampf schüttelte ihn, als er Tasías Hand auf seiner Schulter spürte.

„Es tut mir leid, dass ich Dich so angebrüllt habe, Papa. Lipáme pára polí."

Er tätschelte ihre Hand, sah aber nicht zu ihr auf.

„Schon gut, mein Kind." Er schüttelte den Kopf. „Ich kann es einfach nicht glauben. Gestern Abend war sie noch fröhlich und jetzt ..." Er beendete den Satz nicht.

„Papa, Mana war eine starke Frau. Sie hätte sich nie etwas anmerken lassen. Sie spürte, dass es ihr nicht gut ging. Man entdeckt diese Art Krebs meist erst viel zu spät und er tötet in Monaten, wenn nicht Wochen. So muss es bei Mana gewesen sein. Und in ihrer Stärke hat sie alle Symptome überspielt."

„Aber wieso?", fragte Taki.

„Sie war so und Du weißt es."

„Ja. Sie war so, meine Eleni."

Die Tränen liefen ihm über die Wangen und sammelten sich auf seinen Lippen.

„Und was tun wir jetzt?", fragte er verloren.

„Wir müssen einen Arzt aus Methoni oder Pylos kommen lassen, der den Totenschein ausstellt. Mana war bei iatrós Pavlopoulos aus Methoni. Ich schaue, ob sie eine Visitenkarte hatte oder sonst seine Nummer aufgeschrieben."

Sie stand auf und schaute in der Küche umher. Sinnigerweise musste so etwas beim Telefon im Wohnzimmer sein. Ihre Mutter hatte eine gewisse Ordnung für Dinge. Da fand sie auch eine Visitenkarte. Sie wählte die Nummer des Arztes.

„Iatrío Pavlopoulos, Guten Tag", die Praxishilfe war noch gut gelaunt, denn es war zu früh für Patienten. Die kamen erst in einer halben Stunde.

„Guten Tag. Hier ist Tasía Safaridis. Mein Vater und ich haben soeben meine Mutter Eleni Kiriakos tot im Bett vorgefunden. Sie war bei iatrós Pavlopoulos in Behandlung."

„Ich stelle Sie durch", flötete die Assistentin.

„Né!", Ja! ,sagte der Arzt und wirkte etwas genervt, dass er schon vor Praxisöffnung gestört wurde. Als er jedoch von Tasía erfuhr was geschehen war, lenkte er sofort ein. „Ich komme sofort!"

Der Arzt war in einer Viertelstunde bei ihnen. Er drückte sein tiefstes Bedauern aus. In einer Hand hielt er einen Briefumschlag und zögerte.

„Hier, der war für ihre Mutter. Ich werde sie nun untersuchen und den Totenschein unterschreiben, wenn es ihnen recht ist."

Er hatte sich an Tasía gewendet, da er wusste, dass sie Krankenschwester war. Sie nickte und der Arzt verschwand im Schlafzimmer.

Unschlüssig drehte Tasía den Umschlag in ihren Händen umher. Dann beschloss sie, ihn zu öffnen. Ihr Vater stand nur hilflos da. Sie überflog den Inhalt. Von einem Labor in Athen. Sie hatte Recht gehabt. Es war Pankreas-Krebs gewesen. Sie schaute ihren Vater an.

„Es war, wie ich vermutet hatte."

„Was ändert das", sagte er trocken.

„Nichts", fügte sie hinzu.

Sie warteten, bis der Arzt fertig war, ihnen eine Kopie des Totenscheins aushändigte und sich verabschiedete, nicht ohne ihnen nochmals sein herzlichstes Beileid auszudrücken. Sie standen eine Weile stumm da, bis Tasía das Schweigen brach.

„Papa, ich muss Jorgo anrufen und es ihm sagen."

Er schaute sie lange an.

„Ich weiß. Ich setze mich zu Deiner Mutter."

Sie nickte und ging hinaus auf die Veranda.

Als erstes rief sie Theo an. Auf dem Festnetz.

„Mein Gott, Tasía. Es tut mir ja so leid. Ich komme zu Dir."

„Nein. Bitte nicht. Mein Vater ist auch hier. Er hat sie ja gefunden. Und nun muss ich auch noch Jorgo Bescheid geben. Er wird kommen. Dann darfst Du nicht hier sein. Bitte verstehe. Ich brauchte Dich, aber es geht nicht!"

„Ich verstehe. Was kann ich für Dich tun?"

„Ist Deine Mutter da?"

„Ja."

Er rief sie und sie eilte herbei. Er reichte ihr den Hörer.

„Mana, es ist Tasía. Eleni ist gestorben."

Athina nahm hastig das Telefon.

„Tasía, Kind. Was ist geschehen?", fragte sie entsetzt.

Tasía schluchzte.

„Kannst Du bitte vorbeikommen. Ich ... wir sind völlig überfordert."

„Ich bin gleich da."

Sie legte auf. „Theo, bitte fahr' mich zu Tasía."

Er stand schon parat.

Ein paar Minuten später bremste Theo den Pick-Up langsam herunter und hielt direkt hinter Takis Auto. Athina sah ihren Sohn an.

„Du weißt, dass Du wieder gehen musst."

Es war keine Frage.

„Ja", nickte er kurz. „Ruf mich an, wenn ich etwas tun kann. Ich bleibe zuhause."

„Gut", sagte sie beim Aussteigen.

Sie sah am Haus hoch. Tasía stand auf der Veranda und blickte nach unten. Theo lehnte sich aus dem Autofenster und sah Tasía ebenfalls. Ihre Blicke trafen sich stumm. Dann wendete er den Pick-Up und brauste davon. Zuhause angekommen informierte er Iota Magiros in Athen über das Geschehene. Sie würde trotzdem nach Messinien kommen.

Athina war in Windeseile die Treppe nach oben gelaufen und nahm Tasía in ihre Arme.

„Panagía mou, was ist passiert, Tasía!"

Sie war immer noch fassungslos.

Tasía erklärte, was geschehen war.

„Sie hatte Krebs? Und niemand hat etwas gewusst?! Hat sie mit Dir nicht gesprochen?", fragte Athina erstaunt.

„Als ich vor ein paar Tagen bei ihr war, sagte sie mir, dass sie etwas müde sei. Sie hatte in letzter Zeit auch etwas abgenommen. Aber ich hab' mir nichts dabei gedacht." Sie schluchzte wieder. „Sie hat noch einen Witz darüber gemacht, als ich sie darauf ansprach."

„Aber dass das so schnell ging!?", meinte Athina.

„Es war Pankreas-Krebs. Bauchspeicheldrüse. Der ist äußerst aggressiv."

Athina schüttelte nur den Kopf.

„Tasía. Gibt es Leute, auf die wir warten müssen?", fragte sie.

Tasía wusste, was sie meinte.

„Nein", sagte sie traurig.

„Wir werden Deine Mutter heute beerdigen müssen, mein Kind", sagte sie traurig.

Es war schon das dritte Mal für Athina in so kurzer Zeit.

Tasía sah sie lange an und nickte.

„Ich bin Dir sehr dankbar für Deine Hilfe, Athina. Es muss Dir schwer fallen in Deiner eigenen Trauer um Deinen Mann und Deinen Sohn."

„Ilias und Yanni sind bei mir, mein Kind. Nur ihre Hülle habe ich beerdigt", lächelte sie. „Und Eleni war auch wie eine Schwester für mich. Ich habe sie sehr gemocht und wir ließen uns unsere Freundschaft durch den Zwist unserer Männer nie zerstören."

„Was muss ich jetzt tun?", fragte Tasía hilflos.

„Ich werde zuerst Papa Nico informieren, dass er Kirche und Grab vorbereiten lassen kann. Dann werden wir Eleni waschen und einkleiden. Weißt Du, wo sie ihren Hochzeitskranz hatte?"

Tasía zuckte mit den Schultern.

„Ich werde ihn suchen, während Du Papa Nico anrufst."

„Endáxi. Ich rufe dann noch Panaiota Makropoulos an. Sie wird die Klageweiber organisieren. Den Rest kennst Du ja."

Tasía nickte wieder.

„Was machen wir mit Papa?"

„Wie geht es ihm?", fragte Athina zurück.

„Er ist zuerst zusammengebrochen und hat sich dann wieder gefasst. Er begreift es noch nicht. Im Moment ist er bei Mana im Schlafzimmer."

„Hast Du Deinen Mann informiert, Tasía?"

„Ja. Er sollte jeden Moment hier sein."

„Gut. Er kann sich um Deinen Vater kümmern, während wir Deine Mutter schön machen."

Es war liebevoll gemeint. Ja, sie würden Eleni für ihre letzte Reise schön machen. Tasía traten wieder Tränen in die Augen und nun weinte auch Athina. Die beiden Frauen nahmen einander in die Arme. Dann löste sich Athina wieder und schaute Tasía sanft an.

„Komm, mein Kind. Lass uns an die Arbeit gehen."

Die jüngere nickte traurig.

„Papa?"

Taki sah auf. Er war neben Eleni gekniet und hatte gebetet. Er war nie fromm gewesen. Aber jetzt betete er.

„Athina ist da. Wir werden Mana jetzt vorbereiten."

Taki wusste, dass seine Frau noch heute beerdigt werden würde und er kannte die Prozedur ungefähr. Er wusste auch, dass dies die Frauen machten. Langsam stand er auf und lief schleppend zur Tür. Er war gebrochen. Tasía nahm ihn in die Arme. Ihre jahrelange Zwistigkeit war für einen Augenblick wie weggeblasen. Sie waren sich einig in der Trauer um Eleni.

„Ich habe Jorgo angerufen. Er sollte jeden Moment da sein. Er wird Dir beistehen, wenn wir …"

„Danke, mein Kind. Ich weiß schon. Ich werde in die Küche gehen und warten", unterbrach er sie und löste sich von ihr. Er drückte ihre Hand kurz und lief über den Flur in die Küche. Sehr langsam. Seine Augen waren gerötet vom Weinen.

Tasía schaute ihrem Vater traurig nach. Dann folgte sie ihm.

„Papa?"

Er wollte sich gerade an den Tisch setzen und schaute nur zurück.

„Weißt Du, wo Manas stefáni ist?", fragte sie leise nach dem Hochzeitskranz ihrer Mutter.

Er überlegte kurz.

„Ich glaube, sie hat ihn immer im Kleiderschrank zuoberst bei der Bettwäsche aufbewahrt in einem Plastiksack."

Tasía nickte nur stumm und lief zurück ins Schlafzimmer ihrer Eltern. Sie fand den Kranz, der bei der Hochzeit über die Häupter der Brautleute gehalten wird. Er wird bei Frauen eigentlich als Jungfrauenkranz bezeichnet. Stirbt eine unverheiratete Frau, so wird ihr der Kranz auf den Kopf gelegt. Verheirateten Frauen legt man den Kranz einfach bei.

Athina hatte unterdessen Papa Nico erreicht und er würde die Beerdigungszeremonie vorbereiten.

Panaiota Makropoulos war entsetzt über den Tod der Frau, die gut zwanzig Jahre jünger als sie war. Sie versprach, die Klageweiber sofort zu organisieren. Es waren zehn Frauen, die diese Aufgabe üblicherweise übernahmen.

Das ganze Dorf war in Aufruhr, denn die Kunde von Elenis Tod hatte sich wie ein Lauffeuer verbreitet. War ein Fluch über diesen beiden Familien, von denen der eine Sohn sich vor vielen Jahren so schändlich aus dem Staub gemacht hatte, wie ein paar alte Klatschweiber unkten?

Jorgo Safaridis war mittlerweile auch angekommen. Katharina Safaridis, Jorgos Mutter, war mitgekommen. Tasía hatte sich mit beiden Schwiegereltern nie sonderlich gut verstanden, aber man hatte auch keinen Streit. Es war einfach keine ausgeprägte Herzlichkeit zwischen ihnen entstanden.

Vermutlich spürte Katharina auch, dass Tasía ihren Sohn nicht so liebte, wie er sie.

Trotzdem war sie es ihrer Schwägerin schuldig, diesen letzten Dienst zu erweisen und bei der Vorbereitung zu helfen.

Jorgo und seine Mutter traten in den Flur des Hauses Kiriakos, nachdem sie angeklopft hatten.

Tasía und Athina waren dabei, Eleni zu waschen. Sie schauten einander nur kurz an und Athina nickte ihr zu.

„Geh nur, mein Kind."

Schweren Schrittes verließ Tasía den Raum und begrüßte Mann und Schwiegermutter.

„Danke, dass ihr gekommen seid."

Jorgo nahm seine Frau in den Arm aber sie erwiderte seine Zärtlichkeit nur zögernd und widerwillig.

„Jorgo. Mein Vater ist in der Küche. Würdest Du Dich bitte um ihn kümmern?"

Er nickte stumm und ging in die Küche. Er war auch etwas ratlos.

„Würdest Du uns helfen, meine Mutter anzuziehen, Katharina?", wandte sie sich an die Schwiegermutter.

Katharina Safaridis war eine zierliche Frau mit schwarzen Knopfaugen und kurzem dunkelbraunem Haar. Sie war bereits in Schwarz gekleidet und schaute Tasía an. Ihre Traurigkeit war ehrlich. Obwohl sie wusste, dass Tasía ihren Sohn nicht liebte, wie sie sich das gewünscht hatte, so mochte sie doch Eleni als Frau und Schwägerin, auch wenn sie nie viel Kontakt gehabt hatten.

„Gerne, mein Kind", sagte sie leise zu Tasía und nahm ihre Schwiegertochter in die Arme. Von ihr ließ es sich die junge Safaridis gefallen und sie drückte die zierliche Frau leicht.

„Danke, Katharina. Ich weiß es sehr zu schätzen, dass Du mitgekommen bist."

Katharina lächelte.

„Ich mochte Deine Mutter sehr, Tasía. Auch wenn wir nie viel miteinander zu tun hatten."

„Ich weiß, Katharina. Komm!"

Sie führte die Alte ins Schlafzimmer.

Jorgo hatte sich inzwischen um den apathischen Schwiegervater Taki gekümmert. Er war mit einer Flasche Tsipouro zu ihm gesessen und die Männer tranken schweigend ein Glas. Taki starrte auf die Tischplatte.

Nach einer Weile sagte Taki ohne aufzusehen:

„Danke, Jorgo, dass ihr gekommen seid, Du und Katharina."

„Das ist doch selbstverständlich", antwortete er leise.

„Vielleicht", seufze Taki.

„Tasía soll solange bei Dir bleiben, wie es nötig ist, Taki. Ihr braucht einander jetzt."

Der alte Kiriakos schaute erstaunt auf. Er hatte nicht so viel Verständnis von Jorgo erwartet.

„Du warst meiner Tochter immer ein guter Mann, Jorgo. Dafür danke ich Dir."

Kam jetzt ein ‚Aber'? dachte sich Jorgo.

Es kam keins und er war erleichtert, so verunsichert, wie ihn die ganze Situation hatte.

Die Klageweiber saßen im Schlafzimmer um Elenis Bett und weinten um die Tote. Diese Frauen übernehmen eine wichtige Funktion, denn sie sind wie ein Sprachrohr für die Hinterbliebenen.

Sie weinen nicht nur, sondern schreien, kreischen, raufen sich die Haare und drücken damit das ganze Entsetzen über den Tod des Menschen aus, der vor ihnen liegt. Die ganze Welt soll davon erfahren. Leute, verwandt oder nicht, eilen in Scharen herbei, um zu kondolieren und das Klagen der Weiber springt wie ein Funke auf die Trauergemeinde über.

Elenis sterbliche Überreste mussten bei dieser Hitze schnellstmöglich unter die Erde gebracht werden. Keine Zeit, still zu trauern und Abschied zu nehmen. Dies musste alles erst später geschehen.

Um vier Uhr setzte sich der Trauerzug mit Elenis Sarg Richtung Friedhof in Bewegung. Es war ein langer Zug, der sich vom Haus der

Familie Kiriakos bis zu Dorfeingang erstreckte. Die Verstorbene war sehr beliebt gewesen.

Theo wartete bei der Kirche.

Er hatte sich widerstrebend zurückgenommen.

Als Tasía am Arm ihres Vaters vorbeilief, wechselte sie mit Theo nur einen kurzen Blick, was ihr Mann Jorgo, der hinter ihr ging, nicht bemerkte. Taki schaute nur leer geradeaus. Theo ließ den Trauerzug in die Kirche gehen und stellte sich ganz hinten neben die offene Türe. Das Gotteshaus war übervoll und viele Trauernde mussten draußen bleiben.

Nach dem Abschied durch Papa Nico wurde   Eleni würdevoll zur letzten Ruhe gebettet. Traditionell wurden Trauben mit Brotkrumen verteilt.

Theo wusste nicht recht, wie er sich verhalten sollte, beschloss aber, sich abseits zu halten. Er wollte Taki auf keinen Fall mit seiner Präsenz konfrontieren. Sicher nicht hier und jetzt!

Er sah seine Mutter Athina, wie sie ihm beipflichtend zunickte. Sie fand es gut, dass Ihr Sohn sich zurückhielt.

Die letzten Trauergäste verließen den Friedhof und Jorgo Safaridis hatte Theo im Vorbeigehen einen ernsten Blick zugeworfen. Die Situation war sehr delikat. Als Athina an ihm vorbeilief, zupfte sie ihren Sohn an der Hose und sagte.

„Komm, Theo."

Er sah, wie Taki und Tasía noch am Grab standen und auf den Hügel starrten, unter dem die Frau lag die beide so sehr geliebt hatten.

„Nein", erwiderte Theo leise.

„Komm!", zischte Athina und zupfte ihn wieder.

Er sah sie an.

„Nein, Mutter!", antwortete er ruhig und lief langsam zu Tasía und Taki ans Grab.

Athina sah ihm entsetzt nach.

Theo stellte sich hinter Taki.

„Ich möchte mich auch von Eleni verabschieden", sagte er leise.

Vater und Tochter hatten ihn nicht kommen gehört. Tasía zuckte zusammen, blickte entgeistert zurück und sah Theo mit weit aufgerissenen Augen an.

Taki hob langsam den Kopf ohne sich umzudrehen. Er blickte einen Moment geradeaus und tat dann einen Schritt zur Seite, sodass eine Lücke zwischen ihm und seiner Tochter entstand.

Wortlos machte Theo einen Schritt vor und stellte sich zwischen Taki und Tasía.

Er legte seine Hände übereinander und alle dreischauten stumm auf Elenis Grab.

Tasía und Theo zuckten unmerklich zusammen, als Taki nach einer Weile ruhig zu reden anfing.

„Ich bedaure den Tod Deines Vaters und Deines Bruders, sowie du den meiner Frau."

Die beiden Jungen waren sprachlos, aber er fuhr ruhig fort:

„Und ich danke Dir, dass Du gekommen bist, um von meiner Frau Abschied zu nehmen."

Theo sagte nichts. Nach einem kurzen Moment atmete Taki durch.

„Ich bitte Euch beide um Verzeihung", fügte er bei. Er drehte sich nun zu Theo und Tasía um und schaute sie abwechselnd an. „Ich habe Euch Schlimmes angetan und meine Eleni hat es gewusst und mir gesagt. Aber ich wollte nicht hören." Sagte er bitter und schaute wieder zu Elenis Grab. „Verzeih mir, Eleni!"

Er schwieg kurz.

„Gott hat nun meine Eleni zu sich genommen und mir bedeutet, was ich immer wusste. Dein Vater, Theo, und ich haben vor langer Zeit beschlossen, dass ihr zwei zusammenkommen sollt. Eure Liebe hat gezeigt, dass der Herr dies auch so gewollt hat. Und trotzdem habe ich Euch wieder auseinander gerissen und mich versündigt, weil ich ein Narr war in meinem Anspruch, über Euer Leben bestimmen zu dürfen." Er schwieg kurz und fügte dann bei: „Ich bitte Euch deshalb um Verzeihung."

Taki drehte sich schweigend um, sah Theo und Tasía lange an und lief langsam zum großen, geöffneten Eisentor des Friedhofs hinaus.

Theo und Tasía waren verstummt und schauten immer noch auf den frischen Erdhügel.

Dann drehte sich Tasía um und blickte Theo lange an. Er hatte Tränen in seinen Augen. Dann folgte sie ihrem Vater. Theo blieb stehen.

Es mussten mindestens fünf Minuten gewesen sein, als auch der junge Maroulis sich aufraffte, den Ort zu verlassen.

„Auf Wiedersehen, Eleni", sagte er traurig und ging.

Kapitel 21

30. Juni 2006

Schweigend saßen Tasía und Taki am Küchentisch ihres Hauses. Die letzten Trauergäste waren noch nicht lange fort und es war gegen zehn Uhr abends.

Vater und Tochter waren erschöpft vom ganzen Trubel und froh für sich zu sein. Sie hatten ein Glas Wein vor sich zu stehen.

„Papa", begann Tasía, „Mana hat mir ihre Geschichte erzählt, vor sie starb."

Taki schaute vom Tisch auf und blickte seine Tochter fragend an. Dann nickte er wissend.

„Das ist gut so", murmelte er und schwieg dann wieder.

Tasía drehte nervös das Glas in ihren Fingern und der Vater bemerkte es. Er blickte sie ernst an. Er wusste, dass noch etwas kommen würde.

„Papa, ich kann nicht mehr bei Jorgo bleiben."

Sie sagte es beinahe unhörbar, denn sie fürchtete seine Reaktion. Doch die war anders.

„Ich weiß, Tasía", sagte er seufzend.

Sie starrte ihn an.

„Was meinst Du mit ‚Ich weiß'?"

„Ich weiß, dass Du Jorgo verlassen wirst."

„Aber Du weißt nicht, weshalb", ergänzte sie leise.

„Doch, Tasía." Er sah sie traurig an. „Nur zu gut, mein Kind, nur zu gut."

Sie schaute ihren Vater verständnislos an.

„Es ist nicht wegen Theo, wenn Du das meinst", sagte sie und fügte kleinlaut bei. „… nicht nur."

„Ich weiß, Tasía."

„Würdest Du bitte nicht in Rätseln mit mir reden, Vater!" sie wurde etwas ärgerlich.

„Auch ich kenne die Geschichte Deiner Mutter, wie Du sicherlich weißt. Aber ich weiß noch mehr."

Sie starrte ihn an.

„Was mehr?", sie wurde ungeduldig.

„Der Vater Deiner Mutter war auch der Großvater deines Mannes, Tasía. Deshalb! Jorgo und Du ihr habt gleiches Blut! Spiro Safaridis hat Deine Großmutter vergewaltigt und dabei Deine Mutter gezeugt!"

Er wurde ernster und Tasía spürte, dass alles wieder in ihm hoch kam.

„Du hast das herausgefunden? Wie?", rief Tasía und er wunderte sich darüber, dass sie nicht sogleich explodiert war. Er ignorierte ihre Frage nach dem Wie und stellte seinerseits die Frage, weil er verblüfft war:

„Aber wieso bleibst Du so gleichgültig?"

„Weil ich es auch herausgefunden habe, Papa!"

Taki fiel das Kinn nach unten.

„Du hast was?!", fragte er laut.

Tasía erzählte ihm die ganze Geschichte.

„Dann war alles richtig, was er mir erzählt hatte", murmelte Taki vor sich hin, als Tasía fertig war.

„Was meinst Du damit, Papa?"

Er seufzte. Es war ihm nun auch egal, wenn Tasía seine Geschichte mit Spiro Safaridis erfahren würde.

Er atmete kurz durch.

„Es ist eine lange Geschichte, Tasía. Am Ende wirst Du mich vielleicht hassen", sagte er ängstlich.

„Ich habe Dich nie gehasst und werde es auch nie tun. Du bist mein Vater!", protestierte sie.

„Aber Du verachtest mich dafür, was ich Dir … und Theo angetan habe", er sah sie erwartungsvoll an.

„Ich war sehr, sehr lange Zeit auf Dich wütend über das, was Du uns angetan hast. Und eigentlich auch Jorgo."

Er nickte.

Panaiotis Kiriakos erzählte seiner Tochter, wie er vor vielen Jahren von einem Mann in Athen angesprochen worden war. Dieser Mann musste ihn kennen, aber er kannte ihn nicht.

„Es war vor etwa drei Jahren. Ich musste geschäftlich nach Athen und in der Plaka sprach mich dieser wildfremde Mann mit meinem Namen an. Natürlich war ich neugierig, woher er mich kannte und wir gingen in ein kafeníon. Er erzählte mir von Meligalá und von den Leuten, die da gewütet haben. Als er den Namen Spiro Safaridis erwähnte, wurde ich natürlich hellhörig. Er erzählte mir auch von einem Manos Kapiotis und einem Stavros Laris."

Er machte eine Pause. Tasía starrte ihn gebannt an.

„Und dann erzählte er mir von der Vergewaltigung Deiner Großmutter Elefteria und wie er davon von diesem Manos Kapiotis erfahren hatte. Zum Schluss machte er mir ein Angebot."

„Ein Angebot?"

„Ja. Er erzählte mir, dass auch er und seine Familie Opfer der andártes gewesen war. Allerdings in den Bergen von Epirus, wo es sehr schlimm gewesen sein muss. Er sprach von einem Geheimbund, der sich geschworen hatte, diese Verbrecher, welche man teilweise nie vor Gericht hatte ziehen können und die manchmal in höchsten Ämtern waren, zur Rechenschaft zuziehen. Er bot mir an, beizutreten."

„Einem Geheimbund?"

„Ja. Sie nenne sich Stavrophorí."

„Kreuzritter?"

„Ja. Außer dem Mann, der mich angesprochen hatte, kenne ich niemanden. Er versorgte mich mit allen Informationen über Spiro Safaridis und ich war zum Schluss überzeugt, dass er der Mann war, der Deiner Großmutter und Mutter so viel Leid angetan hatte. Der Mann – er nannte sich Baras - überließ es mir, zu tun, was ich für richtig hielt."

Taki atmete schwer.

„Hast Du den alten Safaridis umgebracht, Vater?"

Tasía war fassungslos.

„Ja, Tasía. Ich habe ihn vor zwei Jahren an seinem fünfundachtzigsten Geburtstag vergiftet."

„Aber dass das nie jemand gemerkt hat?", wandte Tasía ein.

„Es war ein südamerikanisches Gift, das sich praktisch nicht nachweisen lässt. Es tötet innerhalb weniger Tage. Ich hatte es von Baras bekommen."

„Mein Gott!", stöhnte Tasía.

„Jetzt wirst Du mich vielleicht hassen", sagte er traurig.

Sie nahm seine Hand und schaute ihn eindringlich an.

„Nein, Papa. Spiro Safaridis hat Verbrechen begangen und ich verstehe, weshalb Du es getan hast."

Taki blickte seine Tochter traurig an.

„Bist Du sicher?"

„Ja."

Er war sehr erleichtert.

„Hat Mana davon gewusst?"

„Nein!", rief er.

Sie nickte.

„Und was nun, Papa?"

„Ich werde mich der Polizei stellen. Dann wird der Alte nochmals ausgegraben und ihr könnt beweisen, dass er auch Dein Großvater war und Du deshalb nicht mit Jorgo verheiratet sein darfst. Dann bist Du frei für Theo."

„Das wirst Du nicht!", protestierte Tasía.

„Jetzt, wo Eleni tot ist, ist mir auch alles egal", sagte Taki lakonisch.

„Ich Dir auch?"

„Nein, natürlich nicht. Aber wie sollte es anders gehen?"

Tasía erzählte ihm erst jetzt vom Plan, den sie hatten.

„Oh, Kind. Soviel Mühe und Gefahren. Das muss nicht sein. Lass mich zur Polizei gehen und das regeln."

„Ich will das aber nicht!", wandte sie ärgerlich ein. „Ich habe so-eben meine Mutter beerdigt und will nicht auch noch Dich verlieren, Papa!"

Der alte Mann seufzte.

„Kann ich mit Theo reden?", fragte sie ihn.

„Natürlich. Ruf ihn an und sag ihm, er solle herkommen. Was hast Du übrigens Jorgo gesagt?"

„Ich habe ihm gesagt, dass ich die nächsten Tage bei Dir bleiben werde."

„Gut. Dann ruf Theo an, mein Kind, aber erst morgen früh. Ich muss mich hinlegen. Ich könnte jetzt nicht weiterreden."

Taki war erschöpft.

Tasía überlegte.

„In Ordnung, Papa. Du hast Recht. Es hat noch bis morgen Zeit. Brauchst Du ein Schlafmittel? Ich habe welche dabei."

„Lass nur. Ich werde schon schlafen können. Ich hatte ja auch schon etwas Wein." Er stand auf, küsste Tasía auf die Stirn und sagte leise: „Gute Nacht, Tasía."

„Gute Nacht, Papa."

Tasía saß noch eine Weile in der Küche und schaute sich traurig um. Ihre Mutter würde nie mehr an jenem Herd für sie Kaffee kochen und nie mehr würden sie an diesem Tisch sitzen und zusammen so herzlich lachen.

Sie spürte, wie ihr die Tränen über die Wangen liefen. „Mana mou!", schrie es in ihr.

Langsam stand sie auf, lief auf die Veranda und rief Theo an. Es war kurz nach Mitternacht.

Sie erzählte ihm alles und bat ihn am nächsten Morgen bei ihnen vorbei zu kommen. Auch sie brauchte Schlaf, den sie vermutlich nicht finden würde.

Als sie zurück in die Wohnung kehrte, sah sie den Schatten nicht, der sich neben der apothíki bewegte. Und sie hörte auch den Motor des Autos nicht mehr, das ein paar Meter neben der Einfahrt geparkt war und nun beinahe geräuschlos in Richtung Pylos davonfuhr.

Kapitel 22

1. Juli 2006

Theo war verständlicherweise schon früh wach. Es war kurz nach Sieben, als er ohne Wecker aufwachte. Diesmal brauchte er nicht lange, um sich aus dem Bett zu wälzen und sich anzuziehen.

Seine Mutter war wiederum schon in der Küche, als er eintrat und sie sah sein sorgenvolles Gesicht.

Was sollte er ihr sagen?

Wie viel durfte er ihr sagen?

Er entschloss sich, sich unwissend zu stellen, um sie nicht zu beunruhigen.

„Guten Morgen", er gab ihr einen Kuss auf die Wange.

„Schon so früh auf?", wunderte sie sich.

„Ja", seufzte er.

„Setz Dich. Ich mach Dir einen Kaffee."

„Danke, Mana."

Seine Gedanken waren schon bei Tasía. Und Taki.

„Mana, Tasía hat mich angerufen."

Sie drehte sich um und kniff die Augen zusammen.

„Sie und ihr Vater haben mich gebeten, zu ihnen zu kommen."

„Taki hat was?", fragte sie ungläubig.

„Ja. Sie und Taki. Ich habe keine Ahnung, was sie wollen. Sie müssten etwas mit mir besprechen."

Ihre Augen wurden noch enger. Was war da los? Sie brachte ihm den Kaffee und setzte sich zu ihrem Sohn.

„Was ist los, Theo?"

„Ich sag ja. Ich hab keine Ahnung."

Er hasste es, seine Mutter belügen zu müssen.

„Wenn Du meinst", sagte sie etwas beleidigt.

„Ich werde es Dir erzählen, wenn ich etwas Neues weiß, Mana", beschwichtigte er und trank seinen Kaffee aus. „Aber ich muss jetzt los."

„Um diese Zeit?", fragte sie.

„Ja", sagte er nur kurz und verabschiedete sich.

Athina blieb grübelnd am Tisch sitzen.

Theo lief das kurze Stück. So konnte er noch etwas frische Luft atmen. Er versuchte, Ordnung in seine verwirrenden Gedanken zu bringen.

Sein Vater tot. Sein Bruder tot. Und jetzt Eleni. Dann der alte Safaridis, den Taki umgebracht hatte. Tasías unmögliche Ehe mit Jorgo.

Es war wie in einem schlechten Film.

Und doch Realität. Und sie mussten damit umgehen.

Als er bei der Einfahrt des Hauses der Familie Kiriakos ankam, blieb er kurz stehen und sah sich um. Vor langer Zeit hatte der Mann, der ihn nun eingeladen hatte, sein Schicksal zu teilen, ihn wie einen Hund vom Hof gejagt.

Aber das war Vergangenheit.

Nur - hatten sie eine Zukunft?

Wenn ja. Was für eine?

Er atmete tief durch und ging die Treppe hoch. Dabei stolperte er über ein kleines, verschnürtes Päckchen und es fiel ein paar Stufen hinunter. Er bückte sich, nahm es an sich und betrachtete es kurz. Es stand etwas auf dem Packpapier.

„Eleni".

Langsam und etwas unsicher schritte er auf die Haustüre zu. Sie war nicht offen. Er klopfte zögerlich zwei, drei Mal.

Nach einem kurzen Moment öffnete ihm Tasía.

Sie schauten einander nur kurz an und gingen schweigend ins Haus. In der Küche drehte er Tasía um und nahm sie in den Arm. Sie sah an ihm hoch und bedeutete ihm, sich zu setzen.

„Wie geht es Dir, mátia mou?", fragte er leise.

„Wie soll's mir schon gehen, Theo", seufzte sie.

„Und Dein Vater?"

„Er schläft noch."

Er hatte das gefundene Päckchen auf den Tisch gelegt.

„Das lag auf der Treppe."

Tasía setzte sich und schaute es an. Sie sah die Aufschrift auch und runzelte die Stirn. Dann stand sie auf und holte eine Schere. Das Päckchen war mit Hanfschnur sorgsam verpackt. Wie ein Geschenk.

Zögernd durchschnitt sie die Schnur und packte den Inhalt aus. Es war ein Buch. Kein gedrucktes. Mehr ein Tagebuch oder so was.

Sie öffnete den Deckel. Die erste Seite war leer.

Auf der zweiten begannen handschriftliche Eintragungen mit Datum.

Es war ein Tagebuch.

Es begann im Januar 1944.

Tasía schaute zu Theo auf und blätterte weiter.

Als sie zum September 1944 kam hielt sie inne.

Es wurde ihr klar wessen Tagebuch es war.

Das eines ELAS Soldaten. Eines andártos.

Manos Kapiotis.

Sie fand schnell die Stellen mit den Ereignissen in Meligalá und las.

Plötzlich erstarrte sie.

Kapiotis hatte geschrieben:

„…Das Gemetzel war schrecklich. Spiro Safaridis befahl uns, ein Haus zu durchsuchen und wir fanden eine Familie. Vater, Mutter und eine erwachsene Tochter. Sie hießen, glaube ich Magiros. Safaridis behandelte sie wie Dreck und das Schwein vergewaltigte das Mädchen. Stavros musste dann die Alten erschießen…

Tasía schaute zu Theo und hielt ihm das Buch hin.

„Da!", sagte sie und tippte auf die Seite.

Theo las den Text und blickte Tasía nur an.

„Das ist der Beweis, Tasía!"

Sie nickte nur stumm.

„Aber noch keiner, dass er mein Großvater war."

„Das ist richtig. Aber meinst Du nicht, dass das Jorgo genügen würde?"

„Ich weiß es nicht."

„Aber wir haben das Foto, die Liste von Tsapis, das Tagebuch von Kapiotis!", erwiderte er.

„Vielleicht reicht ihm das", sagte sie. „Und wenn nur aus Angst, dass die Familie in Verruf geraten könnte."

„Genau. So könnten wir auch Iota und ihren Freund von der Polizei aus dem Spiel lassen."

Tasía nickte nachdenklich.

Ich werde Vater wecken und mit ihm reden.

Taki war noch etwas benommen, als seine Tochter ihn weckte. Alles war irgendwie taub in ihm. Er war sich plötzlich wieder bewusst geworden, dass seine Eleni nicht mehr da war und was er mit Tasía geredet hatte.

Er beeilte sich, seine Kleider anzuziehen und wankte in die Küche. Er versuchte sich zusammen zu reißen.

Theo stand auf, als er Taki sah aber der machte nur eine Handbewegung, er solle sitzen bleiben.

„Kátse, kátse", sagte er und setzte sich ebenfalls. „Mach mir bitte einen Kaffee, Tasía."

Er drehte sich nun zu Theo um und schaute ihn lange an.

„Was meinst Du zur ganzen Sache, Theo?"

„Ich meine, wir sollten uns zuerst die Hand geben, Taki:"

Der Alte schaute ernst. Dann huschte ein Lächeln über sein Gesicht und er reichte Theo die Hand.

„Kálos írthes!" Schön, bist Du angekommen!

„Kaló sas wríka!" Gut, dass ich Euch gefunden habe.

„Also, was meinst Du Theo?", fragte Taki nochmal.

„Ich meine, wir können die ganze Sache ohne großes Aufheben über die Bühne bringen. Jorgo wird sich hüten, die Familie in Verruf bringen zu wollen. Ich denke, dass er in eine Scheidung einwilligen wird."

„Was meinst Du, Tasía?", fragte er die Tochter.

„Ich bin derselben Meinung, Papa."

„Málista. Dann müssen wir es versuchen."

Tasía brachte ihrem Vater den Kaffee und nahm ihr kinitó aus der Rocktasche. Sie überlegte einen Augenblick und zog dann aus der anderen zwei Stück Papier.

„Hier sind noch das Foto und die Liste von Tsapis", sagte sie leise.

Dann rief sie ihren Mann an.

Am Tag, nachdem Eleni Kiriakos beerdigt worden war, saß Manos, alias Christos Kapiotis auf der Veranda seines Hauses in Mesochori. Stumm las er nochmals den Satz auf dem Zettel, den er in seiner leicht zitternden Hand hielt.

‚Wir wissen, was Du in Meligalá getan hast,
und Du weißt, was nun zu tun ist.'

Keine Unterschrift Nichts.

Kapiotis faltete den Zettel zusammen, steckte ihn in den Mund und kaute das Papier langsam. Mit dem Glas Wasser, das auf dem kleinen Tisch daneben stand, spülte er die zermanschten Fetzen hinunter. Eine kurze Weile saß er da und blickte auf die Bucht von Methoni. Seine Augen waren leer. Dann stand er langsam auf, stieg die Treppe hinab und öffnete die Tür zur apothíki. Der Raum war kühl und hoch. Ein paar große, leere Weinbehälter standen in der Ecke, zusammen mit viel altem Gerümpel, den er nie hatte wegschmeißen können. Die Deckenbalken waren alt, aber noch nicht morsch.

Die Kirchenuhr schlug gerade vier Uhr, als er vom Holzhocker fiel.

Der alte Polizist hatte sich erhängt.

Jorgo Safaridis kam eine halbe Stunde später zum Haus seiner Schwiegereltern. Er ahnte nicht, was ihn erwarten würde. Theo wartete im Schlafzimmer von Taki.

„Tasía?", rief er nach oben.

Eigentlich wollte er gleich wieder weg und hatte gehofft, seine Frau würde unten auf ihn warten.

„Ich bin oben, Jorgo. Komm bitte rauf."

Er knurrte, ging nach oben und fand Tasía und ihren Vater in der Küche. Taki saß am Esstisch und Tasía stand vor der Spüle. Jorgo war nicht dumm und er spürte, dass etwas in der Luft lag.

„Ist etwas passiert?", fragte er.

„Kátse, Jorgo", bedeutete ihm Taki und zeigte auf einen Stuhl.

Jorgo setzte sich.

Der alte Kiriakos fuhr fort:

„Deine Frau muss Dir etwas sagen und hat mich gebeten, dabei zu sein."

Jorgo war zu angespannt, um zu intervenieren. Er schaute nur sorgenvoll zu Tasía.

Sie atmete tief durch.

„Jorgo, ich werde mich von Dir scheiden lassen", sagte sie so ruhig, wie sie nur konnte.

Er sah sie einen Moment funkelnd an.

„Das lasse ich nicht zu!", er stand mit einem Ruck auf. „Dieser Hurensohn von Theo. Hat er Dich doch rumgekriegt!"

Er fuchtelte mit den Armen und konnte sich nur mit Mühe beherrschen.

Takis Anwesenheit gab Tasía jedoch Sicherheit.

„Nein, Jorgo. Das hat nichts mit Theo zu tun", sagte sie mit fester Stimme.

„Was ist es denn?!", brüllte er.

„Wir hätten niemals zusammenkommen dürfen", fuhr sie fort.

„So, und warum bitte nicht?", er war immer noch laut und Tasía verstand das.

„Wenn ich Dir die Wahrheit erzähle, dann wirst Du es verstehen."

Sie zückte das Tagebuch und die Liste mit den Namen der ELAS Kämpfer.

Natürlich wurde Jorgo neugierig.

„Setz Dich wieder, Jorgo", mahnte Taki.

Safaridis war so perplex, dass er es tat. Tasía wollte Abstand wahren und blieb stehen, als sie begann, die Geschichte von Spiro Safaridis zu erzählen.

Jorgo saß da und wurde von Minute zu Minute bleicher.

„Deshalb", beendete Tasía „war es unrecht, dass wir geheiratet haben, Jorgo. Wir sind vom selben Blut!"

Jorgo konnte nicht fassen, was er gehört hatte.

„Ich glaube es einfach nicht! Das ist nicht wahr!!!"

Tasía trat auf die beiden Männer zu und legte Tagebuch, Liste und das fotokopierte Bild auf den Tisch.

„Hier sind die Beweise. Wenn Dir das nicht reicht, werde ich die Exhumierung Deines Großvaters und eine DNA-Analyse veranlassen."

Sie pokerte.

Jorgo starrte sie fassungslos an.

„Wir wollen Deine Familie nicht in Verruf bringen, Jorgo", setzte Taki ein. „Dein Vater kann nichts für die Schandtaten seines Vaters. Wahrscheinlich hat er nicht einmal etwas gewusst."

„Und Großmutter Anastasía?", fragte Jorgo.

„Ob oder ob nicht, spielt keine Rolle, Jorgo", meinte Tasía. „Alles, was ich will, ist eine Scheidung."

Er starrte sie an.

„Wirst Du mit Theo weggehen?"

„Ja. Ich werde mit Theo weggehen", sagte Tasía ohne einen Moment zu zögern.

Für Jorgo Safaridis war eine Welt zusammen gebrochen und er war so geschlagen, dass er nicht einmal mehr toben konnte.

„Du wirst also nicht mehr nach hause kommen, Tasía?", fragte er kleinlaut.

„Nein, Jorgo. Ich möchte Dich lediglich bitten, dass ich morgen ein paar Sachen holen kann. Ich werde bei meinem Vater bleiben, bis die Scheidung durch ist."

„Ich verstehe", sagte er matt. Dann stand er wortlos auf und sah seine Frau an. „Ich habe Dich immer geliebt, Tasía."

„Ich weiß, Jorgo. Und ich bin Dir auch dankbar dafür, was Du für mich in all den Jahren getan hast. Aber es ist unrecht, dass wir verheiratet sind."

Trotz der Gewissheit, dass sie sich von ihrem Mann trennen wollte, hatte sie Mitleid für ihn.

Safaridis nickte nur stumm. Seine Augen rasten wie die eines gehetzten Tieres wild über den Tisch, als suchten sie einen Ausweg wo keiner war. Er versuchte, die Tränen zurückzuhalten.

„Ich werde nach hause fahren", sagte er leise. „Ich brauche etwas Zeit, um das alles zu begreifen."

Er stand er langsam auf und sah seine Frau wortlos an. Tasía sah die Mischung von Wut, Entsetzen, Enttäuschung und Trauer in seinen Augen und es beelendete sie aber sie hielt dem Blick stand.

Nach einem Moment drehte sich Jorgo um und schritt wortlos zur Küchentüre, wo er zögernd stehen blieb. Ohne sich umzudrehen sagte er kaum hörbar über seine Schulter: „Lipáme", Es tut mir leid. Dann verließ er schweren Schrittes das Haus seiner Schwiegereltern. Vater und Tochter sahen ihm stumm nach.

Als Tasía das Auto ihres Mannes wegfahren hörte, brach sie zusammen. Es war auch für sie zuviel gewesen. Nachdem sie wieder zu sich gekommen war, blickte sie in Theos Gesicht. Er hatte sie in ihr Bett getragen und saß neben ihr und blickte sie besorgt an. Sie versuchte sich aufzurichten, doch Theo drückte sie sanft ins Kissen zurück.

„Bleib liegen, mátia mou. Du brauchst jetzt Ruhe. Versuch etwas zu schlafen."

Tasía lächelte matt, kniff zustimmend die Augen zusammen und suchte Theos Hand. Er ergriff sie und drückte sie zärtlich.

„Keine Angst. Ich bleib bei Dir", flüsterte er. „Ich lass' Dich nie mehr los, mein Engel."

Tasía sank in einen tiefen, erschöpften Schlaf.

Sie erwachte erst am späten Morgen des nächsten Tages.

Ihr erster Blick traf auf den Mann neben ihr. Theo.

Er lag noch angezogen da und schien tief zu schlafen. Er hatte über eine Stunde an ihrer Seite gesessen, bis sie tief eingeschlafen war. Danach setzte er sich mit Taki zusammen in die Küche und die beiden Männer redeten über die vielen Jahre, welche sie nicht zusammen verbracht hatten.

Es war schon weit nach Mitternacht, als beide erschöpft und schon etwas angesäuselt ins Bett sanken und für Taki war es absolut kein Problem, dass Theo sich zu seiner Tochter legte.

Als Maroulis gegen Mittag aufwachte, hatte Tasía schon etwas Kleines gekocht. Taki war ebenfalls schon aufgestanden und saß mit seiner Tochter in der Küche. Er lächelte, als er Theo in den Raum treten sah und klopfte auf die Sitzfläche des Stuhls neben ihm.

„Komm her Theo und setz' Dich. Tasía hat schon was gekocht. Möchtest Du etwas Wein?"

„Danke, Taki", meinte Theo und kratzte sich das zerzauste Haar. „Ich glaub', ich hatte gestern genug."

Taki grinste matt. Theo lief zu Tasía und küsste sie aufs Haar. Sie drehte sich um und blickte ganz kurz zu ihrem Vater, der wohlwollend die Augenlieder senkte.

„Guten Morgen, Theo", sagte sie leise und lächelte müde.

Sie war immer noch erschöpft. Und sie hatte irgendwie Angst.

„Ich hoffe, Du hast dich etwas erholt, matia mou", sagte er leise und nahm sie zärtlich in den Arm.

„Ja, danke." Sie fühlte sich uralt und matt. „Setz Dich und iss was, Theo."

„Du tönst wie Athina", ulkte er und versuchte sie aufzuheitern, aber ihr war nicht zum Scherzen zumute.

„Setz Dich einfach."

Sie schob ihn sanft Richtung Tisch.

Die drei aßen mehr oder minder schweigsam ihr Essen. Als sie fertig waren, erhob Taki die Stimme.

„Wieso geht ihr zwei nicht etwas spazieren. Frische Luft wird euch gut tun. Ich muss noch nach Pylos für den Papierkram ... wegen Eleni."

„Sollen wir nicht mitkommen?", fragte Tasía besorgt.

„Nein, nein. Ich schaff das schon. Geht nur, meine Kinder."

Tasía und Theo schauten einander an.

„Du hast Recht, Taki", antwortete Theo. „Ein Spaziergang wir uns gut tun."

Tasía hatte nichts beizufügen. Sie war im Moment wie eine willenlose Puppe und ließ die Dinge mit sich geschehen. Ganz entgegen ihrem Naturell.

Kapitel 23

1. Juli 2006

Am selben Abend trafen Theo und Tasía in der Lobby des Hotels Karális in Pylos ein.

Iota erschien ein paar Minuten nach Acht. Theo und Tasía, die sich nach ein paar Stunden Schlaf und dem Spaziergang einigermaßen erholt hatte, standen auf und er stellte die Frauen einander vor.

Tasía sah ihr wirklich etwas ähnlich, bemerkte Iota seltsam erfreut. Die beiden Frauen waren sich auf Anhieb sympathisch, was Iota eigentlich nicht zugeben wollte.

„Es freut mich sehr, Sie kennen zu lernen, Tasía", sagte sie etwas zu höflich, aber Tasía brach das Eis.

„Du!" Ich bin Tasía und ich möchte, dass wir ‚Du' zueinander sagen. Du hast soviel für uns getan."

Iota und Theo waren beide erstaunt, dass Tasía die sonstige Höflichkeit der Griechen überging.

„Natürlich", stammelte Iota. „Wir", sie grinste zu Theo „haben doch ein, zwei kleine Gemeinsamkeit."

Theo verdrehte die Augen. ‚Nicht schon wieder!' dachte er.

Aber Tasía konterte.

„Ja, ich denke die haben wir", lächelte sie verschmitzt.

Das Eis war sofort gebrochen und Theo hätte den Abend wahrscheinlich auf dem Mond verbringen können. Zu seiner Erleichterung hatten die beiden Frauen einander sofort ins Herz geschlossen.

Theo bemerkte, wie Tasía locker wurde, obschon ihre Mutter erst gestern beerdigt worden war und sie vor kurzem ihrem Mann die schreckliche Wahrheit eröffnet hatte. Aber es tat ihr gut, auf andere Gedanken zu bekommen. Die Unterredung mit Jorgo hatte ihr mehr Klarheit verschafft, als sie je hatte. Über sich selbst, über ihre Liebe zu Theo, über ihre Vergangenheit und ihre Zukunft. Das hieß nicht, dass sie nicht trauerte.

Theo erkläre Iota kurz, was geschehen war, und dass Jorgo ziemlich wahrscheinlich in eine Scheidung einwilligen würde. Deshalb würden sie auch mit großer Sicherheit keine DNA-Analyse machen müssen, womit Iotas Plan glücklicherweise überflüssig war.

„Habt ihr Hunger?", fragte Iota. „Ich knabbere den nächsten Kellner an, wenn ich nicht bald was zwischen die Zähne bekomme".

Sie lachte.

Tasía schaute sie traurig an aber Theo wollte sie aus ihrem Zustand locken.

„Tja, am Hafen gibt's ein paar nette Restaurants", meinte Theo und schaute Tasía an „Lass uns etwas Essen gehen."

Tasía nickte stumm.

Iota klatschte in die Hände.

„Na, denn los!"

Sie mussten nur kurz an der Platía vorbei Richtung Hafen, um zum Restaurant „Aitos" zu gelangen. Theo blieb vor dem Eckgebäude stehen und schaute nachdenklich an ihm hoch. Er zeigte auf das Haus und wandte sich an die beiden Frauen:

„Aus dem ersten Stock dieses Hauses habt man die Kollaborateure der Tàgmata rausgeschmissen, als die Besatzer abgezogen waren. Die eigenen Landsleute!"

„Einfach rausgeschmissen?", fragte Iota.

„Ja. Und wer nicht tot war, dem gab man sonst irgendwie den Rest."

„Es muss grauenhaft gewesen sein in jener Zeit", meinte Iota. „Meine Grosseltern haben nie über diese Zeit geredet und meine Eltern wussten nichts darüber, weil sie noch zu klein waren, als sie mit den Eltern nach Australien gingen."

„Der Bürgerkrieg und das Gerangel um die Macht zwischen den Kommunisten und den Bürgerlichen war fast noch schlimmer als die Besatzung der Nazis", sagte er bitter. „Er wurde auch häufig zum Anlass genommen, langjährige Familienfehden auszutragen. Brüder brachte Brüder um und sogar Väter ihre Söhne."

Es schauderte ihn beim Gedanken.

„Kommt, lass uns draußen sitzen", sagte er und lief auf die andere Straßenseite

Ein blauweißes Zeltdach überdeckte den Außenbereich. Da sie, für griechische Verhältnisse, viel zu früh da waren, befanden sich praktisch nur xéni – Fremde – im Lokal.

So quatschte der Kellner sie auch gleich in Englisch an und sie machten sich einen Spaß daraus, sich als australische Touristen auszugeben.

Iota war erstaunt, dass Tasía ebenfalls Englisch sprach.

„Was weißt Du sonst noch, Theo?", fragte Iota weiter.

Die Geschichte aus jener Zeit war für sie ziemlich unbekannt.

„Nun, Meligalá war nicht der einzige Ort, an dem Gräuel begangen wurden. In Maniaki, keine zehn Kilometer östlich von Gargaliani in der Nähe von Chora gab es, soweit ich weiß, auch ein Massaker. Du kannst wahrscheinlich in so ziemlich jedes Dorf in Griechenland gehen und die Alten werden dir von irgendwelchen Schandtaten der Linken oder der Rechten erzählen können."

„Ja. Krieg", fügt Iota traurig bei „entscheidet nie, wer recht hat, sondern nur, wer übrig bleibt."

Theo sah die Ex-Freundin nachdenklich an.

„Und in Ruhe lässt die Geschichte einen auch nicht", ergänzte Tasía.

Iota nickte stumm.

„Iota", fuhr er fort „es hat sich einiges verkompliziert."

Sie sah ihn neugierig an und er erzählte ihr, was in den letzten Tagen vorgefallen war. Nur das mit Taki erwähnte er nicht. Er würde es nie jemandem sagen. Das war er nun ihm schuldig.

„Es tut mir sehr Leid wegen Deiner Mutter,   Tasía. Ehrlich."

„Ich bin Dir wirklich sehr dankbar, dass Du aus Freundschaft zu Theo so viel Risiko auf Dich nehmen wolltest", sagte Tasía.

Iota schwieg einen Moment.

„Es hatte auch noch einen anderen Grund,   Tasía."

Theo und Tasía sahen einander an und dann zurück zu Iota.

„Meine Grosseltern waren auch aus Meligalá", sagte sie kleinlaut.
„Sie waren beim Massaker einfach nicht im Dorf, sondern bei Verwandten in Kiparissia zu Besuch. Deshalb haben sie's überlebt. Alle meine anderen Verwandten aus dem Dorf wurden umgebracht. Alle!"

Beim letzten Wort schaute sie wieder auf und der Hass in ihren Augen erschreckte Theo und Tasía.

„Oh Gott, Iota. Du hast mir das nie erzählt."

„Weshalb hätte ich auch. Meine Grosseltern flohen damals nach Australien und ich wusste bis vor zehn Jahren nichts davon. Dann hat mir meine Mutter erzählt, was ihren Eltern passiert war. Es gab viele Magiros im Dorf."

Theo und Tasía starrten sie an.

„Und die Großmutter von Tasía war auch eine geborene Magiros!" Sie senkte den Blick wieder. „Ich habe Nachforschungen angestellt." Sie sah beide wieder an. „Mein Großvater und Tasías Großmutter waren Cousin und Cousine, versteht Ihr! Deshalb! Tasía und ich sind irgendetwas wie Großcousinen. Also tangiert mich ihr Schicksal auch!"

Sie war nicht laut geworden, aber sehr dezidiert. Sie hatten Griechisch gesprochen und konnten somit davon ausgehen, dass kein Tourist etwas mitbekommen würde.

Tasía starrte Iota an.

„Bist Du sicher?!"

„Bin ich, Tasía. Meine Arbeit bringt es mit sich, dass ich sehr genau untersuche", sie lächelte.

„Entschuldige, Iota."

„Nein, nein. Schon gut. Nach alldem, was Du bis jetzt durchmachen musstest, verstehe ich Deine Zweifel. Aber es ist so, wie ich sage."

Tasía schüttelte ungläubig den Kopf.

„Ich fasse es nicht!"

Theo legte den Arm um ihre Schulter.

„Du bist wirklich sicher, Iota", hakte er nochmals nach.

Sie blitzte ihn an.

„Ich mag zwar manchmal einen derben Humor haben, Theo, aber mit der ikujénia scherze ich nicht. Vor allem, wenn man fast keine hat. Umso schöner, wenn man wieder Verwandte findet. Und so sympathische."

Sie lächelte zu Tasía und schaute in ein strahlendes Gesicht.

Theo stand auf und entschuldigte sich. Er musste zur Toilette.

„Jetzt verstehe ich ihn", sagte Iota, als er außer Hörweite war. Und Tasía verstand sie. „Verstehst Du mich auch ein wenig, Tasía?"

„Ich verstehe Dich sehr gut", sagte sie liebevoll. „Schließlich sind wir ja miteinander verwandt", ergänzte sie und beide mussten lachen.

Sie saßen alle drei noch eine Weile da, bis Tasía bat, wieder nachhause zu ihrem Vater zu fahren.

Iota deutete an, dass sie am nächsten Tag wieder nach Athen fahren würde. Über ihre Gründe schwieg sie sich aus. Ein nicht unwichtiger war Mitso.

Theo fuhr Tasía zu Taki. Er hatte seiner Mutter am Nachmittag – mit einer Ausnahme - alles erzählt, was sie wussten. Athina war nur nachdenklich dagesessen. Es war auch für sie unfassbar.

Und sie hatte Angst, dass die Zeit mit ihrem Sohn bald vorbei sein würde.

Kapitel 24

2. Juli 2006

Tasía fand am nächsten Tag niemanden in ihrem Haus in Perivola-kia. Sie schaute sich in jedem Zimmer um. Die Vertrautheit, welche sie in diesem Haus viele Jahre lang hatte, war nicht mehr da. Es war ihr fremd. Sie packte ein paar notwendige Dinge zusammen. Viel war es nicht. Beim Herausgehen entging ihr, dass das Jagdgewehr nicht neben dem großen Schrank hing, obschon sie sich im Flur nochmals umschaute. Sie würde dieses Haus für immer verlassen.

Dass sie ihren Mann nur noch einmal sehen würde, wusste sie in jenem Moment noch nicht.

Die astinomía hatte bei Jorgo Safaridis eindeutig Selbstmord festge-stellt. Er hatte sich zur selben Zeit, als Tasía ihre Sachen geholt hatte, auf einem ihrer Felder mit seinem Jagdgewehr erschossen. Sie erfuhr dies erst am späteren Nachmittag, als man ihn gefunden hatte. Ihr Schwager Vasili rief sie auf dem kinitó an, da er sie zuhause nicht er-reichen konnte.

Schweren Herzens musste Tasía nach Pylos ins Spital, um ihren Mann zu identifizieren. Taki fuhr seine Tochter hin, denn er wollte ihr beistehen.

Der Anblick von Jorgo, dessen Schädel zur Hälfte weggeschossen war, brachte Tasía beinahe um den Verstand. Es war grauenvoll und der Vater musste sie halten, damit sie nicht zusammenbrach.

Das hatte sie nie gewollt!

Dass Jorgo nach ihrem Gespräch solche Konsequenzen gezogen hatte, erfüllte sie mit Schuldgefühlen und sie fragte sich, ob er noch mit seiner Familie gesprochen hatte. Dem war aber nicht so, wie sich bald herausstellte, was Tasía trotz allem mit Erleichterung aufnahm. Jorgo musste sich am Tag vor seiner Tat alleine zuhause sinnlos be-trunken haben, denn sein ganzer Körper roch nach Alkohol.

Die Obduktion ergab einen Blutalkoholwert von 3,5 Promille, aber es wurde kein Fremdverschulden festgestellt, denn die Schmauchspuren an seiner Hand deuteten auf Suizid. Er hatte sich den Lauf seiner Flinte in den Mund gesteckt und abgedrückt.

Ein klarer Fall von Selbstmord. Nur, weshalb er diesen begangen hatte, konnte man sich nicht erklären.

Bei der Befragung durch die astinomía stellte sich Tasía unwissend, deutete jedoch an, dass ihr Mann wegen der Kinderlosigkeit schon längere Zeit depressiv gewesen sei. Die Tatsache, dass die restliche Verwandtschaft dies nicht direkt bestätigen konnte, machte die Polizisten zwar stutzig, aber sie glaubten schließlich der Ehefrau, da sie ihren Mann ja vermutlich am besten kannte. Zum Tatzeitpunkt, es musste zwischen sechs und acht Uhr in der Früh gewesen sein, war sie Gott sei Dank noch bei ihrem Vater in Pidasos gewesen und hatte somit ein Alibi.

Tasías Schwiegereltern verbargen jedoch nicht, dass Tasías ehemaliger Verlobter Theo Maroulis wieder aufgetaucht sei und deuteten zögernd an, dass dies mit dem Tod ihres Sohnes etwas zu tun haben könnte.

Theo wurde deshalb ebenfalls befragt, hatte aber durch seine Mutter ein hieb- und stichfestes Alibi.

Zähneknirschend musste die Familie Safaridis zur Kenntnis nehmen, dass der Fall als Selbstmord abgeschlossen wurde, doch man schaute argwöhnisch auf die Schwiegertochter.

Tasía blieb nun doch in ihrem Haus, bis die Beerdigung vorüber war. Sie wollte keinen Verdacht bei Jorgos Familie erregen. Natürlich wussten   Yanni und Katharina Safaridis, dass der ehemalige Verlobte ihrer Schwiegertochter wieder da war und ahnten, dass jener der Grund für den Suizid ihres Sohnes sein könnte. Sie bezweifelten Tasías Beteuerungen, dass Jorgo wegen der fehlenden Kinder depressiv gewesen sein soll, konnten dies aber nicht widerlegen. Die Familie und die meisten Einwohner von Perivolakia begannen die Witwe zu meiden und Tasía entfloh dem Druck, indem sie sich mehrheitlich im

Haus ihres Vaters in Pidasos aufhielt, wo sie sich sicher fühlte. Drei Tage nach Jorgos Beerdigung saß sie mit ihrem Vater und Theo, der sich unauffällig zum Haus der Familie Kiriakos begeben hatte, in der Küche.

„Theo, ich kann nicht mehr!", schluchzte Tasía. „Und ich habe Angst, dass sich die Familie an mir und Dir rächt."

Theo legte seine Hand auf ihren Arm, der zitterte, und drückte ihn zärtlich. Der alte Kiriakos sah besorgt auf seine Tochter und blickte dann Theo tief an.

„Prépi na fígete, pediá", sagte er leise aber bestimmt.

„Dein Vater hat Recht, Tasía. Wir müssen verschwinden", bestätigte Theo. „Es hat keinen Sinn, Dich dieser Gefahr auszusetzen. Sie werden immer vermuten, dass Du am Tod ihres Sohnes schuld bist und wer weiß, wozu Schmerz und Verdacht sie treiben. Auch ich fühle mich nicht sicher."

Taki, der neben seiner Tochter saß, legte ihr den Arm um die Schulter.

„Ich mache Euch keine Vorschriften, Tasía, aber Theo weiß es auch, dass ihr beide verschwinden müsst, bevor die Sache eskaliert. Natürlich wird man das als Schuldeingeständnis sehen, wenn man es will. Sie haben ja keine Ahnung, wie die Sache wirklich ist. Aber was kümmert es euch, wenn ihr in Australien seid."

Tasía schaute auf und blickte ihren Vater aus tränenerfüllten Augen an.

„Und Du, Papa? Was geschieht mit Dir? Oder Theos Mutter Athina?", fragte sie sorgenvoll.

Taki lächelte gequält.

„Macht Euch keine Sorgen um mich. Und um Athina kümmere ich mich auch."

„Warum kommt ihr nicht gleich mit, Taki?"

Theo war der Gedanke wie aus heiterem Himmel gekommen. Taki sah ihn erstaunt an und runzelte die Stirn.

„Einen alten Baum kann man nicht einfach so verpflanzen, Theo."

Maroulis seufzte und Tasía sah den Vater unglücklich an.

„Ja, ja. Ihr habt Recht. Vielleicht ist das wirklich eine dumme Einstellung." Taki hob entschuldigend die Arme. „Aber ich kann doch nicht einfach so von meinem Hof weglaufen." Er schlug die Augen nieder. „Und von meiner Eleni."

„Natürlich nicht, Taki", pflichtete Theo bei. „Aber Du könntest den Hof und Deine Felder verkaufen. Die Preise sind im Moment gut und mit dem Geld kannst Du in Australien gemütlich leben."

„Hm", sinnierte der Kiriakos. „Meinst Du?"

„Papa, was hat es für einen Wert, hier zu bleiben. Mana ist nicht mehr da aber im Herzen trägst Du sie, wo immer Du bist."

Taki schaute seine Tochter lange an und wusste, dass sie Recht hatte.

„Was ist mit Deiner Mutter Athina, Theo?"

„Wir haben noch nicht konkret darüber gesprochen, aber ich denke, dass auch sie bereit ist, mit zu kommen."

Taki nickte stumm.

„Geh, rede mit Deiner Mutter, Theo. Ich werde mir selbst Gedanken machen", sagte er ruhig.

„Málista", antwortete Maroulis und erhob sich.

„Möchtest Du, dass ich mitkomme?", fragte Tasía.

„Ich denke, das wäre gut", meinte Theo und Tasía sah ihren Vater fragend an.

Taki lächelte, da ihn seine Tochter stumm um Erlaubnis fragte.

„Geht nur, Kinder. Ich brauche etwas Zeit für mich. Ich werde Eleni um Rat fragen."

Er würde seine Frau an deren Grab besuchen.

Tasía umarmte den Vater und küsste ihn auf die Stirn. Danach verließ sie mit Theo ihr Elternhaus um zu Athina zu fahren und es war beiden egal, ob sie gesehen würden oder nicht. Taki sagte den beiden, dass er nach dem Besuch auf dem Friedhof bei den Maroulis vorbei schauen werde.

Athina Maroulis stand gebückt über der Tomatenstaude, und pflückte diejenigen Früchte, welche schon reif waren. Die roten, sonnenverwöhnten Kugeln waren riesig und wogen nicht selten bis zu einem Kilo pro Stück. Trotz ihrer Größe schmeckten sie ohne jegliche chemische Behandlung vorzüglich. Sie blickte auf, als sie jemanden kommen hörte und ihr Gesicht erhellte sich, als sie Theo und Tasía sah. Athina sah schnell nach rechts und nach links ob sie niemand beobachtete. Auch sie hatte etwas Angst, dass Theo und Tasía zusammen gesehen würden und sich die Leute das Maul zerrissen.

„Kommt ins Haus, Kinder", sagte sie schnell und die beiden Jungen spürten die leichte Gehetztheit in ihrer Stimme.

In der Küche angekommen bot Athina einen ellinikó an. Theo und Tasía winkten ab.

„Setz' Dich, Mana", sagte Theo. „Ich … wir müssen etwas mit Dir bereden."

Neugierig und zugleich leicht besorgt nahm Athina gegenüber den Jungen Platz. Ihr Blick wanderte von Theo zu Tasía und zurück.

„Mana, Tasía und ich müssen weg."

Athina nickte ohne zu antworten.

„Wir möchten, dass Du mit uns kommst", ergänzte der Sohn.

Theo erzählte ihr vom Gespräch mit Taki Kiriakos und Athina hörte ihm stumm zu.

„Auch ich muss darüber nachdenken, meine Kinder. Es ist keine Entscheidung, die man ohne Überlegungen trifft", meinte sie ernst.

„Taki?", Athina sprach leise Tasías Vater am Grab seiner Frau an.

Sie war ebenfalls auf den Friedhof gegangen um sich mit ihrem Mann Ilias zu beraten. Kiriakos drehte sich um und sah sie verwundert an.

„Athina? Was machst Du hier?"

„Dasselbe, wie Du", schmunzelte sie und er drehte sich wieder zu Elenis Grab um und verschränkte seine Hände.

„Es ist keine leichte Entscheidung, die die Kinder von uns erwarten", sagte er leise ohne Athina anzusehen.

Sie war neben ihn getreten.

„Nein, ist es nicht", erwiderte sie. „Was meint Eleni dazu?"

Taki seufzte.

„Meine Eleni war eine sehr weise Frau. Ich denke, ich werde den Kindern folgen. Ich möchte nicht mehr hier bleiben."

„Ich denke auch, dass sie Recht haben. Alleine werden wir hier unseres Lebens nicht mehr froh", erwiderte Athina fest. „Aber es wird nicht einfach sein."

„Nein, das wird es gewiss nicht", meinte er ernst und beide schwiegen einen Moment lang.

„Ich habe keine Ahnung, wie ich Haus und Land verkaufen soll", sagte Athina plötzlich und sah Taki fragend an.

„Ich habe einen guten Freund in Kalamata, der sich damit auskennt und dem ich absolut vertraue. Ich werde ihn fragen."

Er hatte sich Athina zugewandt und sah sie mit traurigen Augen an.

„Es ist einfach schrecklich, was alles passiert ist!"

„Wir können es nicht mehr ändern, Taki. Wir müssen lernen, damit zu leben."

Kiriakos nickte schweigend.

„Ich denke, wir sollten mit unseren Kindern reden. Sie müssen weg und können nicht warten, bis wir soweit sind."

Athina sah Taki erwartungsvoll an und er erwiderte ihren Blick.

„Páme", Gehen wir, sagte er nur kurz.

Kapitel 25

9. Juli 2006

Sieben Tage nach Jorgos Beerdigung waren zwei Menschen aus Pylien verschwunden.

Theo und Tasía waren bei Nacht und Nebel nach Athen gereist, wo sie auf Tasías beantragtes Visum für Australien warteten.

Iota hatte den beiden ein Hotelzimmer in der Nähe der Plaka und unweit vom Gerichtsmedizinischen Institut besorgt. Iota wohnte nicht weit weg im Vorort Vyronas im Osten der Stadt und lud Theo und Tasía gleich am ersten Abend in eines ihrer Lieblingsrestaurants. Das „Daphne's" ist eine der ersten Adressen in Athen und liegt unterhalb des Parthenons gleich an der Plaka. Natürlich war Mitso Nikopoulos auch dabei, denn er wollte die beiden Leute auch kennen lernen.

Tasía und Theo verschlug es etwas die Sprache ob der wunderschönen Ausstattung des in Naturstein gehaltenen Gebäudes. Die Innenausstattung war eine Mischung aus elegant und rustikal und die Wände gespickt mit Kopien antiker griechischer Mosaike. Ein Ort, an dem sich auch schon mal die oberen Zehntausend treffen, auch wenn Iota den Jetset gar nicht mochte. Ihr gefiel einfache das Ambiente des Lokals. Und das Essen war fantastisch, wenn auch etwas teuer. Aber Iota verdiente gut genug und leistete sich ab und zu einen   Abend im „Daphne's".

Iota und Mitso waren schon da, als Theo und Tasía ankamen. Bei der Begrüßung mit einem Kuss auf die Wange flüsterte Theo seiner Ex-Freundin ins Ohr.

„Hey, ich glaub nicht, dass ich mir so'n Laden leisten kann."

Iota grinste ihn breit an und zwinkerte schelmisch.

„Das heut Abend geht auf mich, mate." Flüsterte sie zurück und als Theo protestieren wollte, meinte sie nur „Pssst. Das geht schon in Ordnung."

Theo wollte kein Aufheben machen und ließ es dabei bewenden.

„Darf ich Euch Dimitri Nikopoulos vorstellen. Hauptkommissar bei der Athener Mordkommission. Und mein Verlobter."

Ja, sie hatten sich vor drei Tagen verlobt. Hals über Kopf. Vielleicht nicht ganz, denn sie kannten einander ja schon eine ganze Weile. Theo blickte nur kurz zu Iota und lächelte. Der Kommissar war etwas kleiner als Theo aber bulliger und hatte eine wohl polierte Glatze. Durch die randlose Brille, welche auf einer schmalen Nase saß, blickten ein paar blitzgescheite, hellbraune Augen. Mitso grinste breit und zweigte zwei Reihen makelloser, weißer Zähne. Sein dunkelblauer Anzug möchte nicht mehr ganz neu sein und die gestreifte rote Krawatte ließen ihn etwas bieder aussehen, was er aber keinesfalls war.

Er streckte Tasía die Hand hin.

„Chero poli, kiría." Es freut mich, Sie kennen zu lernen.

„K'ego", antwortete Tasía höflich.

Mitso hatte Tasías Hand noch nicht losgelassen, als Iota intervenierte.

„Ich glaube, wir können die Förmlichkeiten bleiben lassen, Mitso."

Er sah zuerst sie und dann wieder Tasía an und beide lächelten. Mitso war ja mit fünfundvierzig auch etwas älter und erlaubte sich, ihr das „Du" anzudrehen.

„Natürlich. Ich bin Mitso. Freut mich wirklich, Dich kennenzulernen, Tasía. Ich habe viel von Dir gehört."

„Ich freue mich auch, Mitso. Und ich möchte mich für Deine Hilfe herzlich bedanken."

„Keine Ursache."

Dann wandte er sich Theo zu.

„Theo, freut mich wirklich sehr auch Dich kennenzulernen."

Er schüttelte Theos Hand wie wild aber sein Händedruck war gut.

„Mich auch, Mitso."

Sie setzten sich um den runden Tisch.

Tasía war zwar schon öfter in Athen gewesen aber noch nie in einem solch noblen Restaurant. Sie fühlte sich etwas unsicher. Theo kannte solche Lokale schon von der Zeit, als er in Australien mit Iota zusammen war.

Theo schaute von Iota zu Mitso.

„Ich wünsche Euch beiden alles Gute. Ich bin sehr glücklich, dass ihr beiden zusammengefunden habt."

„Tja", stichelte Iota, „ich hab mich auch zuerst erkundigt, ob er nicht irgendwo eine Verflossene hat."

„Du kannst es nicht lassen, nicht wahr?", grinste Theo, denn er wusste, dass Iota es nicht ernst meinte.

Tasía war etwas verwirrt, kannte sie doch die verbalen Spielchen von Theo und Iota nicht.

„Dafür haben wir Leichen im Keller, nicht wahr, mein Schatz?", meinte Mitso trocken und Iota musste laut lachen.

Ihre Arbeit brachte auch einen manchmal morbiden Humor mit sich.

Iota wurde jedoch schlagartig die jüngste Geschichte ihrer beiden Gäste bewusst und es war ihr peinlich. Sie legte ihre Hand beschwichtigend auf den Arm von Tasía.

„Entschuldigt ihr beiden. Unser Job lässt einen manchmal etwas roh werden."

Tasía lächelte etwas gequält.

„Schon gut, Iota."

„So, jetzt machen wir uns aber einen schönen Abend!" Theo unterbrach die seltsame Stimmung.

„Das mein ich doch auch!", rief Mitso und klatschte in die Hände.

Sie erzählten den ganzen Abend, wobei sie die Frauen und die Männer mehrheitlich unterhielten.

Es war schon gegen zwei Uhr morgens, als sie sich die Rechnung bringen ließen. Keine ungewöhnliche Zeit in einem griechischen Sommer und vor allem an einem Freitag.

Theos Stolz hatte es nicht zugelassen, sich von Iota einladen zu lassen. Sie teilten sich die Rechnung.

Müde schleppten sich Theo und Tasía in ihr Hotel, das Gott sei Dank nicht weit entfernt war.

Erschöpft ließen sich die beiden ins Bett fallen und lagen einen Augenblick still nebeneinander.

„Theo, ich liebe Dich", flüsterte Tasía ohne die Augen zu öffnen und er tastete nach ihrer Hand.

„Ich liebe Dich auch, matia mou."

Er drückte ihre Hand sanft.

„Bist Du auch so müde?", fragte sie leise.

„Mhm", bejahte er und drehte sich einen Moment später zu ihr um.

Sie öffnete die Augen und blickte in sein strahlendes Gesicht, das trotz der Müdigkeit so viel Glück ausstrahlte und zog ihn mit ihren Armen zu sich. Ihr Kuss raubte ihm beinahe den Verstand und er zog ihren bebenden Körper sanft an seinen. Durch ihr Nachthemd spürte er ihre harten Brustwarzen. Tasía löste sich von ihm, setzte sich auf und blickte ihn lange an. Dann streifte sie ihr Nachthemd ab und kroch wieder unter die Decke und begann seinen Körper mit Küssen zu bedecken. Theo stöhnte leise, als sie ihm seinen Slip auszog und sich auf ihn legte. Ihr Körper roch wie vor vielen Jahren nach diesem Parfüm und er kannte dessen Name immer noch nicht. Doch den Hauch von Frangipani hatte er in Australien, wo dieser wundervolle Busch überall vorkommt, immer wieder gerochen und auch traurig gemacht.

Nun war er mit der Frau verbunden, welche er so sehr liebte.

Ihr Liebesakt war kurz und überwältigend, denn sie waren beide immer noch erschöpft.

Sie hatte den Kopf auf seinen Oberkörper gelegt und streichelte zärtlich seine Brust.

„Sag mal, benutzt Du immer noch dasselbe Parfüm, wie damals?

Tasía schmunzelte aber er konnte es nicht sehen.

„Mhm."

„Du hast mir nie gesagt, wie es heißt."

„Du hast mich nie gefragt."

„Stimmt."

„Es heißt ‚Onde Vertige' von Armani."

Sie sprach es perfekt französisch aus, obschon sie die Sprache nicht beherrschte.

„Weißt Du, was das heißt?"

„Keine Ahnung."

Sie lachten beide.

„Theo."

„Ja."

„Verlass mich nie wieder", hauchte sie.

Er umarmte sie sanft und küsste sie auf ihr Haar.

„Eher sterbe ich, matia mou."

„Sag so was nicht, Theo."

Sie gab ihm einen leichten Klaps auf die Brust.

„Ich werde Dich nie wieder loslassen, Tasía. Nie wieder."

„Lass uns schlafen", sagte sie müden nach einem Augenblick und blickte zu ihm hoch.

Er beugte sich zu ihr hinunter und küsste sie leise.

„Schlaf gut mein Engel."

„Du auch, matia mou."

Im nächsten Augenblick waren beide eingeschlafen.

Tasía erhielt ihr Visum innerhalb einer Woche und das Paar reiste über zwanzigigtausend Kilometer weit weg von Griechenland und den schrecklichen Ereignissen.

Taki Kiriakos und Athina Maroulis hatten ihren Kindern eröffnet, dass sie sich entschlossen hatten, so schnell, wie möglich nach zu-kommen.

Kapitel 25

20. Dezember 2006

Ein halbes Jahr später.

Am Tullamarine International Airport in Melbourne herrschte reger Betrieb. Es war Dezember und somit Sommer in Australien. Massen an Touristen bevölkerten die Ankunftshalle. Theo und Tasía spähten auf die Schiebetür, durch welche die Passagiere nach den Einreiseformalitäten kommen mussten.

„Sag mal, Tasía. Wo hast Du eigentlich Kapiotis' Tagebuch und die anderen Beweise?"

„Ich hab alles Iota gegeben, als wir in Athen waren. Sie hat vielleicht mehr Verwendung dafür", lächelte Tasía.

Sie schauten sich weiter um.

Dann riss Tasía plötzlich die Arme in die Luft.

„Papa!", sie hatte ihren Vater gesehen.

Neben Taki Kiriakos stand eine ältere, aber wunderschöne Frau mit leicht grau meliertem, schwarzem Haar.

„Mana!", rief nun auch Theo und lief auf Athina Maroulis zu.

Die vier Griechen lagen einander in den Armen.

Sie waren nun zusammen.

Weg vom Alptraum ihres Lebens.

Weit, weit weg.

Und bei der Hochzeit von Theo und Tasía zwei Wochen später waren wenigsten ein Vater und eine Mutter dabei.

Es kehrte Ruhe ein in das so sehr geschüttelte Leben dieser vier Menschen.

Jedoch nicht lange …

TEIL II

Kapitel 26

7. Mai 2007

Die Wochen, welche Theo Maroulis in seiner alten Heimat verbracht hatte, waren aufreibend gewesen und hatten allen beteiligten
Äußerstes abverlangt.

Die neue „Familie" Maroulis-Kiriakos hatte sich in Melbourne ein
kleines Haus gemietet, in dem alle Platz genug hatten.

Tasía und Theo hatten im Januar 2007 geheiratet und es war dank
Cousin Jorgo ein rauschendes Fest geworden.

Wen kümmerte schon, was in Griechenland alles vorgefallen war.
Nur eine Handvoll Leute wussten überhaupt, was ungefähr im fernen
Europa abgelaufen war. Und Europa ist für Australier weit, weit weg.

Das Leben fern der Heimat hatte von Tasía, Taki und Athina in einer total ungewohnten Umgebung viel Anpassungsvermögen abverlangt. Aber es waren entspannte Forderungen, die sie mit viel Interesse und Enthusiasmus angepackt hatten. Für Taki und Athina war es,
aufgrund der fehlenden Englischkenntnisse, natürlich schwieriger
gewesen, sich zurecht zu finden, aber die beiden hielten sich aneinander fest und konnten wenigstens so mit jemandem reden, wie ihnen der Schnabel gewachsen war.

Es schweißte die beiden Alten zusammen, und sowohl Theo als
auch Tasía beobachteten dies mit einem Schmunzeln. Taki und Athina belegten – etwas widerwillig – einen Englischkurs für Einwan-
derer und gaben sich alle Mühe, der neuen Sprache einigermaßen
Herr zu werden.

Kaum zwei Monate nach ihrer Hochzeit war Theo mit der zweifel-
haft freudigen Mitteilung an die Familie gelangt, dass er einen Job in
Adelaide angeboten bekommen hatte. Sein Cousin Jorgo war in all

der Zeit sehr aktiv gewesen und hatte Theos Kenntnisse als Agronom überall, wo er nur konnte, angepriesen. Nun folgte eine Chance.

Obschon man bereits vor etlichen Jahren begonnen hatte, auf dem roten Kontinent Oliven anzubauen, plante die Universität von Südaustralien in Adelaide eine Versuchs-Farm, welche mit noch nicht heimischen Pflanzen experimentieren sollte.

Dazu gehörten auch Oliven, denn Südaustralien ist der trockenste Staat des Kontinents und hätte ein ideales Klima für die mediterranen Pflanzen. Man suchte einen Projektleiter und wer wäre da prädestinierter gewesen, als ein griechisch-stämmiger Agronom aus der berühmten Olivengegend Messinien.

Natürlich war die Vorstellung, wieder in eine neue Umgebung ziehen zu müssen, ein Schock für Taki und Athina. Tasía machte es nicht viel aus, denn sie sog einfach die faszinierende neue Welt auf und hatte noch keine Arbeit.

So saßen die vier eines Abends zusammen und berieten sich und es dauerte – ganz ungriechisch – nicht lange, bis man sich einig war, in die Hauptstadt Südaustraliens zu ziehen.

Theo sagte also zu, den Job als Projektleiter in Sachen Oliven an dieser Versuchs-Station zu übernehmen. Die Anstellung erfolgte durch die Universität und war somit recht gut bezahlt. Er verdiente etwas mehr, als bei seiner Arbeit als Holzfäller, hatte aber viel bessere Arbeitszeiten, bezahlte Ferien und weit weniger körperliche Arbeit.

Die kleine Familie zog also im April in den kleinen Vorort Glenelg, der direkt an der Küste liegt.

Der beliebte Badeort liegt rund zehn Kilometer vom Zentrum von Adelaide entfernt. Er ist mit einer uralten Tram-Linie verbunden, deren Wagons noch zumeist aus Holz gebaut sind und die nicht nur eine bekannte Touristenattraktion ist, sondern auch vielen Pendlern als tägliches Verkehrsmittel dient.

Die Distanz zum Arbeitsplatz im südlich gelegenen Clare Valley, das sonst vor allem für Weinbau berühmt ist, war nicht so groß und Theo kam per Auto in rund zwanzig Minuten hin.

Taki und Athina mussten sich an eine neue Englisch-Lehrerin gewöhnen, die – göttliche Vorsehung – auch griechisch-stämmig war.

Tasía bemühte sich um eine Stelle als Krankenschwester, war aber zunächst nicht erfolgreich. Ihr Englisch war immer noch nicht ganz so gut, aber sie arbeitete daran und Theo redete mit ihr meistens in der Fremdsprache, damit sie üben konnte.

Alles in allem schufen sich die vier langsam einen geregelten Alltag und wuchsen immer stärker zusammen. Taki hütete sich beinahe krankhaft davor, dem jungen Paar Vorschläge geschweige denn, Vorschriften zu machen.

Tasía und Theo mussten manchmal fast darum betteln, dass er ihnen seine Meinung mitteilte, solche Angst hatte er davor, etwas Falschen zu tun.

Athina triezte den alten Kiriakos nicht selten deswegen und die beiden fetzten sich in gut griechischer Manier nur um am Ende lachend am Tisch zu sitzen. Manchmal umarmten sie einander sogar, wobei die Jungen sich viel sagende Blicke zuwarfen.

Tasía und Theo wussten nicht, dass Athina und Taki immer wieder über deren verstorbene Partner redeten. Es war ihre Art, den Verlust zu verarbeiten, denn sie hatten ja sonst niemanden und beide wollten ihre Kinder nicht damit belasten.

Die Geschehnisse in Griechenland wurden durch das Neue verdrängt und alles entwickelte sich sehr positiv.

Bis zu jenem Montagmorgen, als Theos Handy um ein Uhr dreißig in der früh schellte.

Er schreckte aus dem Schlaf, als das Telefon schnarrte. Es waren Monate vergangen, bis er nicht mehr zusammenzuckte, wenn er den Klingelton hörte. Er schaute auf den Digitalwecker, der ein Uhr dreißig am Morgen anzeigte und schaute stöhnend zur Seite. Tasía schlief tief und fest und das war gut so. Er tastete nach dem Handy und drückte den Knopf zu Abnehmen.

„Ja?", sagte er ziemlich zerknittert, denn er hatte nicht auf den Display gesehen.

Am anderen Ende knackte und rauschte es. Dann hörte er eine Stimme, die er nicht gleich erkannte.

„Herr Maroulis?", fragte jemand in sehr gebrochenem Englisch. „Herr Theo Maroulis?"

„Ja. Wer ist am Apparat?"

„Hier ist Dimitri Nikopoulos."

Dimitri Nikopoulos? Der Name sagte ihm nichts.

„Theo, ich bin's. Mitso. Iotas Verlobter."

Er klang sehr bedrückt.

‚Iota? Dimitri?' dachte Theo. Dann dämmerte es ihm. Es war Mitso, der Kommissar aus Athen!

„Mitso! Wie geht's? Und wie geht's Iota?," fragte er leise, aber hellwach.

„Theo", sagte er langsam. „Es tut mir leid. Iota ist tot."

„Was?!" Er wurde so laut, dass Tasía aufwachte und grummelte. Theo schälte sich aus dem Bett und lief in die Küche. „Iota ist tot!?"

„Ja", antwortete Mitso betreten.

„Was ist passiert, Mitso?" Er war fassungslos.

„Wir wissen es nicht, Theo. Sie erschien vorgestern nicht zur Arbeit und beantwortete auch das Telefon nicht."

„Seid ihr noch nicht verheiratet?", unterbrach Theo.

„Wir wollten in zwei Wochen heiraten", sagte Mitso mit tränenerstickter Stimme.

„Also habt ihr nicht zusammengewohnt?"

„Nein. Ich bin dann sofort zu ihrer Wohnung gefahren. Ihr Auto stand geparkt um die Ecke, also musste sie da sein. Als sie auf mein Klingeln und Klopfen nicht antwortete, trat ich die Tür ein. Ich fand sie im Schlafzimmer. Sie lag tot in ihrem Bett. Wie wenn sie eingeschlafen wäre."

Theo war fassungslos.

„Aber, war sie denn krank?"

„Nicht, dass ich gewusst hätte. Am Abend zuvor habe ich noch mit ihr am telefoniert und sie war wie immer. Ich verstehe es auch nicht."

Mitso war am Boden zerstört.

„Wurde eine Obduktion angeordnet?", fragte Theo wie aus heiterem Himmel.

„Eh … nein. Der Notarzt hatte einen natürlichen Tod, vermutlich Herzversagen, diagnostiziert. Es gab eigentlich keinen Grund für eine …"

Theo unterbrach ihn wieder.

„… aber sie war doch kerngesund und noch keine Vierzig!?"

„Nun, ja. Das schon. Aber sie hat ja doch auch geraucht wie ein Schlot. Das könnte doch…", er machte den Satz nicht fertig.

„Wurde sie schon beerdigt?", fragte Theo zögerlich.

„Nein. Sie ist noch im Institut."

Er meinte das Leichenschauhaus.

„Kannst Du noch eine Obduktion veranlassen?"

„Ehm. Ich muss den Staatsanwalt davon überzeugen, dass möglicherweise ein Verbrechen vorliegt. Aber die Aussage des Arztes …"

„Tu Dein Bestes, Mitso!", intervenierte Theo. „Glaubst Du an einen natürlichen Tod?"

Ich nicht! Iota war nicht krank! Und dass sie etwas cholerisch war, macht sie nicht einfach so zu einem Kandidaten für einen Infarkt."

„Du hast Recht, Theo. Ich glaube auch nicht daran. Das Problem ist, dass Iota meine Verlobte war und wenn ich um eine Obduktion ersuche, dann heißt es, ich sei voreingenommen, denn offiziell deutet nichts auf ein Verbrechen hin."

„Mitso. Du bist es ihr schuldig!"

Er verstand den Polizisten nicht.

Tasía war inzwischen schlaftrunken aus dem Bett gekrochen, als sie Theo ziemlich laut reden hörte und saß nun neben ihrem Mann auf dem Sofa. Sie versuchte sich aus den Gesprächsfetzen zusammenzureimen, was sie konnte.

„Ich werde alles daran setzen, dass eine Obduktion stattfindet, Theo. Ich melde mich sobald ich etwas weiß."

Mitso sagte es so sicher, als wenn er es selber könnte.

„Jeder Zeit. Hast Du auch eine Handy-Nummer?"

Mitso gab sie ihm.

„Ich ruf Dich an, Theo. Es kann aber ein paar Tage dauern."

„Okay. Danke, Mitso."

„Bis dann", sagte der leise und legte auf.

Theo ließ sein Handy sinken und schaute zu   Tasía. Er schüttelte den Kopf. Sein Gesicht war fahl.

„Iota ist tot, Tasía", sagte er fassungslos.

Tasía war sofort hellwach.

„Was!?!?!"

„Es tut mir so leid, Theo", Tasía hatte ihn in den Arm genommen.

„Ich muss Iotas Eltern in Melbourne benachrichtigen, Tasía. Mitso kannte ihre Adresse nicht."

Sie nickte stumm.

Er schaute auf die poppige Wanduhr über der etwas altbackenen Kommode. Sie hatten noch nicht viel Geld, um sich neu einzurichten und der Verkauf der Häuser und Ländereien in Griechenland war auch schleppend in Gang geraten.

Die Uhr zeigte bereits halb Vier Morgens.

Theo entschloss sich trotzdem, Paul und Jenny Magiros in Melbourne anzurufen.

„Ja", krächzte es am anderen Ende des Telefons.

Paul Magiros war nicht erfreut über die nächtliche Störung.

„Paul? Ich bin's. Theo Maroulis."

„Theo? Was zum Teufel reitet Dich, mich mitten in der Nacht anzurufen?"

Paul Magiros war dazumal nicht sehr gut auf Theo zu sprechen gewesen, als die Trennung von ihm, Iota verlassen hatte, Hals über Kopf nach Griechenland zu gehen. Er meinte, Theo hätte ihm quasi seine Tochter gestohlen. Er hatte sich jedoch nach einer Weile wieder beruhigt, aber sie hatten keinen Kontakt mehr.

Lediglich Iotas Bruder Yanni, der sich John nannte, lief Theo ab und zu über den Weg und so erfuhr er, wie es seiner Ex-Freundin ergangen war.

„Es tut mir leid, dass ich Dich mitten in der Nacht störe, Paul. Aber es war nicht zu vermeiden."

Theo druckste herum. Paul schwieg schlaftrunken.

„Paul, Iota ist tot", sagte Maroulis kleinlaut.

Magiros' Reaktion war nicht anders als diejenige von Theo, als er vom Tod seiner Tochter erfuhr.

Er schüttelte seine Frau Jenny.

„Jenny, wach auf!"

„Hm?"

„Wach auf, verdammt!"

Natürlich war er gereizt.

„Was ist denn los?", murmelte Jenny.

„Iota ist tot!", sagte er. Er schrie es beinahe.

Wie vom Blitz getroffen richtete sich die ältere Frau auf.

„Was?!?!"

Paul wiederholte sich.

„Wie? Was? Warum? ... Was ist denn passiert?"

Sie verstand nicht.

Paul richtete sich wieder an Theo.

„Was ist denn passiert!?"

Theo vermied es, irgendetwas von seinen Vermutungen anzutönen und blieb bei der vorerst offiziellen Version des Herzinfarktes.

„Herzinfarkt! Aber sie war doch gesund?!"

Paul Magiros verstand nicht.

„Paul, wenn es Euch Recht ist, dann nehme ich heute den nächsten Flug nach Melbourne. Ich wohne jetzt in Adelaide."

Er spürte, dass Paul nicht gerade erbaut war, ihn wieder zu sehen, aber der Schock über den Tod seiner Tochter überdeckte das.

„Wenn Du meinst."

Er wandte sich zu seiner Frau und erzählte es ihr.

„Was meinst Du?"

Jenny nickte nur und versuchte sich zu sammeln. Sie war Theo immer mehr gewogen gewesen, denn sie mochte seine ruhige Art, mit der er ihre doch manchmal cholerische und flippige Tochter auf den Boden zurück gebracht hatte. Auch nach der Trennung.

„Okay, Theo. Ruf mich an, wenn Du in Melbourne bist. Wir sind zuhause."

Er war fünfundsechzig und deshalb schon pensioniert.

„Okay. Und Paul?"

„Ja?"

„Es tut mir so leid!"

„Ja. Bis später", brummte der und legte auf.

Tasía und Theo schauten einander an.

„Ich werde auf der Farm anrufen und ihnen sagen, dass Du einen Todesfall in der Familie hast und dringen nach Melbourne musstest, Theo."

Sie wusste, dass er alleine gehen würde. In ihrem Schmerz musste die Familie Magiros nicht noch mit der Frau konfrontiert werden, wegen der Theo damals Iota verlassen hatte. Auch wenn es nicht direkt so war.

„Danke, mátia mou."

Sie lächelte und er wusste, dass sie das schon verstanden hatte.

Theo stand langsam auf und lief zum kleinen Pult neben der Kommode. Die Universität hatte ihm einen Laptop mit Internetanschluss zur Verfügung gestellt. Er setzte sich davor, öffnete den Deckel und fuhr die Maschine hoch. Gedankenverloren verfolgte er den blauen Bildschirm und wie sich die verschiedenen Symbole auf dem Desktop manifestierten.

Tasía stellte sich hinter ihn und legte ihre Hände auf seine nackten Schultern.

„Ich mach' uns einen Kaffee, okay?"

„Okay. Danke", sagte er und schenkte ihr ein müdes Lächeln.

Tasía verschwand in der offenen Küche hinter dem Tresen. Sie würde eine ganze Kanne brauen und nicht nur einen elinikió.

Theo startete den Internet-Browser und googelte nach Inland-Flugdaten.

Der nächste Flug nach Melbourne, den er fand, war um acht Uhr fünfzehn mit Australian Airlines und würde etwas über eine halbe Stunde dauern.

Er notierte sich die Flugnummer auf einem Block, der neben dem Computer lag.

Der kleine Flughafen von Adelaide liegt nur ein paar Kilometer nördlich von Glenelg und ist mit dem Auto bequem in zehn Minuten zu erreichen.

Taki und Athina waren, wie immer, gegen Sechs aufgestanden und Theo hatte ihnen erzählt, was mit Iota geschehen war und dass er nach Melbourne fliegen würde. Auch den Eltern ersparte Theo, welchen Verdacht er hatte.

Tasía hatte Theo an den Flughafen gefahren. Traurig verabschiedeten sie sich.

„Ruf mich an, ja?", sagte sie

„Natürlich. Gleich nach der Ankunft."

Er nahm sie in die Arme.

Als sein Flug aufgerufen wurde, küssten sie sich und Theo lief zum Gateway.

Tasía sah ihm lange nach. Sie war selbst untröstlich, denn sie hatte Iota sehr gemocht. Nicht nur, weil sie ja irgendwie mit einander verwandt waren. Iota hatte es ihren Eltern auch nie erzählt.

Als die Maschine mit dem Sinkflug begann, sah Theo, dass der Himmel über Melbourne bedeckt war und es auch leicht regnen musste.

Es war so, denn das Wetter hier ist weitaus unbeständiger, als im trockenen Südaustralien auch wenn Melbourne lediglich ein paar hundert Kilometer weit weg liegt.

Unmittelbar nach der Ankunft rief Theo Tasía an, um ihr zu sagen, dass er gut angekommen sei.

Theo blinzelte in die Wolken, welche ihren Inhalt in Form von Nieselregen entleerten, als er aus dem Terminal trat. Es hatte nicht viele Leute und er lief auf ein Taxi zu und stieg ein. Der Fahrer war nicht ausgestiegen, sondern blickte einfach in den Rückspiegel.

„Essendon. Fletcher Strasse 36", sagte Theo lediglich.

Der Fahrer nickte und startete den Motor.

Der Morgenverkehr war üppiger, denn viele Einwohner zogen bei diesem Wetter nun das Auto der Trambahn vor.

Nach rund zwanzig Minuten hielt das gelbe Taxi vor dem alten Stadthaus, welches vor hundertfünfzig Jahren im Kolonialstil erbaut worden sein musste. Der kleine Vorgarten war gepflegt, denn Jenny hatte früher in einer Gärtnerei gearbeitet und wusste, was sie tat. Paul war ein Leben lang als Busfahrer tätig gewesen und musste sich alle Mühe geben, seine beiden Kinder studieren zu lassen. Aber mit Hilfe von Jenny war es gegangen.

Theo schaute sich das Haus nicht lange an, denn er kannte es ja noch. Zudem regnete es ihm in den Kragen seines Jacketts. Er lief schnurstracks die vier Stufen zur Haustüre und schüttelte sich etwas.

Bevor er den Knopf der Messingklingel betätigte, tat er einen tiefen Atemzug. Es war ein trauriger Anlass, sich wieder zu sehen.

Jenny Magiros öffnete die Tür. Sie war eine mittelgroße, schlanke Frau mit kurzem dunkelbraunem Haar. Die pechschwarzen Augen waren dieselben, die Iota hatte. Gehabt hatte. Iota glich ihrer Mutter sowieso ziemlich und Theo sah in ihr auch sogleich die Ex-Freundin wieder. Jenny lächelte matt.

„Hallo Theo. Komm rein."

Er trat an ihr vorbei in den Flur mit der geschwungenen Holztreppe, die in den ersten Stock führte und blieb stehen.

Jenny schloss die Tür langsam und schaute dann Theo lange und traurig an. Dann nahm sie ihn in den Arm, was ihn nicht sonderlich verblüffte, denn er hatte ja mit Jenny stets ein gutes, ja herzliches Verhältnis gehabt.

„Es tut mir so leid, Jenny", hauchte er und spürte, wie ihr die Tränen über ihre runzligen Wangen liefen.

„Ich weiß, Theo", sagte sie nur leise und löste sich von ihm. „Komm."

Sie zog ihn ins Wohnzimmer, wo ihr Mann Paul in einem älteren Ohrensessel saß. Als er Theo sah stand er auf und streckte ihm die Hand entgegen.

„Danke, dass Du gekommen bist, Theo", sagte er ruhig und Theo war erleichtert, dass nicht mehr in Pauls Stimme mitschwang.

„Das ist doch selbstverständlich, Paul."

Er wollte zu einer Erklärung ansetzen, ließ es aber dann doch bleiben.

„Setz Dich", bedeutete ihm Magiros, was Theo auch tat.

Jenny fragte Theo, ob er einen Kaffee möchte.

„Danke, Jenny. Gerne."

„Immer noch Milch und zwei Zucker?", lächelte sie und Theo nickte.

Sie hatte es nicht vergessen nach den vielen Jahren. Sie entschwand in die Küche. Einen Augenblick saßen die beiden Männer etwas betreten da. Dann brach Paul das schweigen.

„Wie hast Du es erfahren, Theo?"

Theo erzählte ihm vom Telefongespräch mit Dimitri.

„Ja. Von Dimitri hat Iota öfters erzählt", meinte Paul und Theo sah, wie seine Augen wässrig wurden. Magiros schnupfte kurz und beherrschte sich sogleich wieder. „Er muss ein guter Freund von ihr gewesen sein."

„Er war mehr als das", berichtigte Theo. „Sie waren verlobt und wollten in zwei Wochen heiraten."

„Was!?!", rief Paul Magiros, „davon wussten wir nichts!"

Der Alte war schockiert.

„Jenny!" rief er in die Küche, aber seine Frau stand schon im Wohnzimmer und stellte die Kaffeetassen auf den Glastisch.

„Was ist denn los?", fragte Jenny Magiros, die Ihren Mann hatte rufen hören.

„Stell Dir vor, Iota wollte heiraten und wir wussten nichts davon", sagte er beleidigt.

Jenny blickte Theo etwas ratlos an.

„Wusstest Du davon?"

„Erst seit dem Gespräch mit Mitso. Ich wusste aber, dass sie verlobt waren. Aber ich dachte, das hätte sie Euch mitgeteilt."

„Nein!", brummte Paul.

„Paul!", zischte Jenny erbost. „Iota ist tot und Du regst Dich über so was auf!"

Der alte Magiros begann zu schluchzen. Natürlich war seine Reaktion irrational, aber der Schock war zu groß.

Jenny ließ sich langsam neben ihrem Mann in den Sessel sinken und schaute Theo fragend an.

„Ich weiß auch nichts genaues", sagte Theo traurig.

Alle drei schwiegen bedrückt, dann raffte sich Jenny auf.

„Was sollen wir jetzt machen?", fragte sie Theo.

„Wir werden Iota natürlich nachhause holen!", sagte Paul, erstaunt über die Frage.

„Natürlich", erwiderte Theo kleinlaut. „Wann wart ihr das letzte Mal in Griechenland?"

Paul überlegte, als Jenny antwortete.

„Vor drei Jahren. Wir haben Iota damals das einzige Mal besucht. Wir waren ja vorher nur ein Mal dort gewesen, da wir uns einen so teuren Flug nur ganz selten leisten konnten. Das war vor fünfzehn Jahren. Zu Paul's fünfzigstem Geburtstag."

„Richtig", nickte Paul zustimmend.

Theo zögerte etwas.

„Ich möchte Euch anbieten, mitzukommen. Ihr kennt Euch doch nicht mit den Behörden da aus und ich kann Euch beistehen."

Paul und Jenny sahen einander an.

„Meinst Du?", fragte Jenny.

„Das bin ich Euch und Iota schuldig, Jenny", sagte er ernst.

„Du bist uns nichts schuldig, Theo", wandte Paul ein. „Wir waren sehr enttäuscht, als Du Dich von Iota getrennt hast. Du warst wie ein Sohn für uns. Mich hat es mehr aufgeregt als Jenny und ich war auch eine Weile wütend auf Dich, als Iota daraufhin nach Griechenland … ja, geflüchtet war. Aber ich weiß auch, dass es für Dich einen triftigen Grund gegeben haben musste, der nicht an meiner Tochter lag. Ich habe das gespürt, aber nicht wahrhaben wollen."

„Iota hat nie aufgehört, Dich zu lieben, Theo", fügte Jenny bei.

„Ich weiß. Aber ich konnte nicht anders."

„Ja. Wahrscheinlich", sagte Paul traurig.

„Wie hast Du Iota wieder getroffen?", fragte Jenny unvermittelt und Theo erzählte ihnen – fast – die ganze Geschichte vom Tod seines Bruders und Vaters bis zur Rückkehr nach Australien.

Das Ehepaar Magiros hatte schweigend zugehört. Nur Paul schüttelte manchmal ungläubig den Kopf und meinte ‚Popopo', als Ausdruck des Erstaunens über das, was er erfuhr.

„Dann war Tasía der Grund für Deine Trennung von Iota, nicht?", fragte Jenny Theo.

Theo nickte leise.

„Ja. Tasía war der Grund. Ich konnte sie nie vergessen. Ich weiß nicht ob ihr das versteht. Ich habe Iota geliebt. Wirklich. Aber Tasía war immer ein Stück näher und ich konnte mich nicht dagegen wehren. Vielleicht wollte ich auch nicht."

Theo schüttelte den Kopf. Es war ihm sehr unangenehm, in diesem Moment über seine Beziehungen zu sprechen.

„Seid ihr nun verheiratet?", fragte Paul.

208

„Ja. Wir haben im Januar geheiratet. Tasías Vater und meine Mutter sind Ende Dezember letzten Jahres nach Australien nachgekommen. Sie sind ja beide verwitwet und haben praktisch niemanden mehr außer uns Kindern.

„Das ist schön, Theo", lächelte Jenny. „Es ist gut, wenn es noch Junge gibt, die zu uns Alten schauen. Es ist nicht mehr selbstverständlich heutzutage.

„Da ist noch etwas", begann Theo zögernd.

Er hatte es ihnen noch nicht erzählt. Jenny und Paul sahen ihn fragend an.

„Iota hat herausgefunden, dass Tasías Großmutter und Dein Vater, Paul, Cousin und Cousine waren. Sie stammten auch aus Meligalá."

Paul verschlug es die Sprache. Im Geiste rattere die ihm bekannte Verwandtschaft durch.

„Mein Vater hatte, soweit ich weiß, zwei Cousinen und drei Cousins. Wart' mal." Er begann an den Fingern abzuzählen. „Da war Tassos. Jorgo. Panos. Eine Pina und … ja, eine Elefteria. Wie hießen ihre Eltern?"

„Pavlos und Panaiota Magiros."

„Natürlich!", rief Paul aus und schlug sich mit der Hand auf die Stirn. „Der Onkel meines Vaters, ein Anasthassios Magiros hatte sich der Tochter eines Verwandten angenommen, deren Eltern in Meligalá erschossen worden waren. Sie wurde mit einem … wie hieß er noch gleich Stavros … Stavros Katsikis oder so verheiratet."

„Stavros Katsoiannis", korrigierte Theo.

„… ja. Katsoiannis. Und der ist Tasías Großvater?"

„Nicht ganz. Er hatte Tasías Großmutter geheiratet, als sie schwanger war. Elefteria war von einem Soldaten der ELAS Soldaten vergewaltigt worden. Die Tochter Eleni, die sie zur Welt brachte, war Tasías Mutter."

Paul und Jenny schauten einander wieder fassungslos an.

„Dann sind … dann waren Iota und Tasía …irgendetwas wie … wie Großcousinen?"

Paul war völlig verblüfft.

„Ja. So etwas Ähnliches. Mindestens entfernt verwandt."

Paul schüttelte den Kopf. Jenny war ruhig dagesessen auch wenn man ihr das Erstaunen an den Augen ablesen konnte.

„Dürfen wir Deine Frau kennen lernen, Theo?", fragte Jenny unvermittelt.

Paul sah seine Frau baff an, aber sie lächelte nur.

Auch Theo war natürlich erstaunt über die Frage.

„Ich … ich denke schon."

„Das wäre schön. Iota und Deine Tasía haben sich gemocht, hast Du gesagt?", hakte sie nach.

„Ja. Sie waren sich vom ersten Moment an sympathisch. Noch bevor Tasía wusste, dass sie mit Iota irgendwie verwandt war."

Theo wollte das Thema wechseln.

„Ihr könnt auch die Botschaft beauftragen, Iota nach Australien bringen zu lassen", sagte er zögerlich. „Ihr müsst dazu nicht nach Griechenland."

„Ist das so?", wandte sich Paul an seine Frau, die aber nur mit den Schultern zuckte.

Im selben Moment klingelte Theos Handy. Er schaute auf das Display und runzelte die Stirn. Ein Anruf aus Griechenland.

„Würdet ihr mich bitte kurz entschuldigen?", sagte er und lief in den Flur.

Paul und Jenny schauten einander nur an.

Iota war verwandt gewesen mit Theos neuer Frau! Unfassbar!

Theo nahm das Gespräch an.

„Né!", sagte er auf Griechisch.

„Theo. Ich bin's Mitso. Du hattest Recht."

„Mitso? Womit?"

„Ich habe erreichen können, dass Iota sofort obduziert wurde. Man hat winzige Spuren eines Gifts in ihrem Körper gefunden. Irgendetwas Südamerikanisches sagte das Labor, das nach spätestens 48 Stunden nicht mehr nachweisbar ist. Aber wir hatten Glück. es scheint einiges darauf hinzudeuten, dass Iota umgebracht wurde. Es wurde eine Untersuchungskommission eingerichtet und man hat mir den Fall übertragen."

Theo hatte nur zugehört.

„Scheiße!", zischte er auf Englisch.

„Wie?", fragte Mitso.

„Nichts. Die Leiche wird also nicht freigegeben. Ich bin jetzt gerade bei Iotas Eltern und sie wollten sie über die Botschaft nach Australien zurückbringen lassen."

„Tut mir leid, Theo. Im Moment nicht. Es sind noch weitere Untersuchungen im Gange. Die Eltern müssten herkommen."

„Okay, Mitso. Ich rede mit ihnen und ruf Dich zurück."

„Endáxi", sagte er und hängte auf.

Theo atmete schwer durch und lief schweren Schrittes zurück zum Ehepaar Magiros. Sie sahen sein besorgtes Gesicht.

„Ist etwas passiert?", fragte Paul.

„Ja", schluckte er. „Wir müssen doch nach Griechenland."

„Weshalb?", fragte Paul.

Theo atmete nochmals tief durch, denn er wusste, dass er ihnen die Wahrheit sagen musste.

Kapitel 27

10. Mai 2007

Theo, Tasía, Taki und Athina saßen an ihrem Küchentisch. Sie hatten lange geschwiegen, als Taki auf Theos Neuigkeiten antwortete:

„Es ist nicht natürlich, die eigenen Kinder begraben zu müssen. Aber es ist noch schlimmer, wenn diese einem Verbrechen zu Opfer gefallen sind!"

Er war wütend.

Athina legte ihm besänftigend die Hand auf den Arm. Die beiden waren einander in den letzten Monaten sehr nahe gekommen.

„Ich werde mit den Magiros nach Athen fliegen", stellte Theo fest.

„Aber Deine Arbeit, Theo", wandte Athina ein.

„Ich werde mit meinem Chef sprechen. Er ist ein vernünftiger Mann und wird es verstehen. Es kann ja auch nicht allzu lange dauern. Ein paar Tage oder vielleicht eine Woche. Ich kenne meinen Arbeitsplan und es sollte möglich sein."

Tasía wandte sich an ihn.

„Theo, ich werde mitkommen."

Er schaute seine Frau an und wusste, dass es keine Frage gewesen war, sondern eine Feststellung.

Taki wehrte sich.

„Aber wieso. Theo kann doch alleine mit dem umgehen, und …"

Tasía sah ihren Vater streng an.

„… endáxi. Wenn Du meinst", gab er klein bei.

„Papa", erklärte sie. „Theo redet zwar fließend Griechisch, aber er kennt die Behörden heutzutage nicht. Ich schon. Abgesehen davon ist es besser, wenn immer jemand bei Paul und Jenny ist. Die gehen sonst verloren in dem ganzen Trubel."

Sie schaute Theo fragend an.

„Es wird nicht lange dauern, bis wir zurück sind, Taki", sagte er nur und bestätigte so den Wunsch seiner Frau. „Und Du hast ja noch meine Mutter, die Dir Händchen halten kann", fügte er grinsend bei.

Taki wurde rot und alle begannen zu lachen auch wenn die Situation alles andere als komisch war.

Bevor Theo und Tasía nach Melbourne zurück flogen, nahm Taki den Schwiegersohn zur Seite. Er war sehr besorgt.

„Theo, Du weißt was ich getan habe. Und Du weißt auch, wie ich es getan habe."

Theo schaute ihn fragend an. Dann wusste er, was Taki ihm sagen wollte.

„Du meinst, Iota wurde mit demselben Gift umgebracht?"

Taki zuckte nur die Achseln.

„Was weiß ich, Theo. Aber es ist schon komisch. Iota wusste doch von den Verbrechen der ELAS und die Geschichte in Meligalá. Und sie hat offenbar noch mehr Nachforschungen angestellt, sonst hätte sie nicht herausgefunden, dass wir verwandt sind mit den Magiros. Vielleicht kam da noch mehr heraus, als sie uns sagte oder sagen wollte?"

Theo überlegte.

„Sag mal. Dieser … wie hieß er noch, der Dich in Athen dazumal angesprochen hatte."

„Er nannte Sich Baras."

„Baras. Der hat Dir doch das Gift gegeben?"

„Ja."

Die Erinnerung schmerzte Taki immer noch.

„Wie sah er aus. Erinnerst Du Dich noch?"

„Natürlich. Ich werde den nie vergessen. Er war ausgesprochen groß. Mindestens Eins Neunzig. Dunkler Teint. Schwarzes, zurück-gekämmtes Haar. Schien Brillantine drin zu haben, so speckig wie die glänzten. Aber gepflegt. Er hatte einen dünnen Oberlippenbart und eine auffällige Hakennase."

„War er dick oder dünn?", fragte Theo.

„Mittel. Aber kräftig."

„Sonst irgendwelche Kennzeichen?"

Taki überlegte angestrengt. „Nein … doch! Natürlich. Er trug einen Ring am linken kleinen Finger. Mit irgendeinem braunroten Stein und einem griechischen Sigma drauf. Fiel mir damals schon auf. Hab's aber vergessen."

„Danke Taki. Ich werd's mir merken", versprach Theo dem Schwiegervater.

„Theo, ich hab Angst um Euch!", sagte der alte Mann besorgt. „Wenn diese Stavrophorí dahinter stecken, dann ist es gefährlich. Ich will nicht auch noch Euch verlieren."

Er meinte diesen Geheimbund der ‚Kreuzritter'.

Theo legte die Hand auf Takis Schulter.

„Ich weiß. Aber ich pass auf Deine Tochter auf. Taki. Auch ich will sie nicht verlieren, wie Du Dir denken kannst. Kein Risiko der Welt würde Iota wieder lebendig machen und ich bin kein Anhänger von Kreuzzügen!"

Taki lächelte gequält.

„Danke, mein Sohn!"

Er hatte ihn ‚mein Sohn' genannt und es erfüllte Theo mit Stolz.

Die Boeing 747-400 der Singapore Airlines hob pünktlich um fünfzehn Uhr dreißig von der Piste 6 des Tullamarine International Airport in Melbourne ab. An Bord waren dreihundertfünfzehn Passagiere. Unter ihnen Paul und Jenny Magiros sowie Theo und Tasía Maroulis.

Sie hatten sich innerhalb von zwei Tagen organisiert und in der Australischen Botschaft in Athen angekündigt.

Theo und Tasía waren am späten Morgen in die Hauptstadt Victorias geflogen und trafen sich mit dem Ehepaar Magiros am internationalen Terminal zum Mittagessen.

Die Begegnung war sowohl für Tasía als auch die Magiros etwas Besonderes und alle waren froh, dass, man sich gleich verstand, auch wenn sich Tasía etwas peinlich berührt fühlte, den Eltern von Theos Ex-Freundin zu begegnen.

Aber Verwandten zu treffen ist für Griechen immer etwas Spezielles. Vor allem, wenn man nicht gewusst hat, dass es sie gibt.

Es gab natürlich auch viel zu erzählen und dabei überhörten sie beinahe den Aufruf für das Boarding.

Kapitel 28

12. Mai 2007

Rund 24 Stunden später landeten sie auf dem Flughafen Elefterios Venizelos in Athen.

Ein Taxi fuhr sie zunächst zum Hotel, in dem Mitso für sie zwei Zimmer reserviert hatte.

Es war noch früh, sechs Uhr, obschon die Maschine etwas Verspätung gehabt hatte wegen einer Panne am Flughafen Changi in Singapur. Sie waren rund eine Stunde wegen eines technischen Problems aufgehalten worden.

Sie checkten ein und beschlossen, sich noch ein, zwei Stunden aufs Ohr zu legen.

Theo konnte nicht schlafen und stieg leise aus dem Bett. Er schlich auf die Terrasse und lehnte die Türe an. Dann wählte er Mitsos Handy-Nummer.

„Né?"

„Mitso, ich bin's. Theo Maroulis."

„Theo! Seid ihr gut angekommen?"

„Ja. Die anderen schlafen noch etwas. Ist doch ein langer Flug."

„Weiß ich nicht, kann ich mir aber denken."

„Wir haben um vierzehn Uhr einen Termin bei der Australischen Botschaft. Kannst Du dann auch da sein? Für Erklärungen von offizieller Seite."

„Natürlich! Vierzehn Uhr. Botschaft. Endáxi. Bis dann, Theo."

„Danke. Bis dann."

Theo drückte die Taste für Beenden. Nur in Shorts bekleidet lehnte er sich ans Geländer und schaute die drei Stockwerke nach unten. Der Verkehr war trotz der frühen Stunde schon enorm und die Strasse glich einem lärmenden und hupenden Chaos. Athen eben. Menschen eilten den Trottoirs entlang und schienen irgendein Ziel zu haben. Und sei es nur das nächste kafeníon.

Auf Zehenspitzen lief er wieder zurück ins Zimmer und legte sich neben Tasía, die immer noch fest schlief. Er verschränkte seine Arme im Nacken und starrte an die Decke. Er dachte an Iota.

Weshalb musste sie sterben?

Hatte sie ihre wissenschaftliche Neugier dazu getrieben, in ein Wespennest zu stechen?

Wenn ja, was war so brisant daran, dass man bereit war, sie umzubringen?

Er spürte, dass er es herausfinden musste und hatte zugleich Angst, dass auch Tasía und Iotas Eltern plötzlich darin verwickelt würden.

Er musste abwarten, was Mitso meinte, denn der war ja der bátsos, der Bulle.

Der Termin in der Australischen Botschaft ging relativ schnell über die Bühne. Iota war schließlich Australische Staatsbürgerin gewesen und ihr Tod musste gemeldet werden. Nachdem Mitso dem zuständigen Beamten der Botschaft gesagt hatte, dass die Leiche aufgrund eines Mordverdachts noch nicht freigegeben werden könne, war die Sache für den Moment erledigt. Man solle sich wieder melden, wenn es soweit wäre.

Paul und Jenny Magiros waren lediglich traurig mitgetrottet. Tasía nahm sich ihrer an und Theo diskutierte mit Mitso. Es war einfacher zu dieser Tageszeit, die paar Blöcke zum Präsidium zu laufen, als ein Taxi durch Athens berüchtigten Verkehr zu nehmen. Nach zwanzig Minuten kamen sie an. Die Magiros waren leicht außer Atem, denn der Smog war ziemlich stark und die Maisonne hatte schon einiges an Kraft.

Mitso führte sie in sein Büro im zweiten Stock und bat sie, Platz zu nehmen, nachdem er ein paar weitere Stühle organisiert hatte.

Er setzte sich hinter sein Pult, faltete die Hände und schaute die vier Greco-Australier an. Erst jetzt bemerkte Theo, in was für kluge und zugleich einfühlsame Augen er sah. Mitso begann zu sprechen.

„Es tut mir leid, dass ich noch keine Zeit gefunden habe, mein Bedauern auszudrücken." Er wandte sich an Paul und Jenny. „Ihre Tochter hat mir sehr viel bedeutet, Sie war ein wunderbarer Mensch. Ich werde alles daran setzten, ihren Tod aufzuklären. Und wenn es das letzte ist, was ich in meinem Beruf tue."

Paul und Jenny nickten anerkennend. Sie hatten ihn auch nicht über die Tatsache ausgefragt, dass Mitso Iotas Verlobter gewesen war.

„Wann können wir unsere Tochter nach hause nehmen?", fragte Paul unvermittelt.

„Sobald die Staatsanwaltschaft die Leiche freigegeben hat."

Der Ausdruck ‚Leiche' drehte Mitso beinahe den Magen um.

„Und wann wird das sein?", fragte Jenny.

„Ich denke, in zwei, drei Tagen. Es werden noch Tests gemacht. Die erste Obduktion war ja in aller Eile. Wir möchten sichergehen, dass wir alles haben, was wir brauchen. Ihre Tochter wird ja danach wieder in Australien sein."

Es blieb für einen Moment stumm.

„Tasía, ich möchte noch ein paar Worte mit Mitso reden. Warum geht ihr drei nicht in ein schönes kafenío für einen Frappé?" Zu Mitso: „Gibt es eines in der Nähe?"

„Ja. Es gehört meinem Vater und ist gleich um die Ecke", sagte Mitso und schämte sich sogleich etwas, dass er Werbung gemacht hatte. „Es heißt „O kókoras". Der Hahn.

Theo sah Tasía und das Ehepaar Magiros an.

„Okay", sagte Tasía. „Ich brauche einen Kaffee. Ihr nicht auch?"

Paul und Jenny nickten.

Sie verabschiedeten sich voneinander und Theo versprach in einer halben Stunde nachzukommen.

So hoffte er jedenfalls.

Theo saß vor Mitso am Pult und schaute ihn lange an.

„Und jetzt bitte alles, was Du weißt, Mitso."

Der schaute Theo ernst an.

„Es ist schwierig, Theo. Ein ganz heißes Eisen."

Er musste etwas weiter ausholen.

„Du weißt, dass mir Iota die Geschichte Deiner Frau erzählt hat?"

Theo nickte.

„Iota hat die ganze Sache keine Ruhe gelassen. Sie war nach Eurer Abreise nach Australien wie ausgewechselt. Sie wollte mehr herausfinden, was in jener Zeit geschehen war. Vielleicht eine Bewältigung einer Vergangenheit, die sie ja gar nicht kannte."

Ja, Iota konnte so sein, erinnerte sich Theo.

„Als ich eines Abends bei Iota war - muss etwa zwei Wochen nach Eurer Abreise gewesen - erzählte sie mir etwas von einem Tagebuch, das sie hatte. Sie sagte, es wäre ein Tagebuch eines ELAS-Kämpfers."

‚Das Tagebuch von Manos Kapiotis', dachte Theo.

„Es war Manos Kapiotis' Tagebuch. Der Typ, der hier Jahrzehnte lang im Archiv der Polizei gearbeitet hatte. Sie erzählte mir, sie habe es von Deiner Frau Tasía bekommen, bevor Sie abgereist sind."

Mitso schaute Theo fragend an.

„Hast Du das ganze Tagebuch gelesen?"

„Eigentlich nicht."

Erst jetzt fiel Theo auf, dass sie damals nur nach dem Kapitel in Meligalá gesucht hatten. Der Rest war nicht von Interesse gewesen.

„Okay", fuhr Mitso fort. „Iota will das ganze Buch gelesen haben und war noch mehr entsetzt, als sie es schon beim Fall der Großmutter Deiner Frau gewesen war."

Theo machte große Augen.

„Hast Du das Buch auch gelesen, Mitso?", fragte er.

„Nein. Iota hat mir nur bruchstückweise daraus erzählt. Ich glaube sie hatte Angst es mir zu zeigen."

„Weshalb?"

Theo war erstaunt, denn er wusste ja vom vertrauten Verhältnis zwischen Mitso und Iota.

„Keine Ahnung. Vielleicht wollte sich mich schützen", meinte der Kommissar.

„Schützen? Wovor?", fragte Theo erstaunt.

„Nun, vielleicht nach dem Motto: Was Du nicht weißt, kann man nicht aus Dir herausquetschen oder so. Ich habe jedenfalls nicht nachgehakt. Iota mochte das nicht."

‚Das ist richtig', dachte Theo.

„Das einzige, was sie antönte, war, dass sie recherchiert hatte und auf eine Organisation X gestoßen sei. Ein rechts-nationalistischer Verein während des Bürgerkriegs. Sie sprach auch von einer Liste mit Namen, die sie hätte. Die Namen sollen brisant sein."

„Hast Du die Liste gesehen?"

„Nein, auch die hat sie mir nicht gezeigt. Es war wirklich seltsam. Einerseits hatten wir soviel Vertrauen zueinander und dann spricht sie etwas an, das sie schrecklich beschäftigte, redete aber nicht mit mir darüber. Ich versteh's bis heute nicht."

Mitso schüttelte etwas traurig den Kopf.

„Du hast Recht, Mitso. Iota hatte wie die meisten Frauen einen Beschützerinstinkt. Sie weihte Dich nicht ein, weil sie Dich wirklich beschützen wollte."

„Aber wovor?", fragte Mitso beinahe etwas ärgerlich.

Er war schließlich ein bátsos, und das nicht erst seit gestern.

„Ich weiß es auch nicht", erwiderte Theo. „Aber es muss so brisant sein, dass sie sich entschloss, es Dir zu Deinem Schutz nicht zu sagen."

Mitso nickte.

„Und da haben wir das Problem", fügte er nachdenklich bei.

„Welches?"

„Wir haben bei der Durchsuchung von Iotas Wohnung nichts gefunden. Kein Tagebuch. Keine Liste. Típota! Nicht, dass ich danach suchen ließ. Niemand sonst weiß davon!" Er schaute Theo an und hob abwehrend die Arme. „Ich habe selbst danach gesucht. Nichts. Keine Spur!"

„War bei Iota eingebrochen worden?", fragte Theo.

„Nein. Gar nicht! Das ist es ja!", rief Mitso verzweifelt.

„War irgendetwas Essbares in der Wohnung?"

„Du meinst im Kühlschrank?"

„Ja. Oder in der Wohnung. Etwas Süßes. Kuchen oder so. Sie wissen ja, dass Iota ein Schleckmaul war."

Mitso überlegte.

„Ich … ich glaube nicht. Nein. Wir sind ja auch nicht sofort von einem Verbrechen ausgegangen!"

Er war etwas beleidigt, fing sich aber sogleich wieder.

„Und Zigaretten? Sie hat ja geraucht, wie ein Schlot. Hast Du die Zigaretten untersuchen lassen?"

Mitso schüttelte den Kopf.

„Ich sag' ja. Nichts hat auf ein Verbrechen hingedeutet. Es wurden deshalb auch keine Proben genommen."

Er verfluchte sich selbst.

„Warst Du danach nochmals in ihrer Wohnung?", fragte Theo ruhig.

Er wollte Mitso nicht provozieren.

„Ja. Ich habe einen Tag später nochmals nach dem Buch …"

Er stockte. Dann schlug er sich mit der Handfläche vor die Stirn und keuchte.

„Mein Gott!!! Die Zigaretten!"

Theo verstand nicht, aber Mitso fuhr fort.

„Am Abend muss die Putzfrau da gewesen sein! Iota war ja nicht schlampig. Alles war immer ziemlich aufgeräumt. Aber als ich nochmals hinging, waren die Aschenbecher geleert und feinsäuberlich geputzt!"

„Die Wohnung war nicht versiegelt worden?!"

Nun wurde Theo doch etwas ärgerlich.

„Es schien kein Verbrechen vorzuliegen!!", bellte Mitso zurück und bemerkte sogleich seine Unbeherrschtheit. „Verzeihung, Theo."

„Schon gut", sagte der und schaute auf seine Uhr. Sie hatten schon eine Dreiviertelstunde geredet.

„Es tut mir leid, Mitso. Ich muss zu meiner Frau und Iotas Eltern."

„Ja. Natürlich", er schüttelte immer noch den Kopf. Dann schaute er Maroulis flehend an. „Ich glaube, ich brauche Deine Hilfe, Theo."

„Ich glaube, wir brauchen alle Hilfe, Mitso. Ich muss mir Gedanken machen und ruf Dich an."

Mitso seufzte schwer.

„Ja. Tut mir leid, Theo."

„Es ist nicht Dein Fehler, was mit Iota passiert ist, Mitso", beschwichtigte er ihn.

Er nickte.

„Ich weiß. Und doch …"

Er beendete den Satz nicht.

Theo streckte dem Kommissar seine Hand hin.

„Lass uns herausfinden, wer das Iota angetan hat!", meinte Theo ernst.

„Vevéos!", Natürlich, meinte der Kommissar.

Theo war die Treppe hinunter gerannt, denn er wusste, dass Tasía, Paul und Jenny warteten.

Die drei sahen ihn erwartungsvoll an, aber Theo wollte noch nichts Konkretes sagen. Vor allem, weil er ja auch nichts Fassbares wusste.

„Neuigkeiten?", fragte Tasía besorgt.

„Nicht wirklich. Mitso muss noch weiter recherchieren."

Das war nicht wirklich gelogen, aber auch nicht die ganze Wahrheit. Er versuchte abzulenken und schaute auf die Uhr. Es war fünf Uhr zehn.

„Ich würde mich vor dem Essen ganz gerne noch einen Moment hinlegen. Der Flug war doch sehr anstrengend."

Er schaute Paul und Jenny an und sie nickten.

„Kann nicht schaden. Der Smog hier und die Affenhitze laden nicht wirklich zum Bummeln ein", grinste Paul gequält. „Aber zuerst trinken wir noch einen Ouzo, Theo! Bei uns gibt's ja keinen guten. Eine Viertelstunde."

Maroulis stöhnte.

„Okay. Aber nur einen", lachte er.

Die vier kamen erst um sieben Uhr im Hotel an. Griechische Zeitangaben sind immer relativ zu sehen! An Schlafen war nicht mehr zu denken.

Die beiden Paare verabredeten sich für neun Uhr in der Lobby, um Essen zu gehen.

Theo und Tasía traten in ihr Zimmer ein und er schmiss sich sogleich mit einem Seufzer aufs Bett.

Tasía zog ihre Schuhe aus, legte sich neben ihn und umarmte seine Brust.

„Mitso hatte keine guten Neuigkeiten, nicht wahr?", sagte sie mit geschlossenen Augen.

Theo starrte an die Decke.

„Nein. Nicht wirklich", sagte er leise.

„Willst Du es mir erzählen?", fragte sie sanft.

Theo überlegte kurz und erzählte ihr Mitsos Geschichte.

„Wie geht's nun weiter?", fragte Tasía.

„Keine Ahnung!" Er atmete tief durch. „Ich werde zuerst mal in Adelaide anrufen. Unsere Eltern warten sicher schon sehnsüchtig darauf." Er schaute auf seine Uhr. „Mist!", zischte er, „bei ihnen ist es ja mitten in der Nacht."

„Lass gut sein, Theo", beschwichtigte sie. „Ruf sie nach dem Essen an. Dann ist dort Morgen. Und sie stehen früh auf, wie Du wisst."

Sie kicherte.

„Ja, Du hast Recht."

„Theo?"

Sie schaute ihn von unten an.

„Hm?"

„Nimm mich bitte in den Arm", hauchte sie.

Er umarmte sie zärtlich und küsste sie auf die Stirn.

„Das war auch schon besser!", protestierte sie.

Er drehte sich um, umarmte und küsste sie.

„Das war schon viel besser!"

Tasía lachte ihn an, denn sie wollte ihn auf andere Gedanken bringen.

Kapitel 29

13. Mai 2006

„Anna! Ich bin's Tasía!"

Sie hatte ihre Freundin in Tripolis angerufen. Am Morgen danach.

„Tasía?! Aus Pidasos?!"

„Ja. Wie geht's Dir?!"

Die Frauen waren entzückt, sich wieder zu hören Und redeten eine gute Stunde miteinander, ohne dass Tasía ihre Geschichte detailliert erzählte.

Theo lag währenddessen gelangweilt auf dem Bett ohne seiner Frau zuzuhören und las eine Zeitung, als Tasía ihn stupste.

„Theo, können wir nach Tripolis fahren?", fragte sie wie ein kleines Kind, das in den Zoo gehen wollte.

„Tripolis?" Es dämmerte ihm. „Du meinst, Du möchtest Anna besuchen?"

„Ja! Natürlich! Bitte!", bettelte seine Frau.

Theo überlegte kurz.

„Klar. Ich war auch seit Jahren nicht mehr da. Wieso nicht?"

Sie küsste ihn auf die Stirn.

„Danke!"

„Keine Ursache", grinste er und sie nahm den Hörer wieder auf.

„Wann hast Du Zeit, Anna!?", fragte Tasía aufgeregt.

„Wann Du willst", antwortete sie.

„Morgen?!"

Anna dachte nach.

„Ja, warum nicht?"

„Wir sind gegen … Mittag da, ja?"

Tasía war sehr enthusiastisch.

„Endáxi. Du weißt ja, wo ich wohne."

„Na. Klar. Bis morgen also!"

Sie beendete das Gespräch und sah Theo selig an.

„Endlich. Nach so vielen Jahren."

Theo grinste.

„Schön. Aber wir müssen noch ein Auto mieten, mátia mou."

Tasía schwieg kurz. Sie hatte vergessen, dass sie ja nicht mobil waren. „Oh?" sagte sie nur.

„Kein Problem, mein Schatz", lachte Theo. „Wir müssen jedoch Jenny und Paul noch informieren und sie fragen, ob das für sie okay ist, ja?"

„Sie werden sicher nichts dagegen haben. Sie sprechen ja Griechisch."

Meinte Tasía.

Theo musste wieder lachen über die kindliche Vorfreude seiner Frau, die doch schon beinahe Vierzig war.

Kapitel 30

14. Mai 2007

Paul und Jenny waren einverstanden gewesen. Das Ehepaar Maroulis mietete sich einen Kleinwagen und fuhr Richtung Korinth.

Die Gegend war ihnen nicht wirklich vertraut. Sie durchfuhren die ebene Landschaft bei Neméa, einer bekannten Weingegend, auf deren Südseite Mykene liegt, als sie rund sechzig Kilometer weiter in das raue und karge Innere des Peloponnes gelangten und nach anderthalb Stunden ihr Ziel erreichten.

Tripolis ist eine Stadt, die selten von Touristen besucht wird, denn sie bietet nicht viel und das Leben findet weitgehend in einem kleinen Radius um den Kolokotronis Platz statt, der einem Freiheitskämpfer seinen Namen verdankt.

Theo und Tasía erreichten über die Elefterios Venizelos Strasse diesen Platz und suchten die Paleoglou Strasse. Sie fanden sie nach ein paar Minuten. Dort wohnte Anna Bardoulas im Haus ihres Vaters. Ihre Mutter war schon vor über zwanzig Jahren verstorben und ihr Vater musste die Erziehung der Tochter im Teenageralter übernehmen.

Es handelte sich um ein stattliches Backsteinhaus aus der Zeit um 1900 und war dreistöckig. Die Fenster waren riesig und Tasía erinnerte sich an die feinen Vorhänge, die den Einblick verborgen. Der Garten war von Oleander und Bougainvillea Büschen umzäunt und bot nur spärlichen Einblick. Das geschmiedete Tor war mit einem Schloss gesichert, das sich von innen öffnen ließ. Eine Gegensprachanlage mit Glocke lugte unter dem Blätterwald hervor.

Theo und Tasía schauten sich an und er lächelte.

„Nun läut' schon!"

Tasía drückte den Knopf und aus dem Lautsprecher schnarrte eine weibliche Stimme, die sie nicht erkannte.

„Oríste?" Bitte?

Tasía grinste.

„Mein Name ist Tasía. Ich möchte zu Anna Bardoulas. Sie erwartet mich."

Sie sagte nicht Maroulis und Theo verzog das Gesicht dabei.

„Mísso leptó", Einen Moment, drang es aus dem Lautsprecher und kurz darauf öffnete ein „Biip" die Türe.

Sie waren kaum in den Vorgarten eingetreten, als auch schon eine Mittdreißigerin mit kurzem, blond meliertem Haar und geblumtem Rock auf sie zustürzte.

„Tasía!", rief Anna mit offenen Armen.

Tasía öffnete auch die ihren, blieb aber stehen.

„Anna!"

Die Frauen umarmten einander herzlich und vergaßen Theo für einen Augenblick völlig, was ihn nicht störte. Er schmunzelte leise. Dann löste sich Tasía von ihrer Freundin und schaute zu ihrem Mann.

„Anna. Das ist mein Mann Theo!"

Der Stolz sprach aus ihr.

Anna strahlte Theo aus ihren blauen Augen an.

„Endlich!"

Sie wusste natürlich um Theo von vielen Erzählungen, welche die beiden Frauen früher heimlich ausgetauscht hatten.

„Er ist noch hübscher, als Du ihn mir beschrieben hast, Tasía", stichelte sie zur Freundin.

Tasía stieß sie mit dem Ellbogen in die Seite und musste verlegen lachen.

„Willkommen, Theo", sagte Anna und reichte ihm die Hand.

„Schön, Sie kennen zu lernen, Anna", erwiderte er.

„Dich", sagte sie. „Wir sagen doch Du zueinander, nicht?"

Theo grinste. „Natürlich."

Anna hängte beiden am Arm ein und führte sie ins elterliche Haus.

Theo staunte nicht schlecht ob der opulenten Ausstattung der Villa, welche mit orientalischen Teppichen und exquisiten Möbeln ausgestattet war. Er hatte so etwas noch nie gesehen. Auch in Australien nicht. Tasía kannte das Haus von mehreren Besuchen während ihrer Ausbildungszeit in Kalamata.

Anna führte sie ins Wohnzimmer. Das riesige Cheminée thronte förmlich an der Längsseite. In der Mitte des Raumes befand sich eine modernere Sitzgruppe aus hellbeigem Leder.

Tasía beobachtete lächelnd ihren staunenden Mann, als Anna sie bat, sich zu setzen.

Tasía hatte ihr bei ihrem Telefonat Tags zuvor nichts über ihre schreckliche Geschichte erzählt. Sie sagte ihr nur, dass sich Jorgo nach dem Auftauchen von Theo das Leben genommen habe.

„Schrecklich, das mit Jorgo!", sagte Anna, als sie sich auf das Sofa gesetzt hatte.

Tasía und Theo hatten lange darüber nachgedacht, was sie Anna von der Geschichte erzählen sollten. Nicht, dass Tasía ihrer Freundin misstraute hätte. Weit gefehlt. Aber es war doch schon extrem, was sie erlebt hatten.

Tasía holte Luft und wollte zu erzählen beginnen, als ein älterer Mann ins Wohnzimmer trat.

Er war bemerkenswert groß, mit schwarzem, zurückgekämmtem Haar und gepflegter Erscheinung.

Er steckte in einem offenbar sündhaft teuren Maßanzug aus hellbrauner Seide, einem frisch gestärkten weinroten Hemd und ebenfalls seidener, dunkelblauer Krawatte, die, so dachte Theo, nicht so recht farblich aufeinander abgestimmt waren.

Das dünne Oberlippenbärtchen im sonst makellos glatt rasierten, gebräunten Gesicht gab ihm fast schon eine aristokratische Aura. Einzig die auffällige Hakennase wollte nicht so ganz zum sonst adretten Bild eines älteren Herrn passen, der sich seiner Stellung jederzeit bewusst war.

Er hatte seine Hände lässig in den Taschen seines Jacketts versorgt, dass nur noch die Daumen herausschauten, und lächelte in die Runde.

„Tasía, meine Liebe! Wie schön Sie wieder zu sehen, nach so langer Zeit!", sagte Annas Vater, Professor Adonis Bardoulas mit warmer Stimme.

Tasía und Theo standen auf. Der Auftritt von Bardoulas heischte nach Ehrerbietung und er war mit zwei langen Schritten beim Ehepaar Maroulis.

Ohne Theo anzusehen, nahm er Tasía altväterlich in die Arme.

„Ich freue mich auch, Sie wieder zu sehen, Kírie Bardoulas", lächelte Tasía.

Als sie sich voneinander gelöst hatten, wandte sich Bardoulas Theo zu.

„Dass muss ihr Mann Theo sein." Er strahlte ihn mit einer Reihe blendend weißer Zähne an. „Wir haben viel von Ihnen gehört."

„Ich hoffe, nicht zu viel Schlechtes", lächelte Theo.

Das Auftreten von Bardoulas erinnerte ihn etwas an seine Studienzeit. Er hatte sich immer etwas schwer mit dem elitären Gehabe vieler Professoren getan.

Bardoulas grinste.

„Nur Gutes, mein Lieber. Nur gutes!"

‚Auch die Art zu reden!', dachte Theo.

„Da bin ich erleichtert", erwiderte er so freundlich, wie er konnte.

„Kathíste, pediá, kathíste!", Setz Euch, sagte Bardoulas.

‚Weshalb müssen sich diese Dozenten immer wiederholen!' Theo stöhnte innerlich.

„Hast Du unseren Gästen schon etwas zu Trinken angeboten, Anna?"

Er schulmeisterte auch seine Tochter. Und die war ja auch schon gegen Vierzig!

„Nein, Vater." – Sie nannte ihn Vater und nicht etwa Papa! – ‚Wie unpersönlich', dachte Theo.

Nein, irgendetwas mochte Theo nicht an dem Herrn, der ihm nun gegenüber saß, locker die Beine übereinander schlug und irgendwie großspurig da thronte.

Anna war wie eine Bedienstete aufgejuckt.

„Was darf ich Euch anbieten? Tee? Kaffee? Oder etwas Kühles? Einen Fruchtsaft, vielleicht?"

Sie war beinahe außer Atem.

„Unsinn!", unterbrach Bardoulas. „Wir Männer nehmen einen Whisky!" Er äugte zu Theo. „Sie trinken doch Whisky. Sie sind doch Australier!" Er lachte als einziger über seine vermeintlichen Kenntnisse und fuhr sogleich fort, ohne Theos Antwort abzuwarten. „Ich habe einen hervorragenden Single Malt von der Isle of Jura. Sie kennen den? Macht nichts."

Der Alte widerte Theo immer mehr an! Aber er sagte nichts dazu.

„Gerne", lächelte er gequält.

Bardoulas stand auf und lief zur Bar am anderen Ende des Raumes.

Anna war etwas verlegen dagestanden. Die beiden Frauen sahen einander etwas ratlos an, dann lächelte Anna zu Tasía.

„Kaffee?"

„Mhm", nickte diese und musste ein Lachen unterdrücken. Sie kannte Bardoulas Art, sah sie aber immer als schrullig an.

Anna verschwand in der Küche.

„Eis, Theo?", fragte der Professor laut quer durch den Raum, der mindestens fünfzig Quadratmeter groß sein musste. Er forderte Theo wieder heraus, denn welcher Kenner trinkt einen Single Malt mit Eis!

Theo tat Bardoulas den Gefallen nicht, sich zu blamieren.

„Danke. Nein. Nicht mit einem Single Malt."

Der Professor grinste wohlwollend

„Aha. Ein Kenner!", und schritt zur Sitzgruppe zurück, stellte die riesigen Whiskygläser auf den Tisch und setzte sich langsam.

Mit seinen langen Beinen wirkte er beinahe wie ein Storch. Theo musste innerlich lachen.

Er hob sein Glas.

„Cheers!", Zum Wohl, sagte Bardoulas, um zu zeigen, wie weltgewandt er war.

Theo hob seines ebenfalls. „Cheers!"

„So. Was führt Euch zurück aus dem schönen Australien ins noch schönere Griechenland?"

Theo verdrehte still die Augen.

„Wir", begann Tasía, bevor sie von Theo unterbrochen wurde, was sehr unüblich war.

„... wir sind hier, um einer befreundeten Familie zu helfen, Ihre Tochter, welche verstorben ist, nach Australien zurück zu bringen."

Tasía warf ihren Mann einen zweideutigen Blick zu. Doch sie sah, wie er sie kurz anschaute und wusste, dass er das Gespräch führen wollte. Aus was auch immer für einem Grund.

„Ein trauriger Anlass", sagte Bardoulas.

„Ja. Es wird ein paar Tage dauern und deshalb haben wir die Gelegenheit genutzt, dass Tasía ihre Freundin wieder einmal besuchen kann."

Er wusste nicht, weshalb er Bardoulas gegenüber nicht tiefer auf den Grund ihres Daseins eingehen wollte.

„Schön", sagte der Professor gleichgültig. „Wie lange bleibt ihr in Tripolis?"

„Wir werden heute Abend wieder in Athen erwartet. Unsere Freunde sind schon etwas älter und kennen Griechenland nicht so gut."

Bardoulas nickte und nahm einen Schluck Whisky. Anna kam zurück mit einem Silbertablett mit Kaffee und Gebäck. Sie stellte es ebenfalls auf den Tisch und setzte sich.

„Wie habt Ihr Euch nun doch gefunden, Tasía. Erzählt' mal", fuhr Anna fort.

Tasía spürte Theos kurzen Seitenblick.

„Ach, weißt Du. Das ist so eine lange Geschichte. Kurzum. Theo kam aus Australien zurück zur Beerdigung seines Bruders und Vaters, die kurz nacheinander verstorben waren. Da haben wir uns wieder getroffen. Jorgo, mein verstorbener Mann war schon seit Längerem depressiv, weil wir keine Kinder bekommen konnten", log sie teilweise. „Er wusste von mir und Theo aus früheren Zeiten und ich glaube, sein Auftauchen hat Jorgo gänzlich verunsichert."

„Hatte er denn einen Grund, eifersüchtig zu sein?", fragte Anna.

„Nein", antwortete Tasía fest ohne Theo anzuschauen. „Wir haben uns lediglich an der Beerdigung getroffen, bei der Jorgo auch dabei war. Aber ich glaube, sein Selbstmord hatte nur wenig damit zu tun. Er war, wie gesagt, ziemlich depressiv und unsere Beziehung hatte darunter auch schon gelitten."

Sie gab sich Mühe, etwas traurig auszusehen.

‚Prächtig, wie sie sich durchmogelt', dachte Theo.

„Und Deine Familie. Ich meine, die Deines Mannes. Hat sie Dich nicht dafür verantwortlich gemacht?"

Anna war neugierig.

„Eigentlich nicht. Sie wusste ja um Jorgos Depressionen. Erst als Theo und ich uns nach einiger Zeit wieder näher kamen, distanzierten sie sich und warfen mir vor, nicht sehr lange um meinen Mann getrauert zu haben. Deshalb sind wir schließlich auch zusammen nach Australien gegangen."

„Und Deine Eltern? Ich meine, Dein Vater? Deine Mutter verstarb ja auch in jener Zeit."

Tasía seufzte.

„Tja. Da nun meine Vater und Theos Mutter alleine waren, beschlossen wir, sie nach Australien zu holen. Wir leben nun alle zusammen in Adelaide."

„Das schöne Südaustralien!", hängte sich Bardoulas wieder ein. „Mit seinen Weiten und den traumhaften Weinbergen!" ‚Angeber', dachte Theo. „Was arbeiten Sie eigentlich da unten, Theo?"

„Ich bin Leiter einer Forschungsabteilung auf einer Versuchsfarm. Ich habe ja hier Agronomie studiert. Wir versuchen, Olivenbäume anzusiedeln, denn das Klima um Adelaide ist ja ähnlich, wie hier. Heiß, trocken. Nur der Boden ist etwas fruchtbarer."

„Interessant", meinte der Professor desinteressiert.

Nach einem Moment stand er auf.

„Meine Lieben, ich habe noch zu arbeiten. Bleibt ihr zum Essen?", fragte er ohne die Einladung - ganz ungriechisch - wirklich ernst zu meinen.

„Besten Dank für die Einladung, aber wir wollten noch etwas die Stadt anschauen und da etwas essen", wandte Theo ein. „Ich habe Tripolis ja schon lange nicht mehr gesehen.

Tasía spielte sofort mit. „Ja. Ich war auch schon lange nicht mehr hier. Möchtest Du nicht mitkommen, Anna?"

„Na klar! Ich zieh' mich nur kurz um. Es ist Dir doch Recht, Vater?" – Wieder Vater. Nicht Papa.

„Natürlich. Geht nur. Ich finde etwas im Eisschrank. Ich bin sowieso nicht sehr hungrig. Viel Spaß."

Er verabschiedete sich von Theo und Tasía förmlich und verließ gestelzt das Wohnzimmer.

„Bin gleich wieder da!", hauchte Anna und lief in ihr Zimmer im ersten Stock.

Tasía schaute Theo ernst an.

„Hast Du was?"

Er runzelte die Stirn.

„Vielleicht hat's was mit meiner Aversion gegen seine Art zu tun. Es erinnert mich an ein paar Professoren, die ich damals hatte. Diese Überheblichkeit!"

„Ach komm schon! Der war immer ganz nett, der Herr Professor", beschwichtigte Tasía.

„Mag sein. Hat vielleicht auch was mit mir zu tun. Ich weiß nicht." Er pausierte. „Hast Du den Ring an seiner linken Hand gesehen. Am kleinen Finger?"

„Ist mir nicht aufgefallen?"

„Ein kleiner Goldring mit einem braunroten Stein und einem griechischen Sigma, einem ‚Σ', darauf"

„Nein, ist mir nicht aufgefallen. Weshalb?"

„Ach einfach so", log er im Moment, denn es war nicht einfach so.

Er erinnerte sich an Takis Worte, aber er beschloss auch, erst später darauf einzugehen.

Theo, Tasía und Anna verbrachten die restlichen Stunden mit dem Besuch eines netten Restaurants und der Besichtigung der Dinge, die sich in Tripolis verändert hatten. Es waren nicht viele.

Auf der Rückfahrt nach Athen schwiegen Theo und Tasía längere Zeit.

„Das war ein hübscher Tag, meinst Du nicht?", fragte Tasía vergnügt.

„Ja. Anna ist wirklich eine nette Frau."

„Ihren Vater mochtest Du aber nicht besonders?", grinste sie.

Er schwieg kurz.

„Nein. Nicht besonders."

„Was hast Du mit dem Ring gemeint?", fragte sie weiter.

Der Ring! Theo erzählte Tasía, was ihr Vater ihm vor der Abreise über den Mann in Athen gesagt hatte. Wie er aussah und dass er einen Ring trug mit einem griechischen Sigma drauf.

Sie schaute ihn nachdenklich an.

„Meinst Du ernsthaft, dass Professor Bardoulas der Mann war?", fragte sie erstaunt und etwas ungläubig.

„Tasía. Die Beschreibung passt aufs Haar. Zudem wurde Annas Vater ja, gemäß Aussage von Professor Tsapis ja – sagen wir mal - zwangspensioniert wegen dieser Geschichte mit der komischen Organisation. Wie hieß sie noch?"

Sie überlegten beide.

„Stavrophorí, glaube ich", erinnerte sich Tasía.

Die Kreuzritter.

„Richtig!" Theo schlug sich mit der flachen Hand an die Stirn. „Stavrophorí! Beginnt mit einem Sigma!"

Er verriss beinahe das Steuerrad.

Tasía schaute ihn mit großen Augen an.

„Aber hieß der Mann nicht irgendwie Baras oder so?

„Ja. Aber war das sein richtiger Name?", fragte Theo. „Baras. Bardoulas. Vielleicht ließ er einfach das „doul" aus seinem Namen weg. Bardoulas. Ergäbe dann Baras."

„Bist Du sicher, dass Du keine Gespenster siehst?", fragte sie unsicher.

„Ich hoffe, ich sehe Gespenster!", sagte er ernst.

Kapitel 31

14. Mai 2007

Adonis Bardoulas saß an seinem riesigen Mahagoni-Schreibtisch und lehnte sich in seinem ledernen Bürostuhl zurück. Er betrachtete die Zimmerdecke und schürzte seine Lippen.

Natürlich kannte er Tasía und auch ihren Mädchennamen Kiriakos und selbstverständlich kannte er auch ihren Vater Panaiotis. Er hatte ihn vor drei Jahren in Athen getroffen und Kiriakos die Geschichte der Mutter seiner Frau erzählt. Von Elefteria Katsoiannis, geborene Magiros.

Der alte Kiriakos hatte tatsächlich dieses Schwein Spiro Safaridis umgebracht und Bardoulas musste lächeln, als er davon erfahren hatte.

Das Gift, das er Tasías Vater zugetragen hatte, wirkte prächtig, und nichts war anschließend passiert. Er war damals auch zufrieden gewesen, dass die Stavrophorí einen weiteren Verbrecher seiner gerechten Strafe zugeführt hatten, ohne dabei in irgendeiner Form involviert zu sein. Kiriakos war ein Handlanger gewesen, der in eigener Sache operiert hatte, ohne dass er irgendjemanden aus der Organisation kannte. Außer ihm selbst. Und er hatte sich Baras genannt.

Wie er auf Kiriakos gekommen war?

Nun. Schließlich hatte er, wie später sein Nachfolger Tsapis, Zugang zu den Akten.

Die Liste, auf der Safaridis stand, beinhaltete dreißig Männer und die waren nur ein Teil der andártes, die dazumal gewütet hatten. Der Rest blieb unbekannt. Aber wenigstens dreißig der Verbrecher kannte er. Fünfundzwanzig davon hatten die Stavrophorí bereits liquidieren können.

Und sie waren immer unentdeckt dabei geblieben, weil sie meist die Hinterbliebenen dazu anstiften konnten, die Morde selbst zu begehen. Sie lieferten einfach die Informationen und Mittel.

Nun begann Bardoulas sich aber Fragen zu stellen. Unangenehme Fragen.

Wusste Annas Freundin Tasía vom Mord durch Ihren Vater?

Wenn ja, wusste sie auch vom unbekannten Baras und wie er aussah?

Er hatte natürlich von Jorgo Safaridis' Selbstmord gelesen. Neuigkeiten verbreiten sich schnell, besonders solche, und er fragte sich natürlich selbst, was Spiros Enkel wirklich zu dieser Tat bewogen haben mochte. Hatte die Familie Kiriakos jenen mit den Tatsachen konfrontiert, worauf er sich das Leben nahm?

Wenn dem so war, was wusste dieser neue Mann Theo von der ganzen Sache?

Es passte Bardoulas gar nicht, dass er nicht genau wusste, was Sache war.

Und dann tauchte plötzlich noch diese komische Frau aus Athen auf. Diese Gerichtsmedizinerin   Iota Magiros. Tsapis, dieser Idiot, hatte sie zu ihm, Bardoulas, geschickt und sie hatte ihn mit Fragen über Meligalá gelöchert. Tsapis musste in seiner Dummheit auch erwähnt haben, weshalb er, Bardoulas, vorzeitig pensioniert worden war. Aber irgendwie muss diese Magiros etwas über die Stavrophorí herausgefunden haben, denn auch darüber fragte sie ihn aus.

Natürlich sagte er, er habe von einer solchen Organisation gehört, wisse aber nichts Genaues. Er hatte aber den Eindruck, dass sie es ihm nicht ganz abnahm. Er hatte bemerkt, dass sie immer wieder auf seinen Ring am kleinen Finger der linken Hand gesehen hatte.

Genau wie dieser Theo Maroulis.

Bei der – unbemerkten – Durchsuchung ihrer Wohnung hatten sie dann das Tagebuch dieses Manos Kapiotis gefunden, der auch auf der Liste war.

Diese Magiros schien nicht locker zu lassen und wurde gefährlich. So mussten sie etwas tun, das nie auf ihrer Agenda gestanden hatte. Sie mussten jemanden liquidieren, der eigentlich gar nicht in ihr Beuteschema passte.

Es war Bardoulas schwer gefallen, aber in seinen Augen hatte er keine andere Wahl gehabt, um die Organisation und damit sich selbst zu schützen.

Seine Beziehungen reichten weit und so wusste er natürlich auch, dass die Polizei in Athen eine Untersuchung im Fall von Iota Magiros angeordnet hatte.

Was ihm aber überhaupt nicht schmeckte, war die Tatsache, dass Tasía und deren Mann wieder da waren. Und dieser Theo hatte ein ganz persönliches Interesse an der Aufklärung von Iota Magiros' Tod.

Adonis Bardoulas hatte Angst, dass das Ganze aus dem Ruder laufen könnte und beschloss, dass etwas zu tun sei.

Theo und Tasía hatten auf dem Weg nach Athen in Korinth kurz halt gemacht, um einen Kaffee zu trinken. Theo rief dabei Mitso Nikopoulos, den Kommissar aus Athen, an und erklärte ihm, dass er am nächsten Tag mit ihm über etwas Wichtiges sprechen müsste. Sie verabredeten sich für neun Uhr.

Das Ehepaar Maroulis erreichte Athen am späteren Abend, aber es war gerade die richtige Zeit, um mit Jenny und Paul Magiros Abend zu essen.

Iotas Eltern hatten den ganzen Nachmittag damit verbracht, die Akropolis und das neue Museum, das sie noch nicht kannten, zu besichtigen und erzählten nun natürlich begeistert davon, obschon sie ziemlich erschöpft waren.

Es war schon kurz nach Mitternacht, als sich die Paare voneinander verabschiedeten. Tasía versprach, mit den Magiros am nächsten Tag etwas durch Athen zu bummeln, während Theo bei Kommissar Nikopoulos sein würde.

Kapitel 32

15. Mai 2007

Theo schreckte aus einen Alptraum auf. Er sah auf seine Uhr. Es war drei Uhr fünfzehn in der Nacht. Leise schälte er sich aus dem Bett und lief zur Terrassentür. Sie hatten sie wegen des Verkehrslärms geschlossen und nur die Klimaanlage eingeschaltet, um sich zu kühlen. Aber es fehlte ihm an Luft. Er trat auf den Balkon und schaute nach unten, wo nur wenige Autos und vereinzelte Menschen die Strassen und Trottoirs belebten.

Der Smog war nicht mehr so stark da, wie tagsüber und er nahm einen tiefen Atemzug.

Er dachte an seine Mutter und Taki in Adelaide und versprach sich, sie am Morgen anzurufen. Es war ihm bei der ganzen Sache nicht wohl.

Er beschloss, dass er noch etwas Schlaf brauchte. Als er sich leise seufzend umdrehte, sah er nur einen Schatten ins Schlafzimmer huschen.

Ein Bruchteil einer Sekunde später leuchtete auch schon das Mündungsfeuer der schallgedämpften Pistole auf und, mit einem „Plop" löste sich der Schuss.

Aus irgendeinem Instinkt heraus begann Theo lauthals zu brüllen wie ein Stier und er erschrak dabei fast selbst.

Der beinahe unsichtbare Angreifer muss zu Tode erschrocken gewesen sein, denn er gab keinen zweiten Schuss ab, sondern rannte wie ein Irrer zur Zimmertüre hinaus. Theo hinterher. Aber er strauchelte im Dunkeln über die Bettkante und fiel der Länge nach hin. Er fluchte kurz und versuchte sich aufzurappeln. Im selben Augenblick, als er geschrien hatte, war Tasía aus dem Schlaf hoch geschreckt und schrie ebenfalls. Sie tastete nach dem Lichtschalter und zündete die Nachttischlampe an.

Mit aufgerissenen Augen sah sie halb blind in den Raum.

„Theo!!!"

„Ich bin hier", brummte der außer Atem und rappelte sich auf.

„Was … was ist passiert?"

Sie hatte natürlich den Schuss nicht gehört, sondern nur ihren Mann, der brüllte wie am Spieß.

„Ist Dir was passiert?", keuchte er und war schon auf dem Bett um seine Frau zu umarmen.

Verdattert hielt sie ihn.

„Was ist los. Weshalb schreist Du so?!"

„Es … es war jemand hier … und … und hat auf uns geschossen!"

Er sank aufs Bett und breitete seine Arme aus, als er sah, dass Tasía nichts geschehen war.

„Was!!!"

Jetzt schrie Sie.

Er drehte sich wieder zu ihr um und nahm sie in die Arme. „Schon gut. Es ist nichts passiert", versuchte er sie zu beruhigen und zitterte dabei selbst am ganzen Körper.

„Geschossen!? Wer? Wie? Ich hab' gar nichts gehört?!"

Sie war fassungslos.

„Er hatte einen Schalldämpfer. Ich war auf der Terrasse und als ich ihn gesehen habe, brüllte ich einfach." Er musste Luft holen. „Bist Du wirklich okay?", fragte er immer noch besorgt.

„Ja. Und Du?"

„Ja. Ich hab nichts."

Er setzte sich auf und betrachtete sein Kissen. Es hatte ein kleines, schwarz umrandetes Loch, das nach verbranntem Stoff roch.

„Scheiße!", stammelte er.

Natürlich machten die beiden in jener Nacht kein Auge mehr zu. Theo wankte zur Minibar und holte sich eine Musterflasche Tsipouro, die er ohne Glas gleich herunterstürzte. Er setzte sich auf den Stuhl neben dem kleinen Tisch.

„Glaubst Du mir jetzt, dass mit Bardoulas etwas nicht stimmt?",
keuchte er.

„Aber Du weißt doch nicht, ob der etwas damit zu tun hat. Weshalb
will man uns umbringen, mein Gott!?"

Sie begriff nichts mehr.

„Wir wissen zuviel, Tasía. Viel mehr, als manchen lieb ist. Deshalb!"

Tasía schüttelte ungläubig den Kopf.

„Annas Vater ein Mörder?", schnaufte sie.

„Ich glaube, ja, Tasía. Aber er war sicher nicht der Kerl, der gerade
hier war. Der war auch viel kleiner. Irgendein Killer oder so was."

„Wir müssen zur Polizei, Theo!"

„Natürlich müssen wir das. Ich bin ja heute bei Mitso Nikopoulos.
Der wird Augen machen", lächelte er gequält.

Dimitri Nikopoulos saß nachdenklich in seinem Bürosessel und betrachtete seine abgewetzten Schuhe. Er hatte die Beine unzeremoniell
verschränkt auf seinem Pult liegen und kaute an einem Bleistift, als es
an seiner Milchglastüre klopfte.

Er sah auf die Uhr. Neun Uhr zehn.

„Embrós", Herein, sagte er und Theo trat ein.

„Jiássu, Mitso."

„Kaliméra, Theo. Kala ísse?", Geht's gut, fragte der Kommissar und
setzte sich sofort ordentlich hin.

„Wie man's nimmt", sagte Theo lakonisch. „Heut Nacht hat jemand
versucht, Tasía und mich umzubringen."

Mitso sprang auf.

„Was?!?!"

Maroulis erzählte ihm den Vorfall.

Der Kommissar schüttelte den Kopf und sah Theo ernst an.

„Ich sagte Dir ja. Ein heißes Eisen!"

Die beiden Männer erzählten einander die Neuigkeiten und es
wurde klar, dass sich dabei etliche Schnittpunkte ergaben.

„Du bist Dir bewusst", fuhr Theo fort „dass auch Du in Gefahr bist, Mitso!"

Der lächelte.

„Bin ich immer, mein Freund. Das ist mein Job. Ich bin ein bátsos, ein Bulle, oder ein ‚Cop', wie ihr sagt. Wir sind immer in Gefahr."

„Trotzdem. Haben wir etwas in der Hand, um Bardoulas festzunageln?", fragte Theo dezidiert.

„Leider noch nicht", bedauerte Mitso. „Es gibt viele Indizien, aber das reicht dem Staatsanwalt noch nicht für einen Haftbefehl. Zudem ist der Alte bis jetzt noch gar nicht im Spiel gewesen und er ist eine angesehene Persönlichkeit und hat unheimlich viele Kontakte bis auf höchste Ebene."

Die beiden Männer saßen ratlos da.

Plötzlich erhellte sich Theos Gesicht.

„Das Tagebuch!", rief er.

„Welches Tagebuch?"

Mitso wusste nicht, wovon Theo sprach.

„Das Tagebuch von Kapiotis!"

„Was ist damit?"

„Das Buch ist doch aus Iotas Appartement verschwunden. Zusammen mit der Liste und den Photos. Richtig?"

„Richtig."

„Gesetzt der Fall, wir finden es bei Bardoulas, wäre das nicht ein Beweis, ein Indiz für dessen Verwicklung in Iotas Ermordung?"

„Und weshalb sollte Bardoulas das Buch noch haben?", fragte Mitso ungläubig.

„Dimitri. Bardoulas ist … war Geschichtsprofessor und Spezialist auf dem Gebiet des Zweiten Weltkriegs und der Partisanen. Der weiß mehr, als jeder andere über diese Zeit. Meinst Du wirklich, so jemand würde ein solches Zeitzeugnis wegschmeißen? Abgesehen davon stehen darin vielleicht noch brisantere Dinge, als wir annehmen!"

Mitso überlegte.

„Könnte sein", sinnierte er. „Wie aber kommen wir an das Buch?"

„Über einen Durchsuchungsbefehl, denke ich."

Theo war erstaunt über die Begriffsstutzigkeit des Polizisten. Er musste sich aber gleich wieder korrigieren.

„Ich fürchte, im Moment, in dem ein Durchsuchungsbefehl unterschrieben wird, klingelt in Tripolis das Telefon", meinte Mitso vieldeutig.

„Natürlich. Tut mir leid", bedauerte Theo seine vorschnelle Schlussfolgerung.

„Schon in Ordnung. Erstens bist Du kein bátsos und zweitens war das bis jetzt alles auch etwas viel für Dich", erwiderte Mitso verständnisvoll.

„Da hast Du sicherlich Recht", meinte Theo kleinlaut.

Nach einem Augenblick schien ihm jedoch die Lösung einzufallen.

„Ich werde Dir das Tagebuch beschaffen, Mitso!", sagte er und schaute Nikopoulos mit zusammengekniffenen Augen an.

Der Kommissar blickte durchdringend zurück.

Theo erklärte ihm seinen Plan.

„Was Du mir gerade gesagt hast, habe ich nie gehört!", sagte Mitso danach.

„Habe ich Dir etwas gesagt?", lächelte Theo zweideutig.

„Nicht, dass ich wüsste", meinte Mitso trocken.

Die beiden Männer grinsten.

Kapitel 33

16. Mai 2007

Adonis Bardoulas saß leicht nervös bei seinem ellinikó in einem kafeníon nahe der Plaka in Athen. Seine flinken Augen beobachteten die Umgebung und das Zucken der Nasenflügel seiner Hakennase ließ eine gewisse Unsicherheit erahnen.

Trotz seiner Fähigkeit, sich zu beherrschen, zuckte er zusammen, als jemand ihn ansprach.

„Professor Bardoulas?"

Der alte Mann drehte sich um und blickte in Theo Maroulis' lächelndes Gesicht.

„Darf ich mich setzen?"

Bardoulis war verwirrt. Alles hatte er erwartet, nur nicht dass Maroulis hier aufkreuzte.

„Eh … ich erwarte jemanden, Theo", stotterte er.

Theo grinste.

„Ich schätze, mich", erwiderte er grinsend.

Bardoulas schaute ihn verdutzt an. Dann schien er zu begreifen und zeigte auf den Stuhl gegenüber.

„Bitte."

Theo setzte sich langsam.

Der Kellner kam sogleich und Maroulis bestellte sich einen Kaffee.

„Herr Professor. Ich möchte Ihre Zeit nicht länger in Anspruch nehmen, als nötig", begann er und genoss es, den Alten mit dessen eigener überdrehten Art anzusprechen. Bardoulas war etwas verdutzt.

Theo begann, dem Professor zu erzählen, was er vermutete, wie wenn er es schon sicher wüsste. Er pokerte hoch und war sich auch im Klaren darüber. Aber wusste dies auch Bardoulas?

„Der Name Panaiotis Kiriakos ist Ihnen sicherlich ein Begriff?", fragte Theo.

„Natürlich", brummte Bardoulas. „Das ist der Vater Ihrer Frau Tasía."

„Sie kennen ihn auch persönlich?"

Die erste kritische Frage. Bardoulas zögerte einen Augenblick.

„Worauf wollen Sie hinaus, junger Mann?"

Der Professor versuchte auszuweichen, konnte dabei aber seinen Dozenten-Ton nicht vermeiden. Theo überging es diesmal großzügig.

„Ich werde es Ihnen gleich erklären", lächelte er leise.

Dann sah er den Alten durchdringend an.

„Sie haben Panaiotis Kiriakos vor drei Jahren in Athen getroffen, um ihm eine Geschichte zu erzählen."

Bardoulas' Augen verengten sich.

„Ich kann mich nicht an ein solches Treffen erinnern", warf er ein und versuchte seine Nervosität zu verbergen.

„Tasías Vater schon", grinste Theo und blickte demonstrativ auf Bardoulas Ring am kleinen Finger.

Der Alte hatte sich in seinem Metallstuhl zurückgelehnt und die Beine übereinander geschlagen. Seine Hände ruhten gefaltet auf einem Oberschenkel, aber der Ring mit dem griechischen Sigma war dabei nicht zu übersehen. Bardoulas zuckte unmerklich zusammen. Theo fuhr jedoch ungerührt fort, bevor dieser etwas einwenden konnte.

„Sie haben mit ihm über Meligalá und das Massaker gesprochen."

„Junger Mann. Ich war Geschichtsprofessor und mein Spezialgebiet war die Zeit zwischen 1940 und 1949. Ich habe mit vielen Menschen darüber gesprochen, wie Sie Sich vorstellen können!", versuchte er sich zu retten.

„Panaiotis Kiriakos haben Sie aber die Geschichte seiner Frau Eleni und deren Mutter Elefteria Katsoiannis, geborene Magiros erzählt", sagte Theo ruhig und fügte dann bei, „und was 1944 in Meligalá wirklich passiert war."

Er schaute den alten Mann erwartungsvoll an.

„Das mag sein. Ich erinnere mich nicht."

„Das erstaunt mich", erwiderte Theo mit gespielter Verwunderung. „Denn Sie haben ihm auch etwas mitgegeben, womit er die Hauptperson der Geschichte, sagen wir mal, entsprechend würdigen konnte." Er freute sich über seinen Zynismus. „Spiro Safaridis war dessen Name."

Theo fixierte den Alten mit seinem Blick.

Bardoulas begann mit seinem Ring zu spielen und bemerkte es sogleich. Er wurde nervöser.

„Ich verstehe immer noch nicht, was Sie meinen, junger Mann." Er sah auf seine Uhr. „Ich habe leider keine Zeit mehr", sagte er betont gelassen und schickte sich an, aufzustehen. Theo intervenierte sogleich.

„Bleiben Sie sitzen, Kírie Baras", zischte er und nannte ihn beim Pseudonym, das Bardoulas dazumal beim Treffen mit Taki verwendet hatte.

Der Alte wurde bleich und Theo legte noch einen obendrauf.

„Im Moment, da wir reden, sind meine Frau und Ihre Tochter dabei, Manos Kapiotis' Tagebuch aus Ihrem Büro zu holen. Und was Sie sonst noch Iota Magiros gestohlen haben!"

Er sagte es leise aber mit Bestimmtheit.

Bardoulas setzte sich langsam wieder und starrte Theo an. Es wurde ihm schlagartig klar, dass Theo mehr wusste, als er vermutet hatte.

„Was wollen Sie, Maroulis?"

Sein professorales Gehabe änderte sich in gezähmte Wut. Und Angst.

„Die Wahrheit! Was denken Sie?!", zischte Theo.

Bardoulas atmete tief durch.

„Was ist schon Wahrheit", seufzte er. „Ja. Ich habe dem Vater Ihrer Frau die Geschichte der Vergewaltigung der Mutter durch Spiro Safaridis erzählt."

„Und woher wussten Sie davon?" Theo hielt inne. „Oder besser gefragt: Woher wussten die Stavrophorí davon?"

Bardoulas wurde noch etwas bleicher.

„Wer?", stammelte er.

„Kommen Sie, Bardoulas, Sie wissen, wovon ich rede!"

Theo pokerte immer noch. Der Alte wusste aber nicht, wie viel er wusste und versuchte erneut auszuweichen.

„Die Stavrophorí waren Kreuzritter im Mittelalter", sagte lakonisch.

„Weshalb haben Sie Sich dann bei Kiriakos als Mitglied dieser Organisation vorgestellt?"

„Habe ich?", fragte der Alte arglos.

„Ja. Sie haben! Und jetzt will ich wissen, weshalb Sie Iota umbringen ließen. Sie selbst haben sich wohl kaum die Finger schmutzig gemacht", fuhr Theo ärgerlich fort.

Bardoulas zuckte mit den Schultern.

„Die Stavrophorí haben etwas mit der alten Organisation X zu tun."

Theo hatte geraten aber voll ins Schwarze getroffen.

Der Professor kniff die Augen zusammen.

‚Bingo!', dachte Theo.

„Sie begeben sich auf dünnes Eis, mein Freund!", knurrte Bardoulas drohend.

„Das ihrige hat schon Risse, Kírie Bardoulas! Die Beweise gegen Sie sind schon unterwegs zur Polizei!"

Bardoulas lachte.

„Sie meinen zu Dimitri Nikopoulos? So viel ich weiß, hatte der Arme heute morgen einen Autounfall. Schrecklich!", sagte der Alte lakonisch.

Nun wurde Theo bleich. Mitso!

„Sie Schwein!", zischte er.

„Aber, aber. Wir wollen doch höflich bleiben", lächelte Bardoulas zynisch.

Theo wäre ihm am liebsten an die Gurgel gegangen. Fiebernd suchte er nach einem Ausweg. Er musste weiter pokern!

„Sie denken wohl nicht, dass die Polizei, in der sicher auch Ihre Leute sitzen, die einzigen sind, welche die Beweise bekommen!"

Theo versuchte ruhig zu bleiben.

„Sie meinen die Presse?" Bardoulas lächelte wieder. „Denken Sie wirklich, wir sind nicht auch da vertreten, mein Freund?"

„Ich rede nicht von der griechischen Presse!"

Das saß!

Der alte Professor schluckte. Damit hatte er nicht gerechnet. In Australien gibt es ungefähr eine Million Griechen, von denen sicherlich einige wissen wollen, was es mit der Organisation auf sich hatte. Es würde Aufsehen geben und Druck im Heimatland gemacht werden, dem sie nicht standhalten konnten.

„Ich mache Ihnen einen Vorschlag, Theo", erwiderte Bardoulas. „Sie vergessen, was sie wissen und wir vergessen, dass sie es wissen."

Theo hatte ihn in die Enge getrieben und der Alte versuchte eine Flucht nach vorn. Er gab vor, das Spiel mitzuspielen. Aber er wollte mehr wissen und es war ihm klar, dass er einen Professor vor sich hatte, der natürlich mit seinem Wissen prahlen würde.

„Ich will wissen, woher sie die Geschichte von Tasías Großmutter kennen, dann lasse ich Sie in Ruhe."

Bardoulas grinste breit. Er hatte gewonnen, dachte er.

„Nichts leichter als das. Eigentlich wissen sie schon selbst das Meiste. Manos Kapiotis hatte alles niedergeschrieben, was in Meligalá geschehen war. Er behielt es für sich, aber dummerweise plagte ihn sein Gewissen. Vor ein paar Jahren traf er zufällig seinen ehemaligen Gefährten Stavros Pitsos und ebenso zufällig war der ein bekehrter andártos, welcher sich unserer Sache verschrieben hatte, was Kapiotis jedoch nicht wusste. Pitsos selbst erinnerte sich noch an Kapiotis' Tagebuch und fragte ihn danach. Der wollte es jedoch nicht herausrücken aus Angst, dass er selber Opfer von Repressalien oder Verleumdung werden könnte. So haben wir dann halt etwas Druck gemacht."

Kapiotis hatte sich umgebracht, erinnerte sich Theo.

„Nun, es war sehr unangenehm, dass Kapiotis das Tagebuch an Ihre Frau beziehungsweise deren Mutter gesendet hat. So wussten wir nicht genau, was darin stand. Freundlicherweise hat aber ihre Frau dann das Material Ihrer Freundin Iota Magiros zur Verfügung gestellt."

Theo beherrschte sich nur mit Mühe. Er wollte aber herausfinden, was wirklich geschehen war.

„Es muss an der beruflichen Neugierde von kiría Magiros gelegen haben, dass sie mich eines Tages aufsuchte. Spiro Tsapis, mein leider etwas geschwätziger Nachfolger in Tripolis, hatte ihr meine Adresse gegeben. Irgendwie muss sie mehr über unsere Arbeit herausgefunden haben. Ich weiß es nicht. Aber es war zuviel, als dass wir nicht hätten einschreiten müssen. Zu viel stand auf dem Spiel für unsere Organisation. Deshalb haben wir Iota Magiros ... ehm ...bremsen müssen."

Theo war dabei zu platzen und Bardoulas genoss es förmlich.

„Aber Kapiotis' Tagebuch handelte doch nur von der Zeit kurz nach der Befreiung und während des Bürgerkriegs?"

Theo verstand nicht.

„Sie haben offenbar nicht alles gelesen, mein Freund. Das Tagebuch geht bis weit in die Sechziger Jahre", fuhr der Alte fort. „Und in jener Zeit – sie haben richtig geraten – taten sich Mitglieder der alten Organisation X mit den Stavrophorí zusammen. Sie wollten die Verbrecher der ELAS, die nie zur Rechenschaft gezogen worden waren, auf ihre Art bestrafen. Ein ehrbares Unterfangen, müssen sie zugeben."

Der Alte war immer noch von dem überzeugt, was sie seit Jahrzehnten getan hatten. Selbstjustiz. Auch wenn die betroffenen wirklich Verbrecher gewesen waren.

„Iota musste sterben, weil sie Ihnen zu nahe gekommen war", sagte Theo leise.

„Málista. Wir konnten das Risiko nicht eingehen, dass sie uns auffliegen lässt."

„Und welches Risiko bin nun ich?", fragte Theo.

Bardoulas lachte lauthals.

„Keines, mein Freund, keines!"

Theo verstand nicht.

„Ich muss Ihnen leider gestehen, dass Ihre Frau sich nicht auf dem Weg nach Athen befindet. Sie ist. genauer gesagt, schon in Athen, aber nicht im Polizeipräsidium. Meine Tochter hat sie an einen sicheren Ort begleitet."

Tasía?! Anna?! Wie? Theo wurde kreidebleich.

„Wo ist meine Frau!", zischte er den Alten an.

„Wie gesagt, an einem sicheren Ort. Sobald sie das Land verlassen, wird meine Tochter sie zum Elefterios Venizelos bringen und sie können Sich Down Under – wie Sie so schön sagen – ein ruhiges Leben machen."

Theo hatte Mühe, sich zu fassen. Tasías Freundin Anna war auch ein Teil der Organisation!

„Wir werden Griechenland verlassen, sobald Iotas Leichnam freigegeben ist", sagte Theo kleinlaut.

„Sehr gut", lächelte Bardoulas und stand auf. „Ein sehr aufschlussreiches Gespräch, Kírie Maroulis. Ich hoffe jedoch, dass es keine Wiederholung gibt, wenn Sie verstehen, was ich meine."

Theo blickte ihn nur verzweifelt an und nickte.

„Rufen Sie mich an, wenn Sie soweit sind. Sie wissen ja, wo Sie mich erreichen können. Adio, Theo und machen Sie's gut!", grinste der Professor, schlenderte vom Tisch und verschwand in der Menschenmenge.

Theo starrte auf den runden Bistrotisch.

‚TASSIIIAAA!' schrie es in ihm.

Kapitel 34

16. Mai 2007

Mitso Nikopoulos hatte tatsächlichen einen Autounfall gehabt. Er lag schwer verletzt in der Universitätsklinik im Koma und die Ärzte wussten nicht, ob sie ihn durchbringen würden.

Theo war mittlerweile in sein Hotel zurückgekehrt. Paul und Jenny waren offenbar noch unterwegs in der Stadt, denn ihr Schlüssel befand sich an der Rezeption. Maroulis schleppte sich auf ihr Zimmer und ließ sich aufs Bett fallen.

Wo war seine Frau? Was hatten sie mit ihr gemacht? Die Verzweiflung war schier unaushaltbar. Und nun, da Mitso im Koma lag, hatte er auch niemanden mehr, mit dem er sprechen konnte.

Was sollte er tun?

Er musste feststellen, ob Iotas Leichnam freigegeben worden war. Er nahm sein Handy und rief Mitsos Festnetznummer im Polizeipräsidium an. Irgendjemand musste ja rangehen.

Es meldete sich eine weibliche Stimme.

„Mordkommission, Dimitri Nikopoulos' Anschluss. Alexandra Iakounis am Apparat."

„Mein Name ist Theo Maroulis. Ich muss mit Kirios Nikopoulos sprechen."

Theo gab vor, nichts zu wissen.

„Kírios Nikopoulos ist leider nach einem Unfall im Spital. Kann ich Ihnen weiterhelfen?"

„Ja. Ich bin … ich möchte … können Sie mir sagen, ob der Leichnam von Iota Magiros schon freigegeben wurde?"

„Darf ich fragen, wer Sie sind?", fragte die Frau am anderen Ende.

„Ich … ich begleite die Eltern der Verstorbenen. Sie sind ebenfalls aus Australien, kennen sich aber hier nicht so gut aus. Ich bin ihr Vertrauter."

Die Tatsache, dass er Iotas Freund gewesen war, verschwieg er.

„Moment, bitte." Die Dame schien in Mitsos Unterlagen zu wühlen. „Ach ja. Kirie Maroulis. Ich habe sie hier auf einer Liste als Kontaktperson. Ja. Iota Magiros' Leiche wurde freigegeben. Heute Morgen."

Dieser Bastard Bardoulas hatte wirklich unglaubliche Verbindungen, dachte Theo.

„Wann können wir sie abholen lassen?", fragte er etwas hektisch.

„Jederzeit. Moment. Ja. Bis achtzehn Uhr. Wissen sie wo?"

„Ja", sagte Theo kurz. „Besten Dank. Auf Wiederhören."

Er legte auf, ohne auf ihre Antwort zu warten.

Er wusste, dass Paul und Jenny dabei sein mussten und dass die Botschaft avisiert werden sollte. Er rief die Botschaft an, die ihm bestätigte, dass sie sich um den Transport für den nächsten Flug kümmern würden. Und der war schon am nächsten Tag, Gott sei Dank.

Paul und Jenny kamen rund eine Stunde später ins Hotel zurück. Theo erklärte ihnen die Situation. Ein weiter Schock für Iotas Eltern.

Iotas Tod war zwar aufgeklärt würde aber niemals gesühnt werden und Theo musste um das Leben seiner Frau bangen.

Nichts würde ihre Tochter zurückbringen und so beschloss das Ehepaar Magiros, so schnell, wie möglich die Rückreise anzutreten.

Kapitel 35

18. Mai 2007

Theo übernahm die Umbuchungen und sie hatten Glück, dass zur Hauptsaison noch Plätze frei waren für den Flug am nächsten Tag.

Er hoffte inständig, dass Bardoulas schon in Tripolis war und versuchte ihn telefonisch zu erreichen. Er hatte Glück. Der Professor war da.

„Theo, mein Freund. Sind wir soweit?"

Der Alte war guter Dinge.

„Ja", sagte der kurz. „Wir fliegen morgen zurück. Wo ist Tasía!?"

„Ich sagte Ihnen, dass wir sie wohlbehalten an den Flughafen bringen werden. Wann geht Ihr Flug?"

„Um achtzehn Uhr. Check-in um sechzehn Uhr", brummte Theo.

„Dann wird Ihre Frau um achtzehn Uhr da sein."

„Aber der Check-in!?", erwiderte Maroulis.

„Den können Sie selbst erledigen. Sie brauchen ja lediglich ihren Pass."

Theo seufzte.

„Okay."

„Wunderbar", heuchelte Bardoulas. „Denken Sie an unser gemeinsames Gespräch, Theo. Sie wissen, was auf dem Spiel steht und wir beobachten sie, auch wenn Sie das nicht merken. Wenn Sie Ihre Frau mit nachhause nehmen wollen, – und davon gehe ich aus – dann empfehle ich Ihnen artig zu sein. Sie verstehen?"

Natürlich verstand Theo und er wollte um jeden Preis seine Tasía wieder haben.

„Verstehe", sagte er kurz und legte auf.

Der Professor hielt den stummen Hörer in der Hand und betrachtete ihn lächelnd.

„Auf Nimmerwiedersehen, Kirie Maroulis."

Die Botschaft hatte nach Absprache mit Paul und Jenny Magiros den Sarg mit Iotas Leiche an den Flughafen verbringen lassen. Theo hatte die ganze Nacht kein Auge zugetan. Er hatte auch nicht mit Australien telefoniert sondern wollte dies erst kurz vor dem Abflug tun.

Theo und Iotas Eltern waren schon um fünfzehn Uhr da gewesen, um sich zu vergewissern, dass alles klappte. Punkt sechzehn Uhr standen sie am Check-in Schalter der Singapore Airlines. Die freundliche Dame staunte etwas, dass Theos Frau nicht da war, sondern nur ihr Pass. Nach ein paar Ausflüchten von Theo checkte sie jedoch Tasía und ihre Gepäck ebenfalls widerspruchslos ein.

Das Warten ging los. Theo, ein sonst ruhiger und besonnener Mann, war hypernervös. Eine Stunde vor dem Boarding lief er nach draußen vor den Terminal, um etwas Luft zu schnappen, als ihm jemand auf die Schulter klopfte. Er fuhr zusammen und drehte sich um. Als er Nicos Grinsen sah, atmete er erleichtert auf. Der Student, der ihn damals nach Pidasos gefahren hatte, als er das letzte Mal hier war, warf seine Arme in die Höhe.

„Hey, Theo. Kennst Du mich noch?!"

Natürlich erkannte er ihn.

„Nico, mein Freund!" Seine Gedanken waren anderswo. „Schön Dich zu sehen. Na, wie geht das Studium?"

„Pah. Im Moment sind Semesterferien und ich versuch halt wieder ein paar Kröten zu verdienen. Und was machst Du wieder hier?"

Theo schluckte.

„Hast Du kurz Zeit?"

„Klar"

„Lass uns einen Kaffee trinken", meinte Theo.

„Okay. Muss nur schnell die Karre wegstellen. Bin gleich wieder da."

Er war nach fünf Minuten wieder zurück und sie begaben sich in den Terminal in ein Café und erzählten einander.

Keine Minute zu früh verabschiedeten sich Nico und Theo, als der Flug 66 der Singapore Airlines zum Boarding ausgerufen wurde.

Theo raste zum Check-in Schalter.

Da war sie. Tasía!

Sie rannten aufeinander zu und umarmten sich.

„Gott sei Dank!", keuchte Theo. „Wir müssen uns beeilen. Komm!"

Sie liefen ohne Worte zu verlieren durch die Sicherheitsprüfung und zum Gateway 4 für das Boarding. Es waren nur noch ein paar Passagiere, die warteten. Eingeschlossen Jenny und Paul Magiros. Sie hatten auf das Ehepaar Maroulis gewartet.

Wortlos fielen sich alle in die Arme und stiegen an Bord des Jumbojets.

Auf dem Flug nach Melbourne erzählten sie einander, was geschehen war.

Nachdem Tasía und Anna das Kapiotis' Tagebuch gelesen hatte, war Anna kurz in ihr Zimmer gegangen. Zehn Minuten später hatte es an der Tür geklingelt und zwei unbekannte Männer waren eingetreten. Anna hatte sie als Freunde vorgestellt und plötzlich eine Waffe gezogen, mit der sie Tasía bedrohte. Tasía sagte Theo, sie sei so geschockt gewesen, dass sie nicht mehr reagieren konnte und noch vor sie sich's versah, sei sie gefesselt und geknebelt worden. Dann habe man sie in einen Transporter verfrachtet und ihr die Augen verbunden. Wo man sie hingefahren hatte, wusste sie nicht. Ihr Zeitgefühl sagte ihr, dass es etwa drei Stunden Fahrt gewesen sein mussten. Danach sei sie in irgendeinem Raum gewesen, den sie natürlich nicht gesehen hatte. Auch ob Anna da gewesen war, wusste sie nicht mehr. Erst kurz vor man sie am Flughafen aus dem Auto gelassen habe, hätte man ihr die Augenbinde abgenommen und ihr gesagt, sie solle zum Check-in Schalter der Singapore Airlines gehen. Im Nu waren die beiden Männer verschwunden gewesen.

Theo erzählte ihr von der Begegnung mit Bardoulas. Tasía schüttelte laufend den Kopf und konnte nicht fassen, was er ihr erzählte.

Aber es war vorbei.

Endlich!

Nur Mitso Nikopoulos mussten sie zurücklassen und die Sorge um seinen Zustand lastete schwer auf ihnen.

Kapitel 36

23. Mai 2007

Jenny und Paul Magiros hatten ihre Tochter zwei Tage nach ihrer Rückkehr in Melbourne beerdigt.

Theo und Tasía waren selbstverständlich geblieben um von der Freundin ein letztes Mal Abschied zu nehmen, bevor sie wieder nach Adelaide zu Taki und Athina flogen.

Am Tullamarine Airport in Melbourne fand Theo eine Ausgabe der Kathimerini, einer griechische Tageszeitung.

Auf Seite zwei war ein kurzer Artikel, der ihn interessierte.

Tripolis.

Der bekannte ehemalige Professor Adonis Bardoulas und seine Tochter Anna sind bei einem Verkehrsunfall ums Leben gekommen. Ihr Wagen kam bei einem Überholmanöver eines anderen Autos - vermutlich ein Taxi – von der Strasse ab und fuhr in eine Hausmauer...

Maroulis blätterte die Zeitung weiter durch, faltete sie dann zusammen und warf sie in den nächsten Abfalleimer. Er nahm sein Handy und rief in der Universitätsklinik in Athen an, um sich nach Mitso zu erkundigen. Mit trockenen Worten des Beileids teilte man ihm mit, dass dieser in der Nacht zuvor verstorben war.

Tasía war vor einem Schaufenster gestanden und trat zu ihrem Mann.

„Wen hast Du angerufen?", fragte sie.

„Die Klinik in Athen. Mitso ist tot", sagte er leise und schaute Tasía traurig an.

„Oh, mein Gott", hauchte sie. „Wann hört das auf?

Theo nahm sie in den Arm.

„Ich weiß es nicht, Tasía. Aber hier sind wir   sicher."

Epilog

Die vorliegende Geschichte ist frei erfunden.

Es lag nicht in meiner Absicht, weder die links noch rechts orientierten Partisanenorganisationen des Griechischen Befreiungskampfes in irgendein bestimmtes Bild zu rücken. Die politische Geschichte Griechenlands im 20. Jahrhundert ist äußerst komplex und erfuhr viele Wenden.

Außer historischen Fakten und Figuren, wie Aris Velouchiotis und dessen Adjutant Iavellas, sind Handlung und Personen ein Produkt meiner Fantasie. Ebenfalls gab und gibt es meines Wissens keine Organisation namens Stavrophorí, welche die beschriebenen Ziele verfolgt oder verfolgt hätte.

Die während der faschistischen Besatzung von der Volksbefreiungsorganisation EAM (Ethnikó Apelevtherotikó Métopo) gegründete Armee ELAS (Ethnikós Laikós Apelevtherotikós Stratós) hatte zwar in der Bevölkerung große Unterstützung, war aber auch bei vielen verhasst aufgrund des rücksichtslosen Vorgehens gegenüber der eigenen Bevölkerung.

Jeder Krieg hat seit Menschengedenken Gräuel erzeugt und die dunkelsten Seiten der menschlichen Seele zum Vorschein gebracht.

Das Massaker von Meligalá gehört mit zu den schlimmsten in der neueren Geschichte, sieht man von Genoziden am jüdischen Volk und anderen Ethnien ab.

Meine Absicht war es, eine Geschichte zu erzählen, wie sie hätte sein können und vielleicht sogar auch war.

Eine Geschichte von geschundenen Menschen, welche nach langer Zeit die Vergangenheit einholt und deren Zukunft gestaltet.

Eine Geschichte aus einer Gegend, einem Ort, den viele Leute nur als Urlaubsziel kennen, deren Menschen aber eine Vergangenheit haben, welche ihr heutiges Leben mitgeprägt hat.

Griechenland.
Das Land der Götter.
Und der Kriege.

Alex Jung
Sommer 2009

Alex Jung

Geboren und aufgewachsen in Basel (Schweiz) arbeitete der ausgebildeter Informatiker und Übersetzer in vielen Bereichen der Computerbranche in der Schweiz und im Ausland.

Über zehn Jahre lang war er als freiberuflicher Instruktor auf diesem Gebiet tätig und veröffentlichte ebenfalls ein Fachbuch.

Seit einigen Jahren lebt er mit seiner Partnerin als Bio-Bauer und Teletutor auf dem Südpeloponnes in Griechenland. Er hat drei erwachsene Kinder.

Sämtliche Bücher des AAVAA E-Book Verlages, Berlin können auch als ebooks bezogen werden

www.aavaa.de

oder als Taschenbücher unter:

E-Mail: verlag@aavaa.de

Auf den nächsten Seiten eine kleine Vorstellung weiterer Romane, die im AAVAA -Verlag erschienen sind:

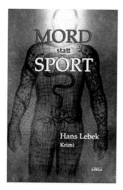

MORD statt SPORT

Hans Lebek
Krimi

Claudia Winter

Cook & Chill

Ausgerechnet
Soufflé !

Maltas
Geheimnis

Hans Lebek
Abenteuer / Thriller

ΛΛVΛΛ

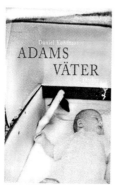

Daniel Kuhltau

ADAMS
VÄTER
Thriller

Leonhard Michael Seidl

Das
schwarze
Tagebuch

Thriller

Hans Lebek
Thriller

TODES-
LOGISTIK

ΛΛVΛΛ

Hans Lebek
Thriller

DOPPELTE
GEFAHR

ΛΛVΛΛ

Second Life

Thriller
ΛΛVΛΛ

Hans Lebek
Translation by
Josie Le Blond

Mario Lenz
Thriller

Des
Mörders
Rache

ΛΛVΛΛ

Die Gier nach
Reichtum

Helastrilogie I

Hans Lebek
Science Fiction
AAVAA

Die Gier nach
Macht

Helastrilogie II

Hans Lebek
Science Fiction
AAVAA

Die Gier nach
Ruhm

Helastrilogie III

Hans Lebek
Science Fiction
AAVAA

Maternus Millett

Alphacrash

Thriller

Dunja Weigmann

Der

Daker

Gladiator wider Willen

Historischer Liebesroman
Band 1

Wolfgang Schwerdt

Die
Drachenwächterin

Das magische Drachenauge

Fantasie / Märchen

Silke Ellenbeck

Julian

Australische Familiensaga

Mike Ottrop

Die Apparatur
des
Herrn von Kollwitz

Thriller

Barbara Aichinger

Unmöglich

Liebesroman

AAVAA